薛荣 ◎ 著

铃铛里的童年

晋生

山西出版传媒集团　北岳文艺出版社

·太原·

图书在版编目（CIP）数据

铃铛里的童年 / 薛荣著. -- 太原 : 北岳文艺出版

社, 2024. 11. -- ISBN 978-7-5378-6981-2

Ⅰ. I267

中国国家版本馆CIP数据核字第20248QB208号

铃铛里的童年

LINGDANG LI DE TONGNIAN

薛荣 / 著

//

出品人

郭文礼

责任编辑

武慧敏

绘图

韩晋生

书名题字

韩晋生

装帧设计

张永文

印装监制

郭勇

出版发行：山西出版传媒集团·北岳文艺出版社

地址：山西省太原市并州南路57号　邮编：030012

电话：0351-5628696（发行部）　0351-5628688（总编室）

传真：0351-5628680

经销商：新华书店

印刷装订：山西人民印刷有限责任公司

开本：787 mm×1092 mm　1/32

字数：203千

印张：9.125

版次：2024年11月第1版

印次：2024年11月山西第1次印刷

书号：ISBN　978-7-5378-6981-2

定价：59.80元

铃铛里的童年　插图序

蒋荣散文集《铃铛里的童年》即将由北岳文艺出版社正式出版。读坊汇集了作者近二十多篇散文，他童年生活在雁北，散文真实的描绘了上世纪六七十年代一个农村儿童心中那种单纯质朴的快乐，和那里看见的那种干净纯朴而美好图景，充满了欢乐，充满了童趣，还有几个天真与儿时的浪漫，读来亲切，几多怀念，几多遐想。眼着文字仿佛又回到了那个时代，那个苦然非常清贫但天真无满欢乐无穷，忆像着美好未来和童年状态。先生是我朋友，也是我儿是一样的生活在农村，成长于同一个年代，有着同样的记忆，近年相似的学习工作，故知且人识其文。插图任务自然没有二选，几个月来读读停停，忆想想，画画，不知不觉早已过了几个满月，不胜意问，自失也已过去了多日，今天终于将杂青特甄选四幅，至微信面世，并抄录此文字作为此次插图的小序以作记念。

甲辰春月普生宽楼书　古燕州小可东岸

生命体验之上的文化承载

—— 薛荣散文艺术赏析

· 李骏虎

从初秋到暮春，我一直在阅读薛荣先生这本散文集《铃铛里的童年》，近三百页的书稿装在一个牛皮纸大信封里，占据了我公文包里一半的空间，由于经常拿出来读上几页，所以信封已经磨破，书稿也都卷了边，我在书稿上的批注和阅读心得也已经填满了每一页的页眉和空白处。这就像一次漫长的关于散文艺术的笔谈，使我对当代散文的艺术形态的传承和创新有了新的收获。像这样集中地阅读一位当代作家的散文著作，这是平生第四回，前三回是余光中、余秋雨、李存葆三位先生的著作。散文是中国文章的主要艺术形式。周朝前叶的五百年，是歌谣的黄金时代；自周定王到汉武帝是散文时代，闻一多先生称之为"思想的奇葩"；魏晋风度之后，经历了南北朝的滥觞浮华，幸得韩愈发动古文运动，散文重回"言之有物""文以载道"的中华传统。20世纪

90 年代以来，散文写作的汹涌泡沫，竟然冲垮了这个艺术门类的门槛，至今遗患未消，形成散文写作门槛低、上限高的创作现象。因此，读到一本值得从艺术高度去赏析的散文著作，这种惊喜，可以用"柳暗花明又一村"来形容。我提议薛荣先生出版这本散文集，是因为常在国内大刊名刊读到他的文章，建议他可以集纳起来整体展现艺术风貌和特征，然而当我系统读完这部书稿，还是由衷地慨叹了一句："又是一位被公牍耽搁了的好作家啊！"

为什么要发叹？文学作为主要的艺术形式，天赋当然是第一位的。一个有才华的人的表达方式，有着再多的后天努力也不会具备的灵气和别致。首先就表现为语言，你要不知道薛荣先生的公职人员身份，只看他的行文，那就是一位纯粹的文章大家。然而令我不解的是，为什么那么多的冗务也没有浸染了他文字的纯净呢？恐怕只有一个答案，那就是他骨子里就是一个作家吧。或者从传统文化里去找寻原因，那些历代的文章大家，大多不都是士大夫吗？曹子建、韩愈、欧阳修、王安石、苏东坡，他们在留下功业政绩的同时，也并未耽误撰写传世的雄文名篇。薛荣身上有古风，这是继承传统，而他的散文真正打动人心的，却是"以人民为中心的创作导向"使然，雁北大地上祖祖辈辈的生存、生活、生命、生死，是他哲学思考的本源，也是他独特的生命体验的文学表达对象。"穷孩子不去寻短见，可能和不远不近总有个节日在前面等着有关。"这句话，就是对这本书的时代背景和生存哲学的象征性表达。

核心是"情"

　　好的文学作品，最重要的核心要素是什么？是真，是善，是美？都对，但它们都不是核心，它们是核心的修饰和外延，文艺作品的核心是"情"。为什么我们需要阅读文学，为什么好的文学作品能打动人心？那是因为读者通过阅读与作者产生了"共情"，激发了情感的共鸣。好的文学作品里的"情"是最朴素、最真挚的，比如薛荣先生的《雁北的年味儿》，娘的手指在补炕席时被割开一道道口子，血滴如雪地上绽开的朵朵腊梅，娘边补席子边哼唱着一首悠长的无字民谣，编织着无尽的岁月。"娘这哪里是补席子，分明是把破得不成样子的生活，用汗，用血，还有泪，拼命连缀到一起。"母亲，不单单是谁的母亲，也是这块土地的大地之母，正是她们用无边的隐忍和无尽的大爱，使得日子才能够过得下去，岁月才能够延续，她们也是土地上的哲学本源。薛荣的笔下，无论写了多少人多少事，写谁都可以文采飞扬、嬉笑怒骂，每每写到"娘"马上就变得柔情而深沉。娘，也是他刻画得最用情最深刻的人物。《乌兰察布的月亮》中，那个平日里乐观大度、从容不迫的娘，"我那么坚强的母亲，每次到了坟前，摆上简单的供品，点燃几张纸钱，就哭得伤心欲绝，怎么劝都不起来"。这一刻，写尽了生活的困苦和一个女人内心深处隐忍的脆弱与柔软。

　　读薛荣散文，眼潮鼻酸之际，感悟的是父天母地、人间真情，更是生之反思、情之真谛。

打通文体的践行者

　　前些年流行过"跨文体写作"，没见过有什么代表性的作品出现，但不同体裁的文学作品的优势互补、取长补短，实在是能够增强表现力，从而促进文体的创新和注入新的艺术力量的。在打通文体方面，薛荣先生是自觉的实践者和成功者。他写雁北农民年关杀羊的情景，杀羊那天的场景和气氛，杀羊汉子的形象与出场气势，就运用了典型的小说手法。像小说一样塑造典型形象，是薛荣的散文血肉丰满、活色生香，从而独树一帜的特征。散文这种体裁多遵循"文以载道"，写景、状物、抒情、论理，主打讲故事的不多，贡献出人物形象的更是凤毛麟角，朱自清《背影》里的父亲形象、薛荣笔下的杀羊汉子，都是跨文体的独特贡献。我认为《雁北的年味儿》里一段描写杀羊的场景，是具有收入课本里的文学品质的。同样深得中国古典传奇小说精髓塑造的人物，更为成功的是《乌兰察布的月亮》里的姥爷孟常仁，不仅侠骨柔情还充满着浪漫的想象力。而在那些缺吃少穿的无奈岁月里，媒人上门来演出的心酸闹剧，与《小二黑结婚》里的情节不遑多让，"爹"的神色变化和情绪积累直至爆发，用酒后的反应来层递、烘托和表现，简直就是神来之笔，比许多小说名篇还要生动精彩。

学者型作家的底蕴

知识性是薛荣散文的另一大特征。他不是有意而为之，而是在行文过程中很自然地引经据典，使得雁北土得掉渣的民俗和小吃一下子就成为中华传统文化的美好载体。这是他学者型作家深厚积累的外化流露，同时使得其自由奔放的文风充满了文化底蕴。这种雅俗共赏、黄钟大吕与下里巴人的有机结合，使得薛荣的散文充满了独特的艺术个性，不夸张地说，"他找见了自己的句子"，并形成了辨识度很高的独特文风。这一点在《雁北的年味儿》里体现得最为充分，就是个雁北人家家过年都炸的油糕，他从《说文》讲种黍，引了《黄帝内经》《诗》《论语》《本草纲目》《礼记》，拉出孟浩然、王安石、鲍溶来作诗，翻出有清一代长治、太原、怀仁县志来说明物产源流，信息量巨大、论点鲜明、逻辑清楚，处处都是点睛之美，毫无堆砌之感，简约之美一如苏州园林之精妙。《故乡的冬天》不但有"不知是人形的羊，还是羊形的人"这样的"绝句"，对中华文学经典更是信手拈来活学活用。其深厚的传统文学底蕴使得这个早被人写滥了的题目成为散文的创新，光彩四射，浑然天成。

强烈的苦难意识

薛荣是个有着强烈的苦难意识的作家，一方面雁北苦寒之地的生长记忆深入骨髓，另一方面这是一个有天赋的作家与生俱来的生命意识。他用的是欢快（甚至狂欢）的语言，乐观（甚至达观）的态度，但在叙事中总是在以苦为乐，时时提醒读者苦难是生活的主调。那个调皮（甚至顽劣）的少年，在父亲垒旺火塔时帮倒忙，几次闯祸；随大人去外村看戏，回来的路上突遭暴雨，乡亲们奔逃在山路上，受伤的有之，失踪的有之，可怜的人们几乎是在用生命寻求精神生活；好容易盼来宣传队到村里唱戏，偏偏开场就下大雨……人生就是这样苦中作乐、无奈无常，就像《看戏》里那支由残障人组成的乐队，"看着他们表情怪异，动作滑稽，你是我的腿，我是你的眼，相依相伴艰难地行走在弯弯曲曲的村巷里，大家伙儿不知道该哭还是该笑。常常是哭着哭着又笑了，笑着笑着又哭了"。就是这样，苦难意识增加了作品的文学性和思想深度。

稀缺的荒诞感

毫无疑问，荒诞是现代艺术的最高表现形式，之前我在国内外几位优秀的小说家的作品里领略过，但在散文作品中运用得最好的，是薛荣的《看戏》。他写"四白唱戏"的情节，真是神来之笔，才华爆棚，从语言的自由抖擞到"把反常当正常"的荒诞艺术手法运用，堪称炉火纯青，其生动和深刻的程度，比许多优秀的小说作品都更有表现力。"那声气，像锋利的刀片刮玻璃，像缺齿的锯子锯木头，像磨秃了的钻头钻瓷坛。一会儿沙哑中透出高亢，余音绕梁，三日不绝，好似一头发情的驴在杏树下引吭高歌；一会儿低沉中翻出绝望，声如裂帛，气若游丝，像春天里的猫躲在烟囱后伤心地吟唱。反正一点儿也不像李玉和。那动作，好似把羊粪撒进田野，好似把镰刀伸向庄稼，好似把谷个子扔上高高的秸秆堆，好似把木锹扬向无垠的艳阳天。"听惯了四白唱戏，乡亲们反而觉得喇叭匣子里的演员跑调了，"跑得没法听"！这就是荒诞介入现实的艺术力量，这种荒诞感在时下的现实题材作品中很难见到了。而唱戏字正腔圆却缺少知音疯掉的奎奎，数十年以后再见时是这般情景："夕阳斜斜地照在古戏台上，仿佛一束追光，照射着奎奎的过去和现在。当年像一棵小白杨一样挺拔的身板，如今变得佝偻了，像一株灰蓬蓬的小老树。一头乌黑茂密的头发，变成了一丛枯白的蒿草。只是一双眼睛，还是那么黑，那么亮，看得你心里发慌。"写尽人生况味。

喜奴和闰土

《血染海棠红》写的是一个哀伤的故事，塑造了一对与鲁迅的《故乡》里闰土父子般的人物：老胡和喜奴。同样，像鲁迅先生描写少年闰土在月光下沙滩上的情景一样，薛荣描写了一段白露后的塞外秋景："转过年的秋天，刚过白露，一场秋雨过后，杨树叶子就快落光了。葡萄树上的蝉也闭了嘴，叶片间几粒没摘净的葡萄经了秋霜，紫盈盈的像玛瑙，吃到嘴里格外甜。西墙下几株野生的红姑娘，叶子变得又黄又脆，指头肚大的果实却熟透了，红得像一支支小小的火炬。院墙上的南瓜在阳光下泛着金黄的光泽，挺着圆圆的肚子等着主人采摘。"看似闲笔，却写尽人与自然的和谐之美。童年，是一个"齐物"的阶段，不但眼里的景色都是美好的，与蚂蚁，与狗，与死老鼠，与想象中的将军和士兵，都是平等友爱的。通兽言、懂鸟语，无所不能，堪称万物之王，在相对贫苦艰难的岁月里，这种精神快乐，是滋润生命最好的营养。每个人童年时，都是想象力丰富的文学艺术家啊！薛荣笔下的喜奴，与鲁迅先生笔下的闰土，有异曲同工之妙，都那么童真、活泼、乐观和淳朴，都充满了活力和生命力，给文学史贡献了成功的人物形象。

抒情之美和反思精神

同样是写童年，《鸽哨里的乡愁》没有塑造人物，是一篇心灵与自然和谐的抒情散文，蕴含着哲思和审美。"小小的一堆沙土，就能变幻出一座巨大的城堡。尿泥捏成的小人，是手握权杖的王子。脏兮兮的布娃娃，是未来的白雪公主。三五粒粘到一起的水果糖，能甜蜜整整一个冬天。一本没皮的小人书，能陶醉全村小伙伴的童年。折一截草茎，能挑逗两队蚂蚁发动世界大战。扔一粒石子，能驱使水洼中的小蝌蚪，变成茫茫大海上所向披靡的艨艟战舰。夜空中飞翔的萤火虫，能点亮秋天的梦境。骑在小狗的背上，能驰骋到天边的草原……"童年是人一生中最快乐的时光，无论贫困还是富有，无国界、无阶层、无差别。这是古今中外的哲人反复回望的。薛荣的功力能使知识点同样充满诗意，常诵"谁家新燕啄春泥"，却不知道燕子筑巢会是"互助合作社"的模式，上百只燕子帮着其中一家衔春泥筑新巢。——谁才是万物之灵，值得追问反思。"吹着柳笛走进了夏天"，夏天吹柳笛，秋天灌田鼠，冬天扣麻雀，在那些吃不饱的岁月里，用珍贵的粮食养一大群鸽子，是生命的浪漫，而当吃饭不再成为问题，悠扬的鸽哨却成了乡愁。

薛荣的散文，在中国是独树一帜的，可以说在作品之外完成了对文体的贡献，值得深入研究。我所做的艺术赏析，只是管中窥豹，有更多珍贵的闪光点以及对其更深更广的开拓并没有能够企及，留待在以后的岁月里慢慢品评。我总体的感悟是他用自己的生命体验完成了对一方土地的文化承载，雁北，因为他的书写而成为中国文化的鲜明标识。感谢薛荣先生的错爱，嘱我作序，然而研读经年仅得皮毛，相对于其精妙的华章，实在是不揣浅陋贻笑大方，然而阅读中所产生的启迪与促进，却成为我最大的收获。这本书的出版，必定感动更多的读者，期待更高明的研究者写出更精到的分析文章，挖掘出更多的创新成果和艺术价值。我对此深信不疑。

2024 年 4 月 20 日初稿于《山西日报》社宿舍院
2024 年 4 月 22 日　改定于重庆南岸

（作者系全国政协委员、山西省作协主席、鲁迅文学奖获得者）

阅读松鼠，那无法走出的童年

·李平

松鼠先生令我作序，不敢辞。

这本《铃铛里的童年》，大部分文章在微信平台"老家山西"上首发，还记得当时看稿，为那澎湃浩荡的才气几多拍案，是真真可以下酒。这次当九篇文章集在一起，纸上重读，却觉得在那轻易可以鼓荡人痛哭傻笑的文字后面，还有别的一些东西在。

一

所谓松鼠先生，是薛荣的微信名。我们因几个共同的朋友相识，有一段时间大家会趁空暇聚会，以诗、画、文、琴等的名义，比较有"中国特色"。

第一次见他，在饭桌上。适逢松鼠先生的猫"张德福"死了，啊呀呀,这是一件大事。于是我们听他绘声绘色地回忆,如何就医、不治、包裹、抬出、挖坑、奏乐、落葬、文祭、礼毕……言者神情专注,语速极快,描述与自我评点齐飞,酒水与唇间飞沫乱溅。尤其是那悼文,真是绣口一吐,天然华章。桌上众人早笑得七歪八倒,他却严肃着一张脸,恨我们不能共情,不配为朋友。

我想,这人真好玩儿。

这次读集子,我突然发现,"张德福之死"于他,真的是非常认真严肃的一件正经大事。

松鼠先生的童年,在晋北怀仁一个苦寒的村子里度过。物质生活贫乏到难以想象,这些读者诸君尽可以在书中感受。但他说:我的童年是快乐的。

作为"元帅",他有一支雄壮的队伍——黑四、花花、小白和大头——自家养的狗猫猪羊。

他们是他的兵,乖乖听令,接受操练;他们是他的战友,为他冲锋陷阵,勇斗顽敌;他们一起游戏人间,粪土凡俗富贵;饥饿与贫穷未有一刻与他们稍离,可伴着他们的,还有天蓝、花艳、草香……全都无须一钱买。

对。是他们,不是它们。

但是——世界上所有悲剧的发语词,意料中的悲剧发生了:他没能护住他们。

读书读到那一节,你十之八九会与我一样泪眼婆娑,也十之八九会想起那个著名的童话《夏洛的网》。那会儿小小的他还不能像八岁的弗恩那样拦住权力的斧头,喊出"那不公平"。他只能"哭泣着抱着它的脖子久久不愿松手",直到时隔几十年后回去扫墓,在旧时斑驳苍凉的巷子外徙倚彷徨,"再也没有勇气进入老宅小院"。

北京有一个学校叫未来城,2022 年 2 月,组织了一场追思会,追思一头刚满一岁的梅花鹿麀麀。一周前,麀麀夜受野狗袭击,惊吓而逝。

麀麀刚断奶就来到了学校,是孩子们的亲密伙伴,甚至还与孩子们一起上体育课。遭逢此变,孩子们的心情可想而知。全校师生经过讨论,遂有了那场追思会。

据说在学校里养动物,已成为一种趋势。社会学家发现,这是培养孩子发展社会性情感能力的有效途径。

在松鼠先生的童年,他或者他的父母、乡党自然是没听说过这种高深的理论的,但并不妨碍他遇到且亲爱那些动物。他们与他交流,给他欢乐,在他成长的年轮里刻下深深的印痕,成为他生命与性格的底色。他的固执的众生平等观,他对世界的热情,对他人的善意,他敏锐无羁向八方伸展的才气⋯⋯也许很大程度种因于此。我甚至觉得,如果没有他们,我们可能不会看到这本书,或者不会看到这样子的书。

重殓张德福,是他为几十年前悲壮死去的黑四们延迟召开的追思会,是轻轻地为自己童年的伤口贴上的一块创可贴。

二

有一次，大家聚会聊天。忘了怎么开的头，松鼠先生说起他任职的单位来的新员工，循例先做体检。其中一位刚毕业的大学生身体有问题，常规解决方法，自然是打回去，拒收。

松鼠先生说：回去他家有能力给他看病吗？收进来，咱们给他治。

我大为震动，也知道同座皆然。静场了片刻，大家才回过神来，开始表扬他。

读到集子里的《血染海棠红》，我才明白，松鼠先生的决定其来有自。他娘总给他说，"人都有马高镫短的时候"。

他是老娘42岁高龄时出生的娃，除夕，雁北，冰天雪地。生下来娘没有奶，如果不是哥姐哭闹，险些被已经说好的人家抱走。

有一天，还没满月的时候，往常的粮食没接上，松鼠先生正在炕上饿得哭。院里进来一个讨吃的，一个男人怀里裹着一个奄奄一息的娃。这时，大姐刚从村里的老羊倌那儿讨来了半碗羊奶……母亲掺了米汤，喂他一半，喂那孩子一半。

一连喂了好几天。

一直等雪化后，那男人回来把孩子接走。

这会儿，一件更让人纳罕又心动的事儿发生了——

"把孩子贴身抱在怀里，要出门了，这人又对我娘说……大嫂……，可怜他打小没个娘。你要是不嫌弃我是个要饭的，咱们就结个奶亲家，让这娃给你当个奶儿子吧。"

你能想象这样的情景吗？

你能复现它于当下的世界吗？

不知你注意过没有，如果一个幼时贫寒的人成功，我们会认为理所当然，"艰难困苦，玉汝于成"嘛；而一个同样经历的人走入歧途，我们也会理所当然地结论说：小时失教，社会问题呗。

都由"社会"来背锅。

非常简单粗暴的因果，是吧？可大家接受得理所当然，毫无负担。

这应该是个课题，暂且搁置，或抛给社会学家、心理学家或者教育学家。

我有时候想，物质条件相同的两个人最后有完全不同的结局，有多大可能决定于我们看不见的他们成长过程中所处的精神环境？文中这个男乞者，后来我们会知道，他放下自尊乞讨养活的那娃娃其实是一个捡来的弃儿，他本人对师友更有称得上义薄云天的壮举，松鼠先生予之极深情的笔墨；再远距离打量一下松鼠先生自己：家固贫寒，衣食常窘，可是父母慈爱，兄姐友爱。邻里淳朴，偶有奸滑，亦人情之常。他的"社会"为小小的他构筑了一个温暖的屏障。

是世界予他以温情，所以他有足够的能量回报世界以咏歌？

三

松鼠先生有个朋友退休了，偶尔来办事，在单位碰上了。他冲上来喊，哥，哥，好久不见了。然后，这老兄一把把朋友抱住，吧唧，在那老爷们儿脸上亲了一大口。

忘了是哪一篇，童年的松鼠先生走在田野里，在他的世界舒心畅怀，手舞足蹈之余，抱着路过的树亲他一口。

笑坏了。

这本书里，到处是这样的"随喜"。

这样有趣、轩敞、豁亮的性格是怎样炼成的？

不知道你信不信——是因为玩！童年时充分而自主地玩！

美国人高普尼克在《园丁与木匠》中指出，世界越来越复杂，童年时代的玩，是人类应对这种复杂的探索与重要途径。

高氏是国际公认的儿童学习与发展研究领袖。她列出了孩子的三种玩法：跟别的孩子玩（比方"打闹"）、玩玩具和假装（比方角色扮演）。

这是社交演练，是想象力与技能训练，是创造力和共情同理心的培养过程——是大脑发展的最有效途径。

我曾设想过这本书的读者。

毋庸置疑，松鼠先生晋北的"老乡"们绝对是最热烈的拥趸。仿佛读《诗经》，三千年后的我们只能从文字里味其韵律，而他们却在当时作歌并传唱的现场，用委曲悠扬的曲调弥合文字的缝隙，体味只有他们能会心的节拍况味。

民俗爱好者、社会学者自会闻香而来。对他们来说，这本书也是"现场"。二十世纪六十年代，距今不过五十来年，但世界的变化用翻天覆地也不能形容其万一，而从这里观察当年，那些人心物态，如存于琥珀般纤毫尽现。

喜欢文字的人有福了。随便从哪一篇，随便翻开一页，你都可以接着往下读，非读完不忍休。

面对这本一千个读者能看出一千零一个哈姆莱特的书，我总是忍不住往"儿童教育"方面走，并热烈地推荐所有的父母和即将成为父母的人们来看看这本书。为了孩子的未来，重新建立自己对"玩"的理解认知。

在自己的书中，松鼠先生骄傲宣布：

"经过两年多的艰苦探索和实践，到我三周岁诞辰的时候，我基本建立了独立的比较完整的玩具系统和玩耍体系。"

这种玩，不是上兴趣班，是亲身面对世界的体会。

松鼠先生的笔忠实地记下了他童年的玩：

当他指挥着自己的部队黑四们，把二狗旦打得屁滚尿流，抱头鼠窜；当他和姥爷家人一起，戏弄那个贪婪黑心的媒人；当他画鬼，垒社火，捣辣椒，吃黄糕；当他听着母亲遇狼的故事，内心勾勒着一幅幅图像；当他启动自己的玩具宝库，破绳头、烂镜子、旧门闩、死老鼠、小麻雀和蚂蚁们蜂拥而出……

他的成年样貌与之交相迭替：

他日后的苦读与正宗名校经历，他骄人的工作成绩，他与朋友喝酒时的意兴遄飞……

在这个充满不确定性的世界里，他的抗打击能力、自我发展能力和创新能力……

铃铛里的童年。可以滋养一生的童年。

薛荣微信名为啥叫"林间松鼠"？

朋友解惑说：因为松鼠没有天敌。它在林间自由穿梭，吃绿色食品。

多么美好。

他和世界彼此深深悦纳着。

是吧？

2024 年 1 月 20 日

（作者系《老家山西》自媒体联合创始人，太原学院文旅协同创新中心副主任）

目录

雁北的斗味儿

新衣新鞋买好了
城里歇得一脸兴
的身儿哪怕一下
涮到了隆冬里演
去过年大戏的第三
场一贴对联
早春试春
喜生信

雁北的年味儿

听着窗外忽远忽近的爆竹声，便知年关又近了。

早上，走出家门去做公事，看路边的人有的买几副春联，有的拎一串灯笼。有的牵了孙儿，你一粒我一粒，吃着热乎乎的栗子往家走；有的跺着脚，在鸿宾楼门前，等最新鲜的牛羊肉，脸上都洋溢着年节独有的喜气，我却偏生高兴不起来，心说，莫不是就老了吗？

掐指一算，可不是嘛，今儿是我的生日。过了这一晚，就到了知天命的年龄了。也难怪一到过年就觉着无趣，原也是无情岁月催人老啊！

回望童年，过年，是多美好的憧憬呀！

那年月，缺衣少食，所有的记忆都与饥饿和寒冷有关。但一入腊月，穷孩子的嘴就张开了，不知是冻的，还是乐的。

一

最早来的，当然是腊八。

那时候，家乡的鹅毛河，水流还很急。一数九，河便结了冰，小孩子跟着大孩子，像打开笼子的鸟一样，从学校呼啸而出，背着口袋，挎着筐子，到峪子里去打腊冰。走着走着，天便黑透了，鼻涕流下来，结成两条冰柱，肚子里又没食，便冻得又想哭又想笑。但还是挣扎着，把晶莹剔透的冰块，带回家去倒在水缸里，不吃也不喝，倒头便睡。直到腊八粥的香味，钻到被窝里，又钻到脑门里，才揉揉眼睛，抽动着鼻子，裤子也顾不上穿，把一碗粥倒进肚子里。吃完了，才问："妈，粥里搁枣了没，我咋没吃着？"

娘扯起苕帚，照屁股打来："这年头，粥都快喝不上了，还想吃枣！吃你娘个腿！"

腊八粥喝完了，好日子还在后头呢！

好像是朝思暮想地期盼着，又好像糊里糊涂地由它去，反正，小年又来了。穷孩子不去寻短见，可能和不远不近总有个节日在前面等着有关。虽然活着也没多大意思，但转念一想，等过了节，吃了好东西，再死也不迟。特别是隔壁的二狗旦，家里穷得揭不开锅，还扛着根棍每天唱着要跨林海过雪原。一见他，我就气不打一处来，心说：你这家伙裤裆里一点儿棉花也没有，到林子里不等"座山雕"收拾，你早冻成冰棍了。你看人杨子荣杨排长穿的啥！你还不死我凭啥死？你家成分又不如我家好！

按理说，小年是糖瓜祭灶的日子。但那年月"四旧"反得正紧，连祖宗牌位都一把火烧了，我打出生起就没见过灶王爷长得是长的还是圆的，吃没吃过麻糖，也着实记不起来了。小年给我的记忆，是揭起炕席，把下面的垃圾清理干净，俗称"扫穷"。可叹祖祖辈辈扫了几千年，家家户户依然穷得叮当响。

扫完穷，该补席子了。一领苇席，经冬过夏，早烂得不成样子。半大小子一到伏天就光着腚满世界跑，回了家舀半瓢凉水，咕咚咕咚喝下去，倒头便睡。也不铺也不盖，还不忘翻身放屁说梦话咂巴嘴。一觉醒来，屁股蛋上扎的刺，数也数不清。当娘的看着心疼，油灯下拿着绣花针，一根一根挑出来，边挑边掉泪，便又盼着腊月农闲了，把这破席子好好补一补。

补席子，说来容易做来难。

雁北是个苦寒地，纵有处水荡或湿地，也不长芦苇。枫叶荻花秋瑟瑟，是放逐者的断肠处，于我可能就是良辰美景，因为我至少可以把芦苇背回去，让娘补炕席。

没芦苇也难不住，对付穷日子，穷人自有穷人的招。

雁北不缺高粱，高粱穗下的秸秆，一样能补席。

头天夜里，盛一盆水，把一捆秸秆泡了。小年一大早，用一把小刀，把秸秆破开，把瓤掏净，做成篾子，然后拿出席溜子，开始补席子。

一领席子，大小得有十个平方米。折腾了一年，早已是小窟窿套着大窟窿。新破的席篾子又锋利得像一把刀，没补多少，手指头就被拉开了一道道血口子，鲜血顺着指尖滴到炕席上，像雪地盛开的梅，一朵，两朵，三四五朵……黄昏，快认灯了，羊群该回家了，炕席也补好了。我坐在窗台上，看娘补好的席，分明是一幅雪地腊梅图。而这画是娘用指尖的血画的。我至今记得，娘边补席，边哼唱着一首民谣，没有词，只有调，沉郁、悠长，充满了忧伤，听着听着，鼻子便一阵阵发酸。

我便想，娘这哪里是补席子，分明是把破得不成样子的生活，用汗，用血，还有泪，拼命连缀到一起。

二

我们最盼望的，其实还是春节早日到来。

如果说春节是一场轰轰烈烈的大戏，那么，腊月里为迎接春节而进行的一系列精心细致的准备工作，就仿佛是这场大戏开演前的热场锣鼓，在小孩子们的心底铿铿激越地敲击着，吸引我们撒开两脚向着这浓浓的年味儿一路狂奔。

过了腊月二十三，家家户户都要杀羊了。雁北地区北与内蒙古毗邻，是半农半牧之地，乡亲们对羊有着无比深厚的依恋。冬天脚上穿着羊毛织的袜子、羊毛擀的靴子，头上戴着羊皮做的帽子，身上穿着羊皮做的皮袄。伴着浓烈的羊膻味迎面而来，恍惚间让你以为这人是个学会了直立行走的羊。夜里铺着羊毛擀的毡子入眠，做的最香甜的梦，肯定是就着烧酒饱饱地吃了一顿盐煎羊肉。猜拳行令、咂巴嘴的声音惊醒了炕头的老婆，怕他在梦中撑死，伸手从炕沿下操起一只鞋扔过去。汉子却并不领情，睡眼惺忪地光着身子跳下炕，把好心的老婆饱饱揍了一顿，口中骂道："我×死你灰妈的，梦里也不让爷吃顿好饭！"老婆也不是吃素的，一头撞过去："你个挨千刀的，做梦吃羊肉也舍不得喊我一声，奶奶家也不活了！"要说这事也怪不得汉子，他梦里有酒肉能记得叫上好朋友，颇有《三国演义》里刘关张"兄弟如手足，妻子如衣服"的襟怀，倒也是个有节操的主儿。只是为这等做梦吃羊肉的荒唐事出了人命，该找哪只羊抵命去？从中也足可看出家乡人对吃羊肉的痴迷到了何等地步。

小时候，除了政策最紧的那几年，每家每户都要养三五只羊，光景过得再苦焦，也要留一只过年。羊肉吃了，羊皮卖了，脸盆大的羊尾巴炼了羊油，这羊油要陪着一家老小吃大半年的土豆丝烩烂腌菜，就着难以下咽的玉米面窝头，度过贫穷而无望的岁月。好在这些苦日子是正月十五后的事情，小孩子也没有规划未来的远见卓识，及时行乐、得过且过是我们与生俱来、世代相传的看家本领。腊月里看杀羊，是我们童年岁月的保留节目和年度大戏，永远看不够。

杀羊一般是在早晨。凛冽的北风把高远的天幕吹得一片瓦蓝，太阳清冷清冷地照耀着大地，炊烟固执地升上天空，几只麻雀站在树梢交头接耳，羊儿把头伸出羊栏，慌张地注视着这个充满了杀气的早晨。远远地，杀羊的汉子在一群孩子的簇拥下，步履铿锵地出场了。

塞外的乡村是贫穷的，贫穷到没有一个专业的屠夫。这杀羊的汉子平日里可能是一个本分的农夫，也可能是赶马车的车倌，还可能是一个劁猪阉羊的兽医，也可能就是个羊倌。他在乡间名不见经传，甚至可能还有些劣迹，比如偷过张家下蛋的母鸡，跳过李家寡妇的墙头。那些体面的人在村头遇着他，要么装作没看见，抬起头看一朵白云慢慢飘过，很有些高瞻远瞩的模样；要么扬起腿踢一脚路边正吃屎的黄狗骂着"你这不要脸的畜生！"一口浓痰子弹一样射出去，钉在脏脏的雪地上。这汉子却并不恼，嘴里七荤八素地唱着些小曲儿，把脚下的路走得波澜不惊，心里另有一腔怡然："有我露脸的时候！"

今天，杀羊的汉子一显身手的时候终于到了。他身上的烂棉袄依然少着好几道扣子，拦腰一条破草绳。脚下一双鞋前后张开，风趣地打着竹板。棉帽子像掺了野菜的糠窝头，龇牙咧嘴地扣在他的头顶，黑黑的棉絮呼兄唤弟、哭爹喊爷地钻出来，迎风飘扬。与往日大为不同的是，原本一脸菜色的面庞，今儿个让光荣艰巨的历史使命激发得红光满面、血脉偾张，好似杨子荣要上威虎山，荆轲要去杀秦王。紧紧攥在手中的杀羊刀磨得雪亮，在晨风中闪着寒光。小孩子们簇拥着我们的荆轲行进在冬日的街巷里，神情肃穆，饱含崇敬，如承大祭，如临亲丧，谁也不吭声，谁也不敢吭声，只听脚步啪嗒啪嗒地响。

　　进院子了。主人搓着骨节粗大的手，领着他的两三个、四五个甚至五六个儿子，还有没尾巴的狗，七长八短毕恭毕敬地迎候在街门口，除了没有鸣放礼炮和检阅军队，一如接待外国元首的礼节。就在前天下午，他还向我们的"荆轲"认真地吐过唾沫。此刻前嫌尽释，随着不失时机递上的一根纸烟，两国关系翻开了新的一页，上升到了战略伙伴这个重大级别。"荆轲"将纸烟夹到耳朵上，嘴里叼着杀羊刀，好似狗叼着羊棒骨，破鞋打着竹板，目不斜视地走向羊圈，把一只羯羊抓住犄角拉了出来。羯羊回头看了一眼羊圈里它的母亲、妹妹和弟弟，没有叫，也没有跑，被缚住四蹄乖乖地躺在了院中央的小炕桌上。羊圈里的那些羊，它的亲人们，一声也没吭，木呆呆地看着杀羊刀捅进了它的喉咙，看着鲜血喷射出来；看着羯羊抽搐了几下，嗓子里发出痛苦的呜咽，眼眸里的光亮慢慢地暗下来，暗下来。看着"荆轲"在它的后腿上用刀捅开一个小口，边吹气边用一根细木棍敲打它的身体，羊的身子一点一点膨胀起来。看着屠夫把羯羊剥了皮，开了腔，内脏在寒风中冒着热气；看着羊皮搭在了晾衣服的铁丝上，鲜血滴答滴答地滴在新鲜的黄土上。

也就是一顿饭的工夫，羯羊变成了一堆肉，杀羊游戏即将结束。围观的小孩子一个个神情各异：有的吓得目瞪口呆；有的看得兴致盎然；有的盯着即将出锅的羊杂碎，喉咙里发出咕噜咕噜的声响，好似一只蹲坐在屋顶上的鸽子；有的争抢着吹了气的羊尿泡，在寒风中跑得满头大汗，像足球场上的勇士。屋子里，我们的"荆轲"功成名就，端坐在炕桌前，满脸油汗，顾盼自雄。炕桌上，有酒，有肉，有羊杂，应该还有油糕。院墙上挂的那副羊肝，也是他的。我们的"荆轲"今天走向了他人生的一个制高点，成为小孩子们新的偶像，他们发誓过罢年都去学杀羊。

日影正了，中午到了，小伙伴们也都该回家啃窝头了，大家都慨叹，杀羊虽然精彩但太过短促，还没看过瘾就匆忙落幕了。好在明天还有人家要杀羊，大家一致认为，人活着真是挺有意思的。这是一个多么有意义的上午啊，谁料二狗旦和四没牙为了争夺羊尿泡的所有权，在街门口扭作一团，互相帮助对方在头上开了瓢，流的血比被杀了的羊还多。

四没牙哭着和二狗旦说："过两天，我们家杀羊，就不叫你看！"

二狗旦哭着向四没牙说："过两天，我爷爷死了，打发时候也不叫你看！"

三

热场锣鼓在耳边敲了一腊月，盼着盼着，过年这场大戏的帷幕在除夕这天终于哗啦一声拉开了。

天还没放亮，第一场戏就开始了。

鸡还没叫头遍，我们就把脑袋暴露在被窝外面，恨不得请来周扒皮唤醒黎明。等啊等啊，盼呀盼呀，终于看到窗户纸白了，一炕的孩子就你扯我的耳朵，我揪你的头发，兴奋得像一窝刚满月的小狗。正打闹着，随着一阵沉重的脚步，门帘掀开了，当爹的带着一股寒气挑回了一担水，须发上结着白霜，边往水缸里倒水边把一串红红的鞭炮扔向了孩子。孩子们便确信，年真的来了。

鞭炮当然由最年长的哥哥或姐姐做主，一五一十地分配给每一个兄弟姐妹。但总会有人认为方案不合理，程序不透明，结果不公平，存在暗箱操作、幕后交易、中饱私囊、上下勾结的嫌疑。激烈的争论之后，一场没有阵营的混战很快爆发了，屋子里呈现出枕头与苕帚齐飞、鼻涕共泪水一色的喜人局面。这时候，当娘的作为最后的仲裁者，必定会带着她的权杖——鸡毛掸子闪亮登场，在每个孩子身上留下几道红红的问候和祝福，生活秩序很快恢复了正常，再没有人对分配结果提出质疑和申诉。大家一致认为方案很合理、程序很透明、结果很公平，纷纷表示要更加紧密地团结在母亲的鸡毛掸子下开创过年工作的新局面。弹压刚刚结束，安抚又开始了。当娘的揭开躺柜，拿出一件件衣服、一双双鞋袜，扔给脸上带着泪痕的孩子。孩子们拿到自己的衣服，还没等穿上身，抗议活动就又爆发了。男孩眼红女孩的新棉袄，嫌自己的上衣有补丁。弟弟不愿穿哥哥替下的旧衣服，说当娘的心不公。孩子们哪里知道，这些衣服和鞋袜里沉积着苦苦的人生，浸泡着酸酸的岁月。多少个夜晚，我们的母亲伴着一盏昏暗的煤油灯，穿针引线，缝连补缀，用心头的爱和指尖的血，在这些衣服和鞋袜里缝入了整整一个腊月乃至一生的时光。

四

新衣新鞋穿好了，我们就像一群出笼的鸟儿，呼啦一下涌到了院子里，演出过年大戏的第二场——贴对联。

要是放在别的地方，贴对联估计也没什么值得大书特书之处。偏偏俺们石井村是个文风腾蔚的地方，早在清同治年间，村里就出过一个拔贡，后来官做得很大，一直当到孝义县的教谕，相当于现在的县教育局局长或者县政府教育督导室主任。按当年的官制，估计得有从八品或正九品。当年我们村的人赶了毛驴踅进怀仁城卖大炭，倘若遇到看城门的兵丁有意刁难，或者集市上的恶棍找茬欺负，必定大喝一声："我 × 你灰祖宗的，敢在爷的头上动土。小心爷到孝义寻见拔贡爷，给县太爷写一封二指宽的信，把你个孙子扔到大狱里喝稀粥去！"那人马上像霜打了的茄子，蔫了。据村里的耆老考证，我们村之所以能出这么个大人物，是因村西的青凉山顶有一座辽代的释迦塔。名叫释迦塔，但里边供的却是魁星爷。有了魁星爷的庇佑，我们村想不出大文人都难。到"文化大革命"轰轰烈烈地到来时，我们村已经有了三四个初中毕业生。这些才华横溢、满腹经纶的革命青年回到农村，立刻极大地提高了全村的文化品位。过春节的时候，山后的小村子还在把小碗蘸了墨汁，用碗底在红纸上扣七八个黑圈圈，贴在门框上当对联。而我们村因为有这几个大儒，已经是用毛笔写对联了。写的也不是"一夜连双岁，五更分二年"这些的陈词滥调，而是"红雨随心翻作浪，青山着意化为桥"这样充满时代感的语言。字迹虽然像草鸡爪子上蘸了墨在台阶上走过，村里的老太太却不住口地啧啧称赞："看这对子写得多好哩，多黑哩，多亮哩！"

饱含着对这几位横空出世的文化大师的敬仰之情，除夕头一天下午，每户人家就让家里最有社交才能的孩子，腋下夹着几张红纸，恭恭敬敬送到有世交的大儒家里，排着队等待大儒恩赐墨宝。大儒吃饭当然是慢条斯理的。两个玉米面窝头、一碟子烂腌菜、半碗白开水的丰盛午餐，大儒直吃了两三个时辰。大家却谁也不敢催，直等到金乌西坠玉兔东升，方见大儒从炕席上掰下一截篾子认真地剔了牙，净了手，大喝一声："摆案。"早有人把杀猪的案子支在两只条凳上。又喊"研墨"，求墨宝的人便抢着在一截断砖上凿个手掌大的坑拼命研起墨来。再喊"裁纸"，又有人赶紧把镰刀磨得雪亮，飞快地裁起纸来。再喊"请笔"，两个短发齐眉的小子便把一支秃笔盛在一只摆供品的条盘里，端到大儒面前。大伙便面向大儒和他的秃笔行三跪九拜大礼。礼毕，大儒饱蘸淡墨，运斤成风，在杀猪案前辗转腾挪，直写得天昏地暗、日月无光。乡亲们含着无限崇敬无限景仰的目光围案旁观，一个个屏声静气，目瞪口呆，谁也不吭声，谁也不敢吭声，只听得一支秃笔在红纸上笔走龙蛇，唰唰唰，唰唰唰……我打小就热爱知识热爱创造，特别仰慕有特异功能的人。听说今日大儒献艺，早早就等在门外想一饱眼福。正巧大儒是二狗旦的表姨夫，我就跟随我的亲密战友打入了大儒的书房禁地。我拼了性命，从大人们腿的森林里挤到书案前，借着二十多支红蜡烛的辉煌光辉，看到大儒的墨迹黑大光圆，比鸡爪子写出来的真要好得多。从此我就对书法家十分敬仰，每当听到方家谈论书法艺术，就不免肃然起敬，特别想行三跪九拜大礼！这天晚上，我跟着我的二姐等到后半夜，终于求到了墨宝，叫我如何不珍惜！

贴对联的幸福时刻终于到了。我那时已经五岁了，但因为吃不上好东西没长个，人还没有一条狗高，贴高处的对联当然轮不着我。但我也不甘心在这样重大的文化工程中毫无建树，就趁哥哥姐姐不注意，从对联里翻出三张斗方，端了半碗糨糊贴将起来。虽然我那时还不认字，但三张斗方贴得还是很有创意的：堂屋门上贴的是"牛羊满圈"，羊圈门上贴的是"人丁兴旺"，茅房门上贴的是"五谷丰登"。大儒写的对联更是不同凡响：上联是"土豆烧熟了再加牛肉"，下联是"一万年太久只争朝夕"。横批更绝："不须放屁。"你说这对联好不好？

对联贴好了。孩子们的小脸兴奋地泛着红光，忽然觉得脖子里凉冰冰的。抬起头一看，一朵朵雪花从高远的天际飘落下来，像轻柔的羽毛，像舞动的精灵，慢慢把广袤的大地装点得一片银白。打扫得干干净净的院子里，新糊的窗户纸上，一朵朵窗花开得格外娇艳。在盈盈白雪的映衬下，楹柱和门楣上的对联更红得像一团团火，给贫寒的农家小院带来了春天的讯息和蓬勃的希望。孩子们站在院子里，伸出手掌接这雪花，探出舌头尝这雪花，迈开脚步追这雪花，任凭它们像棉花糖一样在舌尖、在手掌、在脸颊上一点点融化……

五

中午到了，一阵阵胡麻油的香味从家家户户大敞的屋门飘散出来，汇聚在村子的上空，闻着就让人心醉。不用问，第三场大戏开演了：炸油糕。

普天之下，我不知道还有哪个地方的人，像我们雁北人这样对黄米糕充满了由衷的热爱和深刻的眷恋！

黍子去了皮就是黄米。《说文》里这样讲：黍，"禾属而黏者也。以大暑而种，故谓之黍"。黍是中国最早种植的粮食作物之一，在距今八千二百年前的中国甘肃秦安大地湾一期遗址，就曾发现了已碳化的黍的残骸。《黄帝内经》中说，五谷即"粳米、小豆、麦、大豆、黄黍"。黍养育着中华民族，伴随我们走过了漫长的农耕岁月。在《诗·魏风·硕鼠》中，我们的先祖就向"不稼不穑"的寄生虫发出了"无食我黍"的怒吼。《论语·微子》中则一本正经地给我们讲了这样一个小故事：子路跟丢了老师，向一个以杖荷蓧的老者打听。老者把孔老夫子挖苦了半天，说你那个老师四体不勤，五谷不分，你跟着他怕连黍子糕也吃不上。然后"止子路宿，杀鸡为黍而食之"——把这个可怜的子路请到家里，杀了老母鸡，做了黄米饭款待他。那时候，估计还不会把黄米磨成面蒸糕吃，我真是可惜那只老母鸡死得不值。要是孔老夫子领着他那三千门徒到我们雁北宣讲周礼，吃了鸡肉泡糕，一准儿把克己复礼的悠悠大事忘个精光，只能发出一声叹息："食色性也！"到了唐代，士大夫也还是对炖鸡肉和黄米饭情有独钟。你看，峨冠博带的孟浩然摇着扇子出了城，吃了一顿好饭，回了家却死活不愿意告诉老婆在乡下享用了何等美味。晚上写日记却暴露了天机："故人具鸡黍，邀我至田家。"并发誓来年还要以调查研究的名义再搞一回农家乐："待到重阳日，还来就菊花。"到了宋代，黍的种植范围仍然相当广泛。王安石在《后元丰行》这样写道："麦行千里不见土，连山没云皆种黍。"

在中国古代，黍不仅是最重要的粮食作物，还是重要的祭祀用品。《礼记·月令》中有这样的记述："天子乃以雏尝黍，羞以含桃先荐宗庙。"意思是说，天子进献雏鸡和旧黍，再加上成熟的樱桃来祭祀宗庙。唐代鲍溶的《悼豆卢策先辈》中也有"行将鸡黍祭，已是乌鸢食"的诗句。《朱柏庐治家格言》说："祖宗虽远，祭祀不可不诚。"看来孝顺的子孙们认为先祖活着的时候爱吃鸡肉黄米饭，开追思会也得在他们的灵前摆上这两样供品。

大约从清康熙时开始，玉米进入山西，因其产量极高逐渐成为餐桌上的主人，黍的种植面积不断被挤占。道光六年的《太原县志》即有种植玉米的记载；光绪十八年的《长治县志》也有"御麦，今潞属广植，每灶必需，以饼与粥糜同煮，谓之疙瘩"的记载。清光绪三十一年《怀仁县新志·物产》中也列有"玉蜀秫"，但位居谷、黍、稷、麦、豆之后。虽然李时珍先生在他著名的《本草纲目》中赞美玉米"甘平无毒，主治调中开胃"，雁北人却始终没有建立起与玉米的感情。在世世代代雁北人肠胃的记忆里，我们最难割舍的食物绝对是黍子做的黄糕。

上好的糕，要黄，要软，还要有筋道。家乡人这样形容一块好糕：女主人刚把一笼糕揉成一只长长的枕头，举到胸前翻了个个儿，啪的一声扔到红瓦盆里，伸出大拇指按了个坑，倒了一股胡麻油，张开手掌抹匀了，黄糕在正午的阳光下闪现着金黄的光泽。一只饿急了的大黄狗冲进来，跳上炕叼了一口就跑。滚烫的黄糕在狗嘴里扯成了一条线，女主人操起擀面杖就打。黄狗已经跑到了堂屋门口，一松口，黄糕唰地一下收回来，好似弹性十足的胶皮。在我们雁北包括河北蔚县、陕西榆林一带流传着这样一首歌谣："三十里的莜面四十里的糕，十里的荞面饿断腰。"意思是说黄糕不仅适口而且耐饥。下窑的后生、赶脚的汉子，大晌午饱饱吃一顿鸡肉泡糕，仿佛加了 97 号汽油的越野车，到第二天早晨身上还有使不完的力气。

黄糕伴随着雁北人从小到老，从生到死，从喜到悲，从古到今，不仅是我们日常主食里的最爱，也是情感的符号和纽带。生了孩子、来了亲戚要炸油糕，娶媳妇、盖房子要炸油糕，过年过节要炸油糕，死了人也要炸油糕。在平常的日子里，哪家人炸了油糕，都不会关上街门独享，必定会打发一个半大小子，端着一只大海碗给交好的乡邻挨门逐户送去。两家人因为鸡毛蒜皮的小事有了过节，几个月见了面不说话。用笼布包着七八个黄澄澄的油炸糕，再加上一大碗香喷喷的粉条土豆丝拌豆芽或者热腾腾的羊杂轰轰烈烈地送上门，女主人必定会喝住狂吼的看家狗，把友谊的使者迎进来，一迭声地夸奖油糕面软馅好胡油香。血海深仇立马烟消云散，油糕外交取得巨大胜利，睦邻友好关系书写了崭新的篇章。

一个少小离家的雁北人，即使走遍天涯海角，吃尽山珍海味，灵魂深处也永远割舍不下对黄糕的惦记。因为那是母亲的味道，那是故土的呼唤。在离家乡很远很远的地方，一个雁北人只要在饭桌上看到了一盘黄糕，满桌佳肴立马"六宫粉黛无颜色"，眼睛一下就直了，口水不争气地涌出来。随即风驰电掣般伸出筷子，将一大块糕夹到碗里，施展庖丁解牛的手段，眨眼间分割成象棋子大小，随便蘸点菜汤，风卷残云般吃将起来。"棋子"冲进嘴巴，囫囵嚼两下，喉结动一动，沿着食道前仆后继掉进胃里，好似一块块石头砸入古井，发出咕咚咕咚的回响，直把一桌食客惊得目瞪口呆，从此尊为神人，一丝一毫怠慢不得。

与晋中和晋南相比，雁北在教育和文化上要落后一些，人才也出得少。在太原要碰到个雁北人，比在四川的竹海里碰到只熊猫概率还低。老乡们犯了乡愁，便也会有热心人想着张罗一顿饭叙叙乡情。内中但凡是个在江湖上有些身份的，难免会矜持些。煮了螃蟹，不来；炖了甲鱼，不来。在手机上发个短信"吃糕"，欢欢喜喜地来了。进了门，也不握手寒暄，也不互通款曲，酒杯还没端，家门还没报，一人搂着一块糕埋头吃起来。吃饱了，再喝一碗烂腌菜泡白开水，齐活儿，一串饱嗝打得惊天动地，拍拍屁股各自回家。有车的开车，没车的走路。抬起手腕看看表，前后不到二十分钟。下次再见面，谁也认不得谁。假设在革命战争年代，地下工作者和一个下线接头却又判断不了真伪。如果下线说他是雁北人，最好的测谎办法，是和他吃顿饭——如果这厮在馒头、米饭和黄糕中间不选择后者，或者选择了黄糕，吃相却不地道。不用审，拉出去一枪毙了，绝对不会冤枉他。

除夕这天，是我的生日。按家乡的习俗，娘每年都要把一只包好馅没下锅的糕放在门头上，为我祈福。娘去世的那年，我三十七岁。三十六岁那年除夕，在老屋的门头上，娘为我放了三十六只糕。没有娘的除夕，我再没回过老家，也再没有人在除夕为我炸油糕。然而，炸油糕的香味，我永远忘不了。它在我的心里，在我的梦里，在我的生命里。

六

炸油糕的余香还在农家小院的上空弥漫，第四场大戏又开演了——烫羊头和垒旺火。父亲注定是这场大戏的主角，而我则是他最忠实的观众和追随者，并义务承担起跑龙套的角色。

塞外的冬季是寒冷的。为了与严寒斗争，在漫长的冬季里，孩子们把有限的精力运用到了无限的放火大业之中。我们调动全部的激情、智慧和胆量，发现所有可以点燃的材料，探索一切燃烧和助燃的方式，绝不放过任何一个可以放火的场合。有条件要放，没有条件创造条件也要放。有奋斗当然会有牺牲。在生动鲜活的放火实践中，我们不仅烧破了棉鞋和棉裤，燎焦了头发和眉毛，甚至点燃了无数堆秸秆，烧秃了一处处荒坡。每当星星之火终成燎原之势，我们都欣喜若狂地围着这熊熊火光奔跑、跳跃，载歌载舞，好似原始部落的野人隆重集会，庆祝他们捕获了一头豪猪一样。对孩子们的这些返祖现象，大人们当然是嗤之以鼻。仁人志士的每一次举事，都遭到了残酷的镇压。我们伤心委屈的泪水，淌满了干涸的鹅毛河。一年里，只有在除夕这天，能以过节的名义在大人们的英明领导下光明正大地进行放火。

这不仅极大地增进了大人和孩子间的理解和交流，创造了其乐融融、无比和谐的家庭气氛，更使烫羊头和垒旺火这神圣的仪式，成为一场浪漫的游戏。

羊头是用来祭祖的。列祖列宗从正月十六被送到村口自谋生路，到除夕夜才再被请回来接受子孙的供奉，羊头这样的少牢之礼是必不可少的。旺火是用来请神的。灶王爷腊月二十三吃了麻糖，从烟囱里乘着一缕炊烟高高兴兴地上天述职，除夕夜也要结束休假回来上班了，我们要在院子里生起一堆火给他老人家照亮回家的路。父亲半下午就把院子里夏天做饭用的春灶生了火，把拳头大一只小小的羊头恭恭敬敬地请出来，施展十八般武艺仔细打理，其精心细致的程度绝不亚于美容师给当红女星美容。我也像经验丰富的护士配合主刀大夫一样，心领神会，技艺娴熟。爹一伸手，我就把沥青递了上去。沥青熔化了，倾注到小小的羊头上。稍等一会儿，沥青在羊头上凝固了，结成一个硬硬的壳。爹再一伸手，我把火钳递了上去，爹用火钳扯住沥青的一角，怕羊疼似的慢慢把沥青揭下来，羊头就像做了面膜的美女，小脸干干净净、红红白白的，让人不由得心生怜爱。爹又一伸手，我就把一只铁火柱递了上去。火柱在炭火里烧得通红，像搜索残敌一样，在羊脸的边疆地区扫荡了几个回合。随着滋啦滋啦的声响，一股股皮肉烧焦的味道飘散在小院的上空，年味儿的脚步越来越近了。低头看去，小小的羊脸被火柱烫得青一片紫一片的，平生出几分狰狞。好在一会儿下锅煮熟了，先要供奉祖宗的，我一时半会儿还不能和它亲密接触，就让它先吓唬祖宗去吧。

祭祖大礼准备就绪了，该垒旺火给灶王爷发信号了。爹在屁股大的院子里巡视了三五十个来回，在头脑中经过了可研、立项、环评、报建、招标等几百项复杂的程序，牙一咬，脚一跺，果断决策："今年，就这儿。"捡起一块炭在当院画了个圈，确定了垒旺火的最佳位置。我赶紧双手抱拳，单腿跪地："得令了，您哪！"把头顶的破棉帽子往脑后推了推，口里敲打着戏曲锣经"急急风"："锵锵锵锵锵，锵锵锵锵锵锵锵……"在院子里四面八方寻觅垒旺火基座的石头瓦块。其实这些材料去年用完了就集中堆放在菜园子的墙上，但我为了推陈出新，像为蔡太师组织花石纲一样，竭忠尽智，不断扩大搜寻古砖奇石的范围。经过长达两个时辰的努力工作，我终于备齐了垒基座的建筑材料，正要掀起衣襟擦擦汗向总设计师报喜时，忽然又看中了春灶烟囱口的一片瓦，赶紧冒着生命危险爬上高高的灶台踮起脚揭那片瓦。瓦被煤烟烧得滚烫，拿在手里，啪的一声掉到了煮羊头的锅里，一下把铁锅砸漏了。半熟的羊头连带一锅汤浇到了炉灶里，腾起一股白烟。我知道自己闯了大祸，正要向爹投案自首争取宽大处理时，老人家手里提着炭锤子神兵天降一样冲了过来，断喝一声："×死你灰妈的，把这么好的羊头掉进了灰坑，祖宗回来吃刀子呀？"炭锤子带着风声向天灵盖砸来，眼看我就要在生日这天为这只可怜的羊头失去年幼而宝贵的生命。又一想这只小羊和我玩了大半年，从早到晚，如影随形，说杀就让大人们杀了，活着有什么意思呢，不觉悲从心起，哇的一声哭了起来，边哭边骂："啥祖宗……几百年也没见过……年年回来吃羊头……愿回来不回来……愿吃不吃……谁稀罕他……"我娘听见院子里的动静，赶紧冲出来："灰惺惺的，就记住个打孩子！"娘一来，我哭得更亮了。

爹本来也是吓唬我一下，他哪里舍得大过年的砸死他的老儿子呢，就又带着无限憾恨提着炭锤子砸炭去。娘从炉灶里把羊头拣出来，我看到这小小的羊头，先是让沥青浇了，又让火柱烫了，再让开水煮了，接着又掉进炉灰里，焕发出五彩斑斓的模样，不知道祖宗敢不敢吃，反正我是借个胆也不敢吃了。就又转念心疼祖宗命苦：地冷天寒的，大老远回来，看到牌位前供着这么一个稀罕物件，吓不死才怪！想到这里，哭着哭着，噗嗤一声又笑了，一朵美丽的鼻涕花盛开在嘴唇上。不远处，爹砸炭的声音铿锵有力地响着，垒旺火眼看就要进入最精彩的段落了。我便擦干泪水，转身跳下灶台，重新奔赴垒旺火的前沿阵地。

垒旺火是山西大部分地区共同的年俗。在盛产煤炭的地区，旺火是用炭块垒成的一座高耸的塔；没有煤的地方，或用柏木，或用树枝，抑或是一堆秸秆。除夕时分在家门口燃起一堆热热闹闹的火，庆祝五谷丰登，祈求家宅平安。清《大同县志》记载："元旦，家家凿炭伐薪垒垒高起，状若小浮图。及时发之，名曰旺火。"《怀仁县新志》记载："正月元旦，夙兴烧旺火，放爆竹。"虽然从民俗学的角度对旺火的来历有多种解读，但作为一个土生土长的雁北人，我坚定地认为，旺火是游牧民族崇拜火的反映，其形状则与佛教的塔文化有关。过年时，庄户人的院子里燃起的那一堆堆红光四射的旺火，不就是一座座微型的应县木塔吗！

雪花满天飘。爹用我精心搜求的材料垒好基座，把筐子里的炭块一层又一层慢慢砌上去。旺火快收口了，爹带着满满的成就感眯着眼端详他半个下午完成的杰作，好似传说中的鲁班爷欣赏他一晚上建成的应县木塔，身上落满了晶莹的雪。我也对爹天才般的创造力和神奇的建筑才能敬佩得五体投地，便想做一些锦上添花的勾当——给这座塔安上一个塔刹，开辟青出于蓝而胜于蓝的新境界。我撒开腿跑进堂屋，找出大儒在红纸条上写的"旺气通天"，正要捡起一个尖尖的炭块放在旺火顶上，小心翼翼地压住红纸条，忽地脚下一滑，一头撞向旺火，旺火轰隆一声倒塌了。爹把我从炭堆里揪着领口拉起来，正要呵斥，一看我的小脸在炭堆里蹭得七花八乱，神情也愣愣怔怔，又慈爱地笑了。这时候，夜色愈发浓重，雪下得越发大了，北风一阵紧似一阵，风搅着雪，刮得人睁不开眼睛，我对旺火的恢复重建工作也没了兴致，便一步一滑地向屋里走去。

屋里好温暖。一盏电石灯把窗纸映得雪亮，炉火熊熊燃烧，一大锅水在灶台上冒着热气。娘在炕席上放了一张好大的案板，挥动一根足有四五尺长的擀面杖，把脸盆大一团豆面擀成了半个炕席大的一张纸，然后操起菜刀，切成一窝窝又细又长的面条。我坐在窗台前，用舌头在结了冰花的玻璃上舔开了一个小孔，看到爹披着一肩雪花，仍在院子里忙碌，旺火的塔尖慢慢刺向瑞雪纷飞的苍穹……

七

雪花满天飘。天黑透了，充满神秘色彩的第五场大戏——祭祖和接神要开演了。

春节祭祖本来是应当在祠堂里进行的。怀仁在辽代置县，明代成化至嘉靖年间，明军在怀仁与火筛、俺答率领的蒙古骑兵多次交战。

清初姜瓖在大同反清，清军攻陷大同后对周边民众进行了血腥的屠杀。历经元末明初多次战乱和永乐、正统、景泰、正德、嘉靖年间数次饥荒，至万历二十八年，怀仁全县人口仅余7320人。豪族富户或被满门诛戮，或被中央政府迁移到安徽凤阳等内陆地区。至光绪十二年，历经二百八十多年，全县人口增至47771人。除了人口的自然增长，估计元代屯田和明代移民是重要因素。由于饱受离乱和迁徙之苦，全县有家谱的人家寥寥无几，有宗祠的氏族闻所未闻。雁门关外野人家，祭祖的方式也只能因陋就简，聊表慎终追远之意。旺火重新垒好了，刻苦训练的二哥扛着没有准星的三八枪，热爱娱乐的三哥揣着磨出毛边的扑克牌归队了，父亲便带着我们这些男丁到村口迎接祖宗回家。

雪下得没过脚踝了，松软的雪野上留下了一串串小狗跑过的梅花瓣。走到村口，爹带领我们弟兄三个围成一圈，恭恭敬敬地跪下来，摆好供品，插上香烛，拿出纸钱，口中念念有词："爹，妈，爷爷，奶奶，回家过年哇！"这几位老人家去世好几十年了，我从来没见过，不知道他们长得什么样。每年过年把他们请回来，在堂屋里供上牌位，靠墙摆上几双筷子，再点上一盏忽明忽暗的煤油灯，感觉好瘆人，吓得我一到天黑就不敢到堂屋里转悠。爹刚说完这番热情洋溢的话语，就刮来一股旋风，搅起了一地雪粒，形成一道雪柱，笔直地升起来。我疑心是祖宗乘着这股风来了，觉得脖子后面凉飕飕的，头皮一阵阵发麻，吓得胆战心惊，头也不敢回。偏偏下了雪又刮着风，纸钱怎么也点不着。为了挡风，父子四人的头凑得更近了。划一根火柴，灭了。再划一根火柴，又灭了。忽然身后响起一声炸雷："纸钱受潮了哇？"把我吓得肝胆俱裂，原地跳起三尺高。定神一看，不是祖宗，是前院的铜锅大爷，来村口接他死了三十年的爹妈回家过年的。

父子四人稳定了心神，哆哆嗦嗦地点着了纸钱，又在雪地上鸡啄米似的磕了一串头。爹拎着一盏小小的灯笼走在前面，把祖宗领回了家。堂屋的门早就大开了，供桌上摆着几盘供品，在昏暗的煤油灯下冒着稀薄的热气。父亲领着我们在供桌前又跪下来，表达对祖宗的欢迎之情，气氛无比庄严肃穆。我悄悄抬起头，忽然看到那只小小的羊头，经历了千锤百炼，一只耳朵耷拉着，一只耳朵挺立着；一只眼睛睁着，一只眼睛闭着。脸上的表情似笑非笑似哭非哭，无比滑稽，十分诡谲，却依然不忘向我龇牙咧嘴挤眉弄眼。我想笑又不敢笑，直把一张小脸憋得通红……

羊头做完了供品，脸上的肉就被剔下来，拌到一大盆土豆片里，上面撒上葱花蒜末摘麻花，把半铁勺冒着轻烟的胡麻油浇上去，就成了年夜饭的主菜。又细又薄的豆面条煮熟了，浇上金针海带鸡蛋花做的卤，就是年夜饭的主食。此后多少年，我再没吃过那么美味的羊头肉，那么可口的擀豆面！

年夜饭吃完了。大人们盘腿坐在炕上，拣豆芽，包饺子，诉说年景，怀念故人，说着说着掀起衣襟擦起了泪，然后呸呸吐一口唾沫："大过年的，咋说起个这！"孩子们把鞭炮的捻子拆开了，把红红的小鞭炮一只只装在口袋里，焦急地等待着点旺火的时刻快点到来。

终于，远处传来一声二踢脚的响声。接着，爆竹声由远而近稀稀疏疏地传过来。孩子们知道，年来了！就赶紧撒开两腿跑到风雪满天的院子里，像一匹匹快乐的小马驹奔向绿草如茵的原野！

点旺火是家庭最高领导人的专利。如同重大工程项目的竣工仪式，那把剪子固然谁都买得起，但有资格剪彩的肯定是个大人物。这时候，我们的父亲必定会成为全家人目光的焦点。只见他从墙角拖来一捆高粱秸，慢慢塞进旺火的基座，用一块桦皮点了火把秸秆引着了，舞起新做的苔帚呼呼地扇。火苗像舌头似的舔着炭块，渐渐地，旺火被点燃了，红红的火光从旺火的缝隙里迸发出来，燃成一座光芒四射的玲珑宝塔，把白雪覆盖的农家小院映照得格外温馨。爹站在旺火旁，用左手的拇指和食指轻轻地捏着一个二踢脚，点燃了引信。二踢脚冲天而起，发出惊天动地的回响。包在二踢脚外面的红纸炸成红红的花雨，飘飘洒洒地落下来……我从口袋里掏出心爱的小鞭炮，把一截高粱秸秆的芯点燃了做火种，把一声声清脆的响声送给大雪迷茫的天空。忽地，一截只响了一声的二踢脚掉在了雪地上。我如获至宝地捡起来，正抽丝剥茧般慢慢撕开寻找引信，二踢脚咣的一声响了。左手随即感到火辣辣的疼，手掌霎那间肿成了一只馒头。爹回头看了看，没骂我，也没管我，却又张开嘴笑了起来。我借着火光一看，指头竟然一个也没少，也张开嘴傻傻地笑起来。父亲离开我已经有二十个年头了，每逢除夕，我都能想起年幼时和爹一起点旺火放花炮的情景。有爹的除夕，多好啊！

北风那个吹。小院里的旺火光焰熊熊，像一支支红彤彤的火烛，给庄户人苦寒的生活带来了慰藉和希望。放罢了花炮，孩子们便提着灯笼到相邻的人家去拜年，白雪皑皑的街巷里响起了一阵阵喊声、笑声和零零星星的鞭炮声，年味儿越来越浓了！

雪花满天飘……

童年的冬天真的是冷。一大早起来，小伙伴们却像注射了兴奋剂似的，眵目糊也不擦，稀糊糊也不喝，像有狼撵着，又好似被猎人追赶的兔子，一溜烟从东头蹿到西头，从山顶跑到平川，直跑得戴着兔皮狗皮猫皮做的烂棉帽子的小脑袋瓜，在寒风中冒着一团团白气。后面，总跟着一群公的母的、大的小的、有毛的没毛的狗，一个个龇着森森白牙乐得合不拢嘴。人狗过处，烟尘蔽日，绘就了一幅乡村独有的人犬同欢图，那才真是人与动物和谐相处的美好时代啊！

小孩儿和狗为什么要满世界疯跑呢？他们是在期待着一些新鲜有趣刺激的事情发生，而且最好自己是第一个目击者，这将极大提高他在小伙伴中的地位。那时候的我们正接受世界上最好的素质教育，没有升学压力，也不用择校，小学毕业直接上本村的戴帽初中，初中毕业也不发愁就业，马上扛起锄头到广阔天地沾一身泥巴，炼一颗红心，很快还会大有作为。所以那时候，我们虽然在食物上是穷人，在时间上绝对是富翁。最不稀罕的是时间，无论怎么挥霍，第二天太阳照样升起，依然是红彤彤的艳阳天。那时候朝思暮想的，是平凡的日子里发生一些奇怪的、新鲜的、刺激的、有趣的、好玩的事情。从一早上睁开眼，就盼这些事快点到来。

电影下乡

我们盼来电影放映队。

那年头，村子里几乎是一片文化的荒漠，电视自不用说，收音机也没几台。大喇叭小喇叭播的是西哈努克又来走亲戚了，外交部长姬鹏飞往机场迎接之类。小时候，我一直以为当外交部长必须长着翅膀，要不西哈努克说来就来，迎接迟了影响了中柬人民传统友谊咋办。西哈努克要是不来，国庆节天安门城楼上的外国友人，就只剩下路易斯·斯特朗了，那多不热闹呀。小伙伴们特别惋惜白求恩死得太早了，要是活着肯定能上天安门，我们的国际友人也不至于这么少。还有就是大寨、小靳庄、沙石峪三个村粮食大丰收，社员们喜交爱国粮。我们就羡慕这三个村的地咋那么好，不管旱涝年年能丰收，就后悔自己命苦，没能投生在那里。电影呢，全公社只有一台放映机，放映员也是挣工分的社员，他们也只能趁农闲来放映一场两场，放的也都是老掉牙的旧片子，不等说上句，下句早知道了。演《红灯记》，小伙伴们根本不关心铁梅苦难的身世，要等柏山游击队打过来才从睡梦中醒来。放《智取威虎山》，从来不管可怜的小炉匠如何被代表党和人民的杨子荣判处死刑，直到少剑波带着李勇奇、小常宝、小白鸽杀上山，才肯看上一眼两眼。看《南征北战》就记住一句话：张军长，救兄弟一把。张军长却让他再坚持五分钟，不肯增援，从此我就对国民党军队印象不好。就这，放映员还一年来不了几回，经常说要来却没来，害得小伙伴们早早喝了糊糊，搬着石头砖头小板凳，白占了三天座位。来了呢，不是没电，就是片子送不来，上一匣演完得等三五个小时才能从另一个村送来下一匣。送来了也总是断片，银幕上一片雪花。戏呢，县上的"毛宣队"哪能来我们这烂村子。小人书呢，全村统共十来本，没有几代人替生替死的交情，轻易借不来。借来了也一天三五十回地催要，而且前后十来页早撕掉了，看半天不知所以然，只能发动天才般的想象力瞎编。于是，一本小人书有几十个开始和结局，小伙伴们经常为争原创和正宗争得面红耳赤，打得头破血流。我们的业余文化生活，看来只能建立在自力更生的基础上了。

亲戚登门

我们盼来亲戚。

只要亲戚来了，不管是远亲还是近亲，蹬自行车来的还是骑小毛驴来的，长住的还是短住的，我们小朋友一律欢迎，并实行对台政策来去自由。原因很简单，一则亲戚不会空手上门，背的口袋挎的篮子里总会有些好吃的东西，比如一两个西瓜、三五斤黄杏、半升白面、一个羊头。二则会带来些奇妙的消息，而且一般是坏消息，比如谁谁的爷担水掉井里淹死了，谁谁的儿上山采药从崖头栽下来摔成了残废，谁谁的孙子三十大几娶不上媳妇急疯了，大冬天不穿裤子满街跑……当妈的听了唏嘘不已，一个劲掀起大襟袄擦眼泪。小朋友却兴奋难捺，飞也似的跑出去，把这些消息告诉全村的小伙伴，传播速度绝对超过如今的 4G 网速。三则娘总会东挪西借，张罗一顿好饭。这时候，我们这些小朋友就更有了用武之地，脚下像装了风火轮，一会儿去东家借半升面，一会儿去西家要两棵葱，一会儿下地窖取土豆，一会儿抢着拉风箱。平时懒得油瓶倒了都不扶，脖子脏得像车轴也不洗，来了亲戚立马像装了陀螺似的，勤快得像变了个人，其实就是为了跟着在旁边吃两口好饭。那时候家里穷，亲戚来了都做两样饭，亲戚端起碗，小朋友就带着无限崇敬无限热爱的心情，目不转睛地盯着看，边看边咽口水，小小的喉结一直动。当妈的怕客人难堪，一把拽出去，转眼又回来，重复刚才的表情。亲戚刚吃了几口，看着也不忍，忙说饱了饱了，把碗递给孩子。孩子也顾不上道谢，夺过碗来，风卷残云般吃将起来，只留娘在旁边红着脸，一个劲儿地搓手。人穷亲戚少，有时候大半年也没亲戚来走动，孩子便慨叹人生如此寂寞，竟一溜烟跑到官道上，把一个八竿子打不着的亲戚生拉硬拽拖回家来，好吃好喝打发走了，娘关好街门，把热情好客的孩子暴揍一顿。

货郎进村

我们盼来货郎。

那时候物资极其匮乏，村里的代销点只有半铺炕大，卖些臭烘烘的煤油、掺了水的白酒、九分钱一包的香烟、四分钱一张的联四纸、硬得锤子也敲不动的糖块，等等。看店的老头据说去朝鲜打过仗，少了半条腿。每日开了店，并不与凡人搭腔，自顾自从酒缸里舀酒喝，舀出多少酒，就倒进去多少水，所以我们村的人酒量都特别大，喝三四斤不带醉的。就这么个破店，也是孩子们心中的圣地，只要有空了，就把下巴颏儿搁在栏柜上，盯着糖果罐子眼巴巴地看，边看边咕噜咕噜咽唾沫。到吃饭的时候了，才一步三回头，依依不舍地回家去。

公社供销社就不同了，有五间房大，但一大半挂着锄耙镐锹等农具，还有些落满灰尘的花布。可这些和我们小孩子又有什么关系呢，我们真正的兴趣在玻璃栏柜里摆着的那些花花绿绿的小人书。小人书又和我们有什么关系呢，我们的口袋里连一分钱钢镚儿都没有。我们更深刻的兴趣，是想听站栏柜的北京女知青说话。我们穿着破棉袄，戴着烂棉帽子，像极了《智取威虎山》里的小炉匠，每人拖着尺把长的鼻涕，装作腰缠万贯的样子，呼啦一下拥到小人书柜台前，指东指西，买这买那。女知青拿出一本，我们刷刷翻一遍，说不好看。再拿出一本，刷刷刷翻一遍，又说不好看。一柜台的小人书翻完了，女知青却并不恼怒，仍然轻声柔气地和我们说话。她说话的声音、语气和北京口音是那么好听，我至今都记得，但公社供销社离我们村五华里，不是想去就能去的。村里的代销点，兜里没钱，去了也是白去。我们真正期盼的，是走村串户的货郎。

遥想当年，不管是毒太阳烤死人的伏天大晌午，还是小北风冻死狗的数九大寒天，只要货郎的拨浪鼓在村头一响，小伙伴们就像从地底下钻出来似的，霎那间就把货郎里三层外三层地围了个水泄不通，那场面就像现如今的追星族见了明星。在我们的心目中，货郎好似魔术师一样神奇，有一阵子我就差点儿决定不练吹军号了，跟着货郎去浪迹天涯。他的货担里，有无数令人着迷的东西。且不用说妇女们喜欢的针线染料调味品，女孩子着迷的发卡、头绳、雪花膏，要命的是他有在代销店从没见过的各式各样的小玩具。有一次这家伙弄来一个塑料小熊猫，三寸来高，眼睛一动一动的，肚子里放了铁砂子，一摇哗哗响，好玩极了，小伙伴们便一窝蜂地抢购。这家伙的经营方式十分灵活，给一毛钱买也行，拿一斤生铁、半筐鸡毛或一个鸡蛋换也行。一毛钱我是断然没有的。你知道我家就像坚壁清野似的，生铁别说一斤，一两也没有，要是有，我哪会扛着青龙偃月刀出那么大洋相呢。这件事我后面还要给各位看官讲。买不起就买不起吧，我本来也没什么，可恨狗日的二狗旦偷了他爷爷的鸡蛋换来了可爱的熊猫，知道我买不起，偏把这破玩意儿在我耳边摇呀摇、摇呀摇，直摇得我心烦意乱，回到家里不免放声大哭，比申包胥哭秦廷还痛心。

那时候，我经常为一些不顺心的事哭泣，家里人习以为常，把我无比伤心的哭声当作背景音乐，继续进行他们的革命工作。我不屈不挠地哭了两个时辰，终于像愚公老爷爷感动上帝一样感动了我三哥。他不惜倾家荡产，把他平生所有积蓄一毛钱人民币援助了我。那时候天已麻麻黑了，所幸货郎还没有走远，我直把他追到官道边，一手交钱，一手交货，终于买到了心爱的熊猫。月亮慢慢升上了天空，摇着熊猫往家走，我的心情好得没法说，抱着路边的小老树亲了三回，觉得有了这么可爱的熊猫，平生大愿已足，再没什么好追求的了。我一路胡乱哼着小曲，高高兴兴回到家中，正准备在油灯下仔细把玩熊猫，谁知竟把油灯撞翻，煤油泼到破苇席上，轰的一声着了，我那可爱的三寸高的小熊猫随即烧成了一摊灰烬。火当然是救下了，但一顿打是免不了的。那天晚上，我横竖睡不着，觉得我和这熊猫无缘，从此就又收了心，专心到后山没人的地方练我的军号。

乞丐传说

我们盼来乞丐。

在孩子们心里，乞丐是最有趣最好玩最可爱的一类人，也是一个不能说是最差的职业。他们走南闯北见多识广，他们南腔北调诙谐滑稽。他们胆量最大，白天不怕狗敢闯狼潭虎穴，夜晚不怕鬼敢睡古庙坟茔。他们本事最多，会吹笛子会拉二胡会打快板，会说顺口溜会唱二人台会讲鬼故事。他们修养最好，见人矮三辈，遇狗叫大爷，给好吃好，给赖吃赖，狗追不气，人骂不恼。他们衣衫褴褛、鹑衣百结、浑身酸臭人见人厌。他们天不收地不管，四海为家自得其乐。他们消息最灵，谁家起房谁家盖屋，谁家过满月谁家娶媳妇，谁家死了人谁家杀了牛，尽在他们的掌控之中。早上这里的黎明还静悄悄，中午便会神兵天降，哭着笑着，喊着叫着，吹着唱着，把全世界所有的吉利话抑或地球上最悲怆的哭声，作为礼物送给东家。他们有牛一样的肠胃，一顿吃二三十个油糕撑不死，三天讨不到一粒米也饿不着。他们有马一样的腿脚，前晌在关南，后晌到岭北；晨卧长城头，夜宿五台山。他们高举自由平等博爱的大旗，行止无定来去如风，次第乞食，不择贫富。他们坚持不贪不嗔不痴的准则，不气人有不笑人无，吃了就走绝不纠缠。他们有极强的职业自豪感，干一行爱一行钻一行，乞不惊人死不休。他们有最悲催的身世，三岁爹死了，四岁娘嫁人，五岁掉进粪坑摔瘸了一条腿，六岁出天花瞎了两只眼，脸蛋让驴咬过，屁股让开水烫过……反正全世界所有的苦难都落到了他的身上，泥人听了都会掉泪。他们有最辉煌的经历，有的是曾经的阔少，有的是当年的豪强，有的是唱破了嗓子的名角，有的是金盆洗手的恶棍，有的是看破红尘的大隐，有的是狂赌败家的巨贾……反正没一个等闲之辈，如今不过是虎落平阳，将来必有腾达之日。这些话也许都是他们信口胡诌，信不信由你，而且绝对无从考证。但我们这些小朋友是绝对相信的，在我们心目中，他们绝对是偶像级的人物。大人看孩子不听话，便咬牙切齿地骂：不好好学着锄地，长大了讨吃去哇！孩子们就偷着乐：我早就想跟他们走了！可惜我们那个村太穷，乞丐来了看着也心酸，就很少来巡视，小朋友们想拜师学艺弃锄从乞，也不是件容易的事。

这些出类拔萃的人物中的杰出代表，是拉胡琴的老胡和他的儿子喜奴。在以后的文字里，我会给各位看官讲他们的故事。

小号难吹

我们盼当小号手。

现在回想起来，在地道里玩捉迷藏，是几年后的事了。其实那一腊月我们小伙伴们也没闲着。你想，我们毛泽东思想红小兵，阶级觉悟能那么低吗？我们想当刘文学，哪怕让地主掐死也死得其所。可惜全村没个地主，有个富农吧还不偷辣椒。想学龙梅玉荣，把生产队的羊群赶到内蒙古，和暴风雪搏斗完再一个不剩地赶回来，就是把耳朵冻掉了也不后悔。问题是老羊倌不让我们赶羊，他说这群羊一个个瘦得像蚂蚱，别说去内蒙古了，进怀仁城也走不动。

最有趣的游戏当然是扛着红缨枪操练。训练科目包括站岗、放哨、盘查路条、送鸡毛信、刺杀、组织乡亲们转移、掩护大部队撤退等许多丰富多彩、惊心动魄的内容。送鸡毛信那阵子，信一封也没送出去，主要是不知道游击队在哪一带活动，全村公鸡尾巴上的毛倒全拔光了。刺杀练得也有声有色、可圈可点，可惜没戳着老毛子，倒是把小伙伴们的眼睛戳瞎了好几只。惹了事的孩子被家长揪着耳朵去认错，对方家长大手一挥，朗声说道："要奋斗就会有牺牲，死人的事还经常发生呢，瞎只眼睛算什么！以后当了兵练射击不用闭另一只眼睛了；当不了兵当个木匠泥匠啥的，吊线也直。"给人感觉，瞎了眼倒像占了大便宜似的。哪像现在的城里人，孩子被老师扇个耳光，就不依不饶非讨要个说法不行。

那阵子我的事迹乏善可陈，主要是因为没有得心应手的兵器。我家穷得硬是找不出打造红缨枪的半斤铁，装备不行自然无颜去学校，便每天哭着不肯上学。那时候我姥爷还活着，老人家在口外经略多年，见多识广，他的故事我在以后的文字里还会谈到。老人家看我哭得心酸，便找出半截镰刀刃，用烂麻绳绑在扫厕所的扫帚把上，神色严峻地对我说："六子，姥爷和你说，你甭眼红那红缨枪，红缨枪扎得再准，一下只能扎一个灰人，扎进去还拔不出来。咱这大砍刀就是闭着眼扫出去，一死就是一大片。当年关云长关老爷，和灰人打架，用的兵器也不过就是个这！"长大以后，我读了《三国演义》才知道姥爷这是哄我呢，关公能用我这破玩意儿！但当时，我的确是雄赳赳气昂昂地扛着我的青龙偃月刀走进学校，神采飞扬，顾盼自雄，一如关公附体。结果呢，大家可想而知。当时，各个年级的同学们正在小操场操练，一个个盔甲明亮，装备齐整，红缨枪的缨子在风中飒飒舞动，枪尖去处，带着一股寒气。小伙伴们看我扛着这么可笑的一件东西闯入阵来，队列中便爆发出洪水决堤一样的笑声。一个个丢了兵器，弯了腰，一只手按着肚子，一只手指着我，啊啊地叫着，嗓子里却发不出声。我哪见过这阵仗，便弃了兵器，落荒而逃，两个多月没敢再去上学。

逃学是逃学了，此后逃学便成了我的家常便饭，这些事我以后也会再谈到。但有志不在年高，我又岂肯虚度年华。那时候，我还没读过岳武穆的《满江红》，但也不肯等闲白了我的少年头，便日思夜想能走出一条符合自己的装备水平，有自己特色又能一鸣惊人的抗击侵略者的道路。恰好那时候有一本叫作《小号手》的小人书正风行大江南北，小伙伴们都想到队伍上吹号去。而我二哥正好当着民兵连长，有一把破军号挂在房梁上。我便生出一计：与其练刺杀，不如练吹号。按电影里的说法，等同学们胜负难料时，大部队必然会来增援。那时候，二狗旦肯定已身负重伤，会把红缨枪交到我手里，让我为他报仇。我擦干自己的泪水，掩埋好二狗旦的尸体，纵身一跃，站到一块大石头上，吹响冲锋号，军号的红绸子在战火中迎风飘扬！我的妈呀，那该多让小伙伴们羡慕呀！我为自己的妙计兴奋得几天几夜睡不着觉。我妈看我五迷三道的样子以为我跟上鬼了，给我叫了三回魂，在前心后背拔了二十多个火罐。我偏不说破，在家里埋伏了三天，终于趁家里没人，冒着生命危险踩着梯子把军号从房梁上摘下，飞也似的跑向后山，鼓起腮帮子就吹了起来。

吹啊吹，吹啊吹，吹了半个月，脸肿得像被鞋底子抽过似的，军号出来的声音老是噗噗的，像放屁。我诡秘的行踪终于被二姐发现了，她看我练得苦，并不向二哥告密，且指点我说，你吹不响，只因站得低。你看电影里的号手，都在高处站着。我觉得她讲得有理，愈发往山顶跑。成才心切并不看路，终究掉到沟里摔个半死。提着号回了家，又被爹按住打个半死。身份暴露了，军号也被二哥没收了，锁在柜子里，再也摸不着，一个小号手的理想就这样被"反动势力"扼杀在摇篮里。几十年过去了，当不成号手心里总有些不甘。有一次和二哥对坐闲谈。我便问他："你那号为何吹不响？"他说："从公社民兵营领回来的时候，就是把破号，神仙也吹不响，拉练时拴在腰上当个摆设。"我说："那你还锁在柜子里怕我耍。"他说："你二姐的话我早听到了，不锁起来，你一个儿劲往山尖跑，说不定早摔死了。"

那可真是一个幸福生活胡乱成长的美好时代啊！

嘀嘀嘀嗒，嘀嘀嘀嗒，

嘀嘀嘀嗒嘀，嗒嗒。

几十年过去了，军号还在我记忆深处，嗒嗒地吹！

腊月里的乡村，有一件轰轰烈烈的大事一定要在漫长的夜晚紧锣密鼓地进行着，那就是排戏。

乡村是贫困的，但贫困的地方也未必就是文化荒漠。越是在饥寒交迫、颠沛流离的生活境遇中，人类越需要精神的力量，需要灵魂的慰藉，需要含着眼泪的笑声。在漫长的农耕岁月里，乡村识文断字的人寥若晨星，阅读不是人们了解外部世界、满足娱乐需求的主要途径，他们学习社会、愉悦精神的唯一方式是戏曲。日本学者田仲成一先生通过大量的田野考察，得出这样一个结论：中国戏剧的产生与原始巫术、祭祀、礼仪密切相关。中国戏剧就是从古代的乡村祭祀演变来的。农村持久不衰的演戏活动，是为了娱神祈福、驱鬼避灾，是为了庆祝丰收感谢上天的恩赐，也是为了巩固宗族的团结，纪念那些在打斗中牺牲了的族人。我对田仲成一先生的观点表示赞同。在山西，包括我们晋北的乡间，再贫穷偏远的村落都会有一座或大或小的庙宇，有庙宇则必有戏台。真的是凡有水井处，必有丝弦、锣鼓和吟唱声。从正月初三开始，每个村庄除了旱船、花灯、高跷、秧歌等社火活动，必定还会有戏曲演出。除了耍孩儿、道情、罗罗腔、二人台等地方小戏，还有中北路梆子连台整本的大戏。戏台上五颜六色的衣服、各式人物的扮相、咿咿呀呀的唱腔、诙谐逗趣的表演，是孩子们的最爱。只要一听到庙里戏台上热场的锣鼓哐哐哐咚咚咚地响起来，小孩子们必定像被小鬼勾走了魂魄，丢下担水的桶，甩开牵驴的绳，撂下热腾腾的炸油糕，放下没皮的小人书，抛弃捉迷藏的小伙伴，撒开两脚向庙院飞跑而去。

大概是 1972 年或者 1973 年的时候，"文化大革命"已经进行了六七个年头，城乡大地到处都在排演革命样板戏，我们生产大队的广大社员群众对样板戏的热爱和向往之情也与日俱增，一听说周围的村子有演出，全村老少就穿林渡水蜂拥而去。出发的时候天还亮着，路边的野花开得正艳，正在抽穗的玉米飘散着阵阵清香。大家伙奔跑着、追逐着、嬉笑着、打闹着，一个个比小狗发情还兴奋。回来的时候，虽然肚里粒米未进，肠子绞作一团，饿得眼冒金星，但还沉浸在精彩的剧情里，感慨万端，笑声遍野。小后生说："看人家铁梅那辫子，多长哩，多黑哩！"大姑娘说："看人家李玉和那骨头多硬哩，鸠山咋打也不说！"老太太说："看李奶奶那命多苦哩，几年前就死了老伴，偏偏儿子也不是亲儿子，孙女也不是亲孙女！"忽然间，头顶咔啦啦滚来一串惊雷，暴雨像捅漏了天河，铺天盖地席卷而来，仅有的几只手电筒发出的昏黄光线连二尺远的地方都照不出去，崎岖的山路上霎时间平地起水。乡亲们像被恶狼惊散了的羊群，顾不得惦记铁梅的辫子、心疼李奶奶命苦了，摸着黑四散奔逃，耳边一片呼兄唤弟哭爹喊娘的声音……不到十里路，乡亲们摔跟斗跌马趴走了两三个时辰，直到借着晨曦远远地看到村口的堡墙了，才想起清点人数。一看有七八个人不见踪影，才又返回去循着呻吟和叫喊声像抓特务一样仔细搜索，终于在石灰窑里找见了三四个跌破头的，在古墓里找见四五个摔瘸腿的。亲人相见，不免抱头痛哭，其情其景感人至深！

到外村看戏如此不易，乡亲们就盼望县里的"毛宣队"能来村里演出一回。盼星星盼月亮，终于盼到了县城来的大艺术家。大人们忙着拆街门搭舞台拉电灯挂帷幕，做演出前的准备；婆姨们忙着炖鸡肉炒鸡蛋压粉条炸油糕，招待毛主席派来的亲人们；小孩子像花果山的猴子盼回了孙大圣，高兴地翻跟头耍把式，半下午就把低的板凳高的桌子，圆的石头扁的砖头，蚂蚁搬家似的一色一色从家里运到剧场的空地前。二狗旦和四没牙因为领地相邻，仇人相见分外眼红，很快便发生了"边境冲突"。随着战事不断升级，双方的母亲也卷入了争端。

一个说："人不犯我，我不犯人。"啪，一个耳光。

另一个说："人若犯我，我必犯人！"啪，也是一个耳光。

一个说："东风吹战鼓擂，老娘在世界上怕过谁！"劈胸抓了一把。

另一个说："凡是反动的东西，你不打他就不倒！"朝裆踢去一脚。

你看看俺们村婆姨们吵嘴这水平，绝对比小品精彩。因为他们的小品有剧本、有导演，并进行了长达几个月的排练。而乡亲们吵架，则是文武不挡，妙趣横生，唱念做打皆是一流功夫，信手拈来，浑然天成。这免费表演的帽子戏，真比后面的大戏还有趣和好玩。最近，在媒体上看到一些跨过洋出过国的绅士，一迭声地赞美奥地利皇家歌剧院观众的素质。我却颇不以为然——何必把看戏弄得像祭祀似的。男士必是黑色燕尾服，打着黑色的领结，端坐在高大的靠背椅上，神情肃穆得像死了亲爹。女士一个个发髻高挽，晚礼服露着白花花一片脊背，好在是在歌剧院，暖气一定开得很足，这要是在东北看二人转，或是在我们雁北听北路梆子，不等看完一场戏，早冻成冰雕了。其实中外戏剧有着不同的传统，西方的戏剧是从宫廷走向民间的，东方的戏剧是从农村走向城市的。农民是戏剧的衣食父母。每一个在田间劳作的农民，往往既是它的观众，又是它的演员。所以中国的剧场更像一个集市，看戏更像一次聚会，与其说是看戏，不如说是看人。情窦初开的年轻男女是想在剧场悄悄给心爱的人递个眼风，趁别人不注意就钻到麦秸垛里亲嘴去了。中年男女心里互相有了惦记，装作捡掉在地下的烟袋，偷偷捏一下女人的绣花鞋。这点儿小把戏一旦被彼此的丈夫或婆姨窥破，不等散场必有一场恶战，直至引发村庄或家族间的械斗。小孩子只对武生的打斗和丑角的逗趣感兴趣，一听青衣捂着肚子开唱就进入了梦乡，从树枝上一头栽到人丛里。老汉们一只手抚摸着比自己还老的看家狗，一只手抠着脚趾间经年积攒的黑泥，随着演员的唱腔摇头晃脑，没牙的嘴里，涎水流得比岁月还长。剧场边，小买卖人的吆喝声此起彼伏声震屋瓦，却又比演员的道白还亮……真正是千人千态，百人百面。乡间土场上的每一次演出都会产生和繁衍出无数精彩的故事，令乡亲们对下一次看戏像听章回小说一样充满了期待。

闲言少叙，书归正传，咱还是接着说看戏的事吧。县宣这次带来的戏是一台叫作《南海长城》的歌剧，团里的当家花旦魏彩平是我们怀仁县的"刘长瑜"。自从光临了我们村，就像仙女下凡，吸引了全村小后生和老光棍的目光。夜里卸了妆，抖一下衣服能掉下一地的眼球。我却独对渔霸黑头鲨感兴趣，因为他是我姐夫的姐夫的表哥。我为能和这么个大演员攀上亲戚无比自豪，一下午像踩了风火轮一样跑遍全村，告诉了所有和自己有邦交关系的小朋友：我这近亲一个跟头能翻三丈高。夜幕降临了，精彩的演出马上就要开始了。突然，零零星星的雨滴飘落下来。你说这也真是日了怪了，我们村绰号叫作干石井，滴水贵如油，一年下不了三场雨。一开春就全村动员抗旱保春播，一入夏就抗旱保苗，一入冬就抗旱保墒，偏偏最不需要降雨的秋季却总是阴雨连绵。最要命的是早也不下，晚也不下，一说唱戏就下雨，比祈雨还灵验，难不成龙王爷也喜欢看戏？这天晚上，大幕刚刚拉开，天上就大雨滂沱，蓬布搭成的舞台顶上顷刻间流下千万条水柱，从台下看上去，台上跑来跑去上场下场的演员好似花果山水帘洞里的猴子。乡亲们有的顶着块塑料布，有的打着把油纸伞，有的头顶扣着个大笸箩，有的身上披着个烂麻袋，浑身早已湿透，却依然坐得稳如泰山，看得如醉如痴，鼓掌和喝彩的声音盖过了天上的惊雷。我和小伙伴们也伸长脖子，睁大眼睛，等待黑头鲨出场表演绝技。等啊等，盼啊盼，直到第三场，黑头鲨才拎着把鱼叉，裤脚挽得老高，腿上青筋暴起，从后台冲到台前。我们屏住呼吸，准备观看黑头鲨如何一个筋斗云翻到天上去，谁料这厮脚下一打滑，别说翻跟头了，屁也没放一个，就一个狗吃屎摔倒在地，手中的鱼叉飞出来，差点扎到二狗旦的脖子上。小伙伴们的眼光唰地一下向我射了过来，我浑身的血一下子涌上了头顶，脸红得像刚出窑的瓦罐，正要操起鱼叉冲上台把这个不争气的黑头鲨戳成一堆烂泥，只见舞台西侧的配电箱喷出一团白色的光亮，接着传来一声巨响，霎那间整个剧场陷入了无边的黑暗。短路的电线掉进泥水里，像毒蛇吐出蓝色的信子，把边幕旁的乐师一个个击倒在地，手里的小号、铜锣和鼓槌一齐飞出去，把台下的观众砸得鬼哭狼嚎。维持秩序的基干民兵赶紧冲上台去，挥起手中的木棒摸着黑在乐师的身上一顿乱打，拨开了电线，虽然没出人命，但演出再也不能继续下去了。

第二天大早，一睁开眼睛我们就撒开腿向戏台跑去。那曾经给我们带来无数快乐和憧憬的一道道帷幕、一排排刀枪、一口口衣箱、一盏盏吊灯都消失得无影无踪，演员们没等天明就赶紧撤回了县城，此后多少年再也没敢来俺们美丽富饶的小村庄演出。只有光溜溜的街门板和一地的石头砖块，陪伴着我们这些伤心寂寞的孩子。一台无比精彩的歌剧就这样走进了我的记忆深处，永远不知道它的结尾。

费尽周折请来的剧团走了，不带走一丝云彩。村子里好长一段时间鸡不叫，狗不咬，小孩也不哭，沉浸在巨大的悲伤和失落之中。面对广大社员群众日益增长的文化生活的需求与十分短缺的艺术演出活动的巨大矛盾，大队革委会痛定思痛，果断决策：成立石井生产大队京剧团。革委会主任教导我们说，看戏不能靠县剧团。有条件要上，没有条件创造条件也要上。依靠别人的恩赐解决自己看戏需求的局面再也不能继续下去了。主任又说，封锁吧，封锁吧，封锁上十年八年，石井村的一切问题都解决了。主任还说，我们要树雄心立壮志，要唱就唱样板戏，要演就演《红灯记》。这一天，注定要在我们村的艺术发展史中写下浓墨重彩的一笔，成为广大社员群众精神文化生活中的里程碑。

排演《红灯记》，剧本不是问题。一则《红旗》杂志刚刚刊发过全剧。二则全村广大社员群众通过电影、广播、戏剧、小人书、黑板报、宣传画，还有要饭的流浪汉、失恋的神经病等多种方式和渠道，看了至少二三百遍《红灯记》，不等演员说上句，早就知道下句了。遇到穷亲戚上门，吃奶的孩子都会跑风漏气地唱："我家的表叔数不清，没有大事也登门。虽说是亲爹却不相认，可他比亲爹还要亲！"让人听不明白他家来的这亲戚到底是表叔还是亲爹。

服装和道具也不是问题。铁梅打补丁的花棉袄全村有的是，要找件不打补丁的棉袄倒比登天还难。抄起一把没底子的破茶壶，壶嘴上蒙块红布，就是李玉和的号志灯。土布做的白衬衫，扯掉半个袖子，麻绳蘸着红墨水，横七竖八染上些红道子，就是英雄的血衣。捡一团烂草绳，缠上细铁丝做成环，上面仔细裹上旧报纸，用墨汁涂成黑色，便是烈士的手铐和脚镣。鸠山穿的马靴，用下煤窑穿的水靴代替。日本兵戴的钢盔，用采石头戴的柳条帽将就。最不用发愁的是鬼子兵扛的步枪，用的全是民兵手里的真枪。那些年，每个基干民兵都有一支三八式步枪，农闲时便集合起来，一二一，一二一，不惧寒暑，认真操练。回了家就像一根顶门棍一样随手扔到门后头，没人感觉有多金贵。而且这些枪本来就是抗战缴获的战利品，如今让剧中的鬼子兵当道具，也算是物归原主，用起来估计也顺手。

乐队也不是问题。村子里原来就有个唢呐班子。吹唢呐的补栓生下来就没有眼睛，拉胡琴的俊奎三岁时让狼咬掉了耳朵，打鼓的引才下煤窑砸掉了半条腿，弹三弦的小狗出天花留下了一脸麻子……遇到村子里有人家出殡，这伙民间艺术家就你牵着我的手，我扶着你的肩，把一个苦命人吹吹打打送到奈何桥头。看着他们表情怪异，动作滑稽，你是我的腿，我是你的眼，相依相伴，艰难地行走在弯弯曲曲的村巷里，大家伙不知道该哭还是该笑，常常是哭着哭着又笑了，笑着笑着又哭了。这几年破"四旧"，死了人也不让吹唢呐了，听不识字的革委会主任站在村口沟一句梁一句地致悼词："古时候有个人拾了个马鞭。拾马鞭这人说，谁都有一死。死就死了，哭啥哩？人死了就比鸡毛还轻，哭顶个蛋用！抬到坟地里三两铁锹埋了赶紧锄田去，不锄田大伙儿都得饿死屎了，就都比鸡毛还轻……"如今要排练样板戏，唢呐班子总算又派上了用场。

演员也不是问题。我们村西可是供有魁星爷的，又出过九品教谕，少男少女生下来就比周围村子的人聪明俊气。演铁梅的当然是陈兰，她上过初中，叔伯二大爷让日本人捅过两刺刀，远房四舅妈给八路军送过小米饭，也算是苦大仇深、根正苗红。演鸠山的是明元，他打小喜欢学驴叫，又长着一口黄黄的大板牙，年岁越大脸越长，好像和驴真沾着点儿远亲，演坏人也不冤枉。扮李奶奶的是从浑源嫁来的刘玉琴，大伙儿觉得她的浑源口音比怀仁话更接近京腔。王连举谁演？不用问，肯定是龙九。他爷爷当年在鹅毛口伪乡公所当过更夫，这叛徒的角色三辈子也是他演。最难定夺的是谁来演李玉和，大伙儿在奎奎和四白间争执不下。要说论身材长相嗓音，奎奎就像和浩亮一个模子拓出来的。问题是他家成分是富农，这孩子打小连个红小兵都没当过，人家李玉和可是参加过"二七大罢工"的老党员，让他演英雄人物贫下中农，感情上难以接受。四白家穷得少门没院墙的，吃了上顿没下顿，长得寒碜，又是个左嗓子，走路还顺拐。本来和明元是姑表兄弟，明元因为他长得更像驴，从来不认他这门亲戚。最后还是主任大胆决策："越穷越革命。四白演李玉和最合适！"真正的原因大伙儿都清楚：四白妈是主任二十年的老相好。

一切都准备好了，那就开始排练吧。大家伙儿放下手里的粗瓷碗，收起呛人的烟袋锅，拍拍屁股后面的土，就要先让四白来一段西皮流水过把瘾。拉开排演革命现代京剧的序幕，一个问题冒了出来：没有导演！还是主任有智慧，他皱着眉头琢磨了半晌，忽然一拍大腿："快去叫补栓！"

大伙儿马上恍然大悟：对呀，瞎子补栓在戏班子待过，肚子里装着几十部大戏，让他教戏，准定能行。立马打发一个小孩子五百里加急到村子南头的土窑洞请补栓上朝。

过了足有两顿饭的工夫，庙院外面终于传来了竹竿敲击冻土的声音："笃笃笃，笃笃笃。"不用问，补栓来了。

补栓当年在我们村里的地位很高。老人家活得忘了自己的年纪，虽然两只眼睛深如古井黯淡无光，脸上的皮肤却依然细细白白的，身上的青布裤褂永远干干净净。大抵上帝给人关上一扇门，总会给你再开一扇窗，残疾人一般都多才多艺。补栓更是个奇人，又会吹唢呐，又会看阴阳，又会捣古记（怀仁方言，意为讲故事），还会当媒人。这几年英雄没了用武之地，补栓便经常怀念过去的好时光。今天，他听说主任让他导戏，掏出怀里的小酒壶，斯斯文文地喝了一小口烧酒后，慢条斯理地说道："咱们北路梆子的表演，讲究手眼身法步，演员要懂得七哀八哭二十六笑。红黑生旦丑，狮子老虎狗。各个行当怎么演？"

补栓把酒壶揣进怀里，从凳子上站起来，边说边比画：

> 须生怎么演？
> 提袍、甩袖、亮靴底儿；
> 吹胡、耍翎、纱帽翅儿。
> 花脸怎么演？
> 动如虎，
> 行如龙；
> 臂如弓，
> 腰如松。
> 小生怎么演？
> 动如游鱼戏水，
> 静如冰封寒梅。

大家伙儿哪儿知道，这个全村人谁也看不起的瞎子，肚子里竟有这么多学问！当这个一辈子不知道太阳从哪儿升起、月亮从哪儿落下、花儿有多红、树叶有多绿的人沉迷在艺术的世界里，对戏剧表演的程式如数家珍，在小屋的中央边说边比画的时候，借着小小的火炉发出的红红的光亮，大家发现，他没有瞳仁的眸子里，分明闪现着灿烂的光辉，那么专注，那么动情！

补栓轻轻地调整了一下呼吸，接着莲步轻移，柳腰款摆：

旦行怎么演?

青衣两手交,

闺门日下瞧;

武旦风摆柳,

彩旦手叉腰。

补栓拉开架势,蹲了个马步:

武生怎么演?

走如龙,

站如虎;

动如蝶。

补栓的独角戏把大家带到了如梦如幻五彩斑斓的戏剧世界里,一个个看得如醉如痴,围坐在小庙院的禅房里像被电击了一样一动不动。只见补栓金鸡独立,做了一个猴子捞月的动作,正要接着讲述丑角的表演特点,坐在火炉边的主任把快烧住指头的烟蒂扔到地下,边用鞋底子跺边喝道:"还不闭嘴!我们是要排演革命现代京剧,你却在这儿贩卖'封资修'的黑货!要不是看你还会吹个唢呐,一绳子把你狗日的捆起来,扔到鼓楼里冻死尿!"

庙院东北角的鼓楼是村里的土牢房,四面的窗户用砖头砌死了,只留个二尺见方的小洞,上面装着一拃厚的木头门。经常光顾这方圣地的人有四类分子、二流子、小偷小摸者，还有恶攻者——恶毒攻击无产阶级文化大革命的人。补栓有一年因为在人堆里说过一句话："浑身骨头疼，看来是要变天了！"被扔进去体验过生活。今儿个一听主任的断喝，他立马像被抽了筋一样，张开的嘴再也合不住。打了个寒噤，在屋子中央站成了一尊泥塑。

"四白，给叔唱！"

四白就等主任这句话了。这个精干袭人的后生拨开人群，像个牵线木偶似的，胳膊腿儿顺拐着，趔到屋子当中，英勇地占领了文化阵地。他往正扶了扶头顶的烂棉帽子，把两管晶莹剔透的鼻涕吸溜进鼻腔里，紧了紧大裆裤的红腰带，伸出舌头，像小土匪巡山一样，在嘴唇上检阅了几个回合，七声二气地唱道：

　　小铁梅出门卖唱防野狗，

　　来往的账目时刻记心头……

四白家住在我们村的西头，和我们家远隔千山和万水，我虽然从没福分听过他唱戏，但早就听说他一唱戏吓得驴都发疯，本来对他的精湛表演也不抱任何希望，谁承想我还是小看了他的本事！短短的几句唱词，把我们的李玉和演绎得荒腔走板，跑风漏气。那曲调，有点儿像耍孩儿，有点儿像道情，又有点儿像二人台，还有点儿像哭丧调，反正一点儿也不像京剧。那声气，像锋利的刀片刮玻璃，像缺齿的锯子锯木头，像磨秃了的钻头钻瓷坛。一会儿沙哑中透出高亢，余音绕梁，三日不绝，好似一头发情的驴在杏树下引吭高歌；

一会儿低沉中翻出绝望，声如裂帛，气若游丝，像春天里的猫躲在烟囱后伤心地吟唱。反正一点儿也不像李玉和。那动作，好似把羊粪撒进田野，好似把镰刀伸向庄稼，好似把谷个子扔上高高的秸秆堆，好似把木锹扬向无垠的艳阳天。我承认，四白可能是个好庄户人，但绝对不是个好演员。我敢打赌，鸠山真要听了他的唱段，肯定会从椅子上出溜下来，哭着说："老李啊，求求你别唱了，我真的受不了了！我也不打你了，也不骂你了，也不敢和你设宴交朋友了，你欢欢儿（怀仁方言，赶紧）带上你的密电码回去上班去吧。我告诉站长不扣你的年终奖！"

四白唱完了。借着从窗户纸透进的一缕斜阳，我看到四白脸上的粉刺一颗颗憋得通红，划根火柴好像就能燃烧。额头上青筋暴起，豆大的汗珠从脸颊上滚落下来。两只小眼睛鼓胀得像蹲踞在荷叶上的青蛙，盯着屋角的一束蛛丝一动不动……我们的李玉和完全沉浸在了他自己营造的艺术世界里，他是在用自己全部的才华和激情塑造心中的英雄！

原来，我以为驴叫不咋好听。自从领教了四白唱戏，我方才明白驴叫也是天籁。此曲只应天上有，人间能得几回闻。此后再看到二狗旦向嘶鸣的驴扔石头，我一定会制止："人家那是在唱情歌呢，你不爱听，兴许母驴爱听！"四白真是我在艺术方面的启蒙老师。

这天下午，乡亲们也全让四白的才艺展示惊呆了。瞎子补栓呆立在当地，嘴张得像煤窑的窑门，脸上的表情痛苦得像让麻雀把一泡屎拉到了嘴里。二狗旦边擦口水边和我说："老六，我牙痒得贵贱（怀仁方言，实在）不行！"打鼓的引才笑得扎不住，两排假牙箭一样射出去。拉胡琴的俊奎结巴着说："哪……哪……哪……谁有根绳哩，快挽到房梁上，我一天也不想活了。"我家的老狗黑四是个戏迷，一听锣鼓家伙响就魂不守舍，茶不思，饭不想，两只爪子支着头，支棱起耳朵一听一黑夜，听到动情处眼里竟有泪光。今儿听了四白唱戏，向艺术家咧开嘴，露出一口白花花的牙齿，抬起后腿放了个可臭可臭的屁，夹起尾巴伤心地走了。只有我们的主任边鼓掌边叫好："看这戏唱得多好哩！叫四白演李玉和，真是选对人了！"

领导说四白演得好，谁又能说四白演得不好呢？我们村的戏剧表演史从此翻开了崭新的一页，庙院的禅房成了全村的文化中心。每天晚上，大伙儿一放下糊糊碗，就像鬼催的一样，拔起腿向破败不堪的龙王庙跑去。虽然四白的戏仍然跑调，但听惯了也不再觉得多么难以承受，可见人的潜能真是深不可测。最令人欣慰的是，我们的李玉和虽然天天跑调，但每天的跑法都不同。天天都能推陈出新，古为今用，洋为中用，取其糟粕，弃其精华，给乡亲们带来无穷的快乐！而且不管四白跑向哪里，俊奎的胡琴都能跟到哪里，乐队和四白配合得真是珠联璧合、天衣无缝，给大伙儿的感觉是四白从来没有跑过调。一天不听四白唱戏，全村人就像犯了大烟瘾一样，浑身没劲儿。听的时间长了，反倒觉得喇叭匣子里放的《红灯记》，浩亮唱得不如四白好，浩亮跑调跑得让人没法听。可见观众的审美趣味和欣赏水平是完全可以培养的，文艺工作者不能盲目地顺从观众的要求，而要积极地引导观众。早在四十多年前，我们的四白就在这方面进行了大胆探索和成功实践。历史总是一面镜子，这个经验值得我们认真总结。

当全村人沉浸在排演革命现代京剧的欢乐氛围之中的时候，只有一个人从来不在庙院里出现，那就是奎奎。

这个秘密是我和我的亲密战友二狗旦发现的。你知道二狗旦的理想是穿着烂棉裤跨林海过雪原，他只对杨子荣感兴趣，坚持说李玉和的号志灯不如杨子荣手里的马鞭好玩。我却认为号志灯那么红、那么亮，除了能指挥扳道岔，夜里没事了拎在手里大街小巷地转悠也挺好的；那马鞭不过是一根木棍上面缠了些红头绳，连个狗也吓唬不住。二狗旦却说打虎上山离开马鞭万万不行，你提着个号志灯到深山老林有啥用？我俩争得面红耳赤，正要大打出手，把武器的批判变成批判的武器，长达五年的革命友谊眼看就要毁于一旦。忽然，我俩看到前面哪家人的一堵后墙下，远远地，有一盏蓝色的灯在朦胧的月色下闪闪烁烁，像坟地里的鬼火。

有过农村生活经历的人都知道，我们在幼年间坚持认为，夜晚是小鬼的天下。我们感觉每一处断壁残垣、每一座久不住人的幽深院落、每一个黑黢黢的街门洞里都隐藏着一个披头散发的鬼魅。偏偏前两天我们村南的焦煤矿有个工人死在了井下，小伙伴们都说这后生每晚提着他的安全灯在街上一夜一夜地哭。因此，在这无边的暗夜看到一点蓝色的火光，真把我俩吓得肝胆俱裂！我们正要像两只挨了打的刺猬一样，缩作小小的一团，赶紧逃离这点灯火。两只脚却像长在了冻土地上，一步也挪不动，头发一根根竖起来，牙齿格格地打着架。忽然看到那鬼嘴里敲打着鼓点，像一股旋风似的走上前来，手里高高举着一盏电石灯，横在小巷中间，向我俩大喝一声：

"谢谢妈！"

这鬼跃上一个粪堆，转身，亮相，唱：

> 临行喝妈一碗酒，
>
> 浑身是胆雄赳赳……

我俩定睛一看，这家伙不是鬼，是奎奎！说公道话，奎奎唱得真是字正腔圆，声若洪钟，举止动作也像是从电影银幕上走下来似的，比四白那几声驴叫好一万倍。只是他两只眼睛里闪着蓝荧荧的光，像两团鬼火，让我俩不寒而栗，拔起腿赶紧跑。

奎奎在粪堆上哀求着："六子，二狗旦，你们别跑，听我再给你们唱一段！就一段！"

我俩惊魂甫定，逃命要紧，哪还有胆量听他唱戏，只顾向着自己家的方向狂奔，把这个可怜的奎奎，这个从来没有上过舞台、没有一个观众的李玉和丢在了无边的夜色里。呼啸的北风把他孤独而悲怆的唱腔吹向了远方，让睡梦中的人们想起了一匹被狼群遗弃了的小狼……

经过一个腊月的紧张排练，我们石井生产大队京剧团排演的革命现代京剧要进行首场演出了，美丽富饶的村庄里到处洋溢着喜庆的气氛，街巷里四处张贴着花花绿绿的标语，破旧的庙院里更是彩旗招展。按照我们村庄的惯例，不摄影，不拍照，不登报，不宣传，不鸣放礼炮、不摆放鲜花。外村的亲戚朋友来了，每人一碗稀糊糊，不搞超标准接待，也不赠送土特产和纪念品。有几个小朋友给西哈努克亲王和莫尼克公主写了封信，邀请他俩来我们村看戏，但因为不知道通信地址，直到现在也没寄出去。

腊月二十七，是我们永远不能忘怀的日子，《红灯记》就要登上石井村的革命文艺舞台了。我们欢欣鼓舞，我们奔走相告。我们冒着暴露目标让敌机轰炸的危险，半下午就家家户户开始生火熬糊糊。夜幕刚一降临，我们就从抓革命促生产的田间地头，从学工学农学军批判资产阶级的课堂，从不爱红装爱武装的练兵场汇聚到了小小的庙院里，等待演出的开始。

演出当然毫无悬念地取得了巨大的成功。只是在鸠山设宴和李玉和交朋友那场戏出了点儿小小的意外。我们的"李玉和"——四白，和扮演鸠山的明元是姑舅亲，四白的妈是明元的大姑。四白能演李玉和，对四白妈来说是件十分露脸的事，所以就到邻村接来了四白的姨姨和姨夫，也就是明元的二姑和二姑夫。开戏前，四白陪着二姑夫喝了几杯酒，所以上了场多少有点犯迷糊。好在四白基本功十分扎实，这晚上仗着酒劲，跑调跑得更是花样翻新，出神入化，广大观众看得也是如尝甘醴如饮琼浆，掌声不断，大呼过瘾。到和鸠山斗智那场戏，四白的酒劲涌了上来，眼前有些发晕，嘴里有些犯渴。鸠山给他倒一杯，他喝一杯。再倒一杯，再喝一杯，连喝了十几杯也没有停的意思。鸠山本来就对四白和二姑夫喝酒不请他心里有火，在台上看四白这不着四六的样子，气就不打一处来，把手中的酒壶——里边当然装的是水，一把摔了个稀烂，揪住李玉和的衣服，当胸就是一拳："你他妈喝得有完没完！"李玉和像一只装了干草的口袋一样，咕咚倒了，剧里的台词全忘了，口中骂道："×你妈的明元，你敢打爷，你看爷散了戏不寻大舅告状去！"明元又是一脚："告你妈个×，喝酒时候咋想不起你大舅！"

台上打得乱成了一锅粥，台下的观众却以为剧本作了修改，纷纷赞许这一神来之笔。观众背后龙王庙正殿的门口，突然传来了一声清亮的唱腔：

> 栽什么树苗结什么果，
>
> 撒什么种子开什么花，啊——啊啊啊……

观众回头一看，唱戏的是奎奎。他头戴用竹圈撑起的大檐帽，手里高举着一盏电石灯，上身穿着一件蓝色军便服，却光着两条腿，赤着两只脚，大义凛然地屹立在凛冽的寒风里。

这孩子疯了。

主任赶紧打发民兵把破坏文艺演出的奎奎用一条蘸了水的麻绳捆作一个粽子，打开鼓楼的门扔了进去。舞台上，李玉和的酒劲也过去了，演出依旧波澜不惊地进行下去。

终于快到最后一场戏了。柏山游击队的同志们就要冲出来，打死鸠山为李玉和报仇了。躲在幕后的二狗旦他哥大狗旦，负责在游击队开枪的时候，用手里的炭锤子砸响火药片。谁料不知是太紧张砸不到火药片上，还是火药片受了潮砸不响，游击队员向鸠山扣了十来下扳机，还是没听到枪响。大狗旦的脑袋里就嗡地响了一声：他家成分高，影响了演出肯定要被扔进鼓楼和奎奎做伴儿去。这会儿，大狗旦连死的心都有，恨不得一头从舞台上栽下去。突然，又一个游击队员冲上来，瞄准鸠山就是一枪。枪响了，鸠山没打住，可怜的王连举胳膊上中了一枪，鲜血呼地一下冒了出来，王连举疼得倒抽一口凉气蹲了下去，口里哭出了声。乡亲们骂道："怨不得当叛徒哩，假装中了枪还疼得哭爹喊娘哩！看那骨头软的！"外村来看戏的人由衷地啧啧称赞："看人家石井村这戏演的，跟真的一样！"

其实，这一枪就是真的。我给大伙儿说过，这出戏里的道具，唯有枪是民兵用的真枪。下午民兵打靶，着急回家看戏，就忘了退出枪膛里的子弹。也是因为这枪从没校过准星，我们的民兵战士枪法也扯淡，鸠山才躲过了一死。王连举糊里糊涂挨了一枪，倒也不用自残了，演得又那么逼真，引起小朋友们极大的热爱和崇敬。第二天，全村的小朋友都把胳膊用红腰带和书吊在了细细的脖子上，在村子里气宇轩昂地行走。恍惚之中，美丽富饶的石井村一夜间竟成了王连举的天下。

多少年过去了，我再没看过这么精彩的戏。后来，村里的剧团还演过传统戏《十五贯》《卷席筒》，我二姐还扮演过苏戌娟。再后来，分田到户了，村里的剧团也解散了。再后来，县里的剧团也在文化体制改革的时代浪潮中销声匿迹了。前一阵子，我的舅舅去世了，请了一支八音会给老人送行。我认出那个吹唢呐的汉子竟是县剧团当年的小号，他依旧梳着气派的大背头，只是头顶的头发已经稀疏得遮不住头皮。当他在花圈丛中脸红脖子粗地吹着唢呐的时候，我不禁想起他来我们村演《南海长城》的时候，手中的小号那金黄的光泽，鼻子竟有些发酸。

今年清明，我回村上坟，路过村西的龙王庙时，听到里边竟有人在高唱《红灯记》中李玉和的唱段。当年，是观众看不到戏剧。现在，是戏剧失去了观众。此时此刻，在我们这穷乡僻壤，是谁，还在为戏剧坚守？好奇心促使我走进了庙院。我看到塌了半边的戏台上，一个年近六旬的老人，穿着一身破旧的军便服，手里高举着一盏电石灯，如泣如诉地在叮嘱台下的观众："穷人的孩子早当家！"

这人是奎奎。

夕阳斜斜地照在古戏台上，仿佛一束追光，照射着奎奎的过去和现在。当年像一棵小白杨一样挺拔的身板，如今变得佝偻了，像一株灰蓬蓬的小老树。一头乌黑茂密的头发，变成了一丛枯白的蒿草。只是一双眼睛，还是那么黑、那么亮，看得你心里发慌。

是的，我们都对不起奎奎。我和二狗旦也对不起奎奎，我们曾经那么绝情地拒绝当他的观众。现在，只有我一个人坐在这杂草丛生的庙院里，当一回奎奎的观众。因为，我童年时的亲密战友二狗旦，去年已经被胃癌夺去了生命，再也看不上这么好的戏了！

眼泪不知不觉地流下来。

身后，突然传来一声叫好声。

看来，奎奎的观众不止我一个。

他会是谁呢？

回头一看，这人是当年的主任。

他也老了，老得像一段朽了的木头。

我特别想问他一句："这一声好，四十多年前，你怎么就舍不得喊出来呢？"

這天下午我
它把舅尖貼在
窗玻璃上把拿厚
的冰花化斤一個瞭
望孔就看到大
一小角天我遠
凍出瓦爬院裡
走即公小雪批
升嗓子高一事低
一聲喊著
奶奶奶哥我
來了我一聽就
知道是我日
愚夜想的
納先弟
甲辰春月
晉生於
大草陽

在我童年的记忆中，乞丐是最有趣最好玩最可爱的一类人。大人看孩子不听话，便咬牙切齿地骂："不好好学着锄地，长大了讨吃去哇！"孩子们就偷着乐："我早就想跟他们走了！"

大人们训孩子时，虽然警告他们不学好只能要饭，但绝没有蔑视乞丐的意思。我们那地方历史上是五胡杂居之地，经历过无数血腥的厮杀，又见证了各民族友好相处交流融合的历程，民风强悍质朴，人们豪爽大气，极是热情好客。从我们村沿着洪涛山脉往北走一百华里，就到了长城脚下，翻过长城就是内蒙古的乌兰察布。遇到年景不好，我们就到乌兰察布投亲靠友，有时一住就是好多年甚至定居下来。小时候，我娘就经常给我讲走口外的事。娘说，那时候到口外全靠两条腿，口袋里背着些麻和辣椒，天黑了，随便叫开路边一户人家的门，都会被主人让到热炕头上，端上莜面山药蛋管饱吃。夜里睡在一铺炕上，聊口里口外互相认识的人，三聊两聊就攀上了老亲，索性披着羊皮袄坐起来，拨亮了油灯，聊家世，聊年景，聊伤心的往事，边聊边流泪。直聊到鸡叫三遍，主人忙下炕，抱回莜麦秸，生火做早饭。临走，还把放了牛油的炒面三碗五碗地往褡裢里装。娘过意不去，要留些麻和辣椒面，主人按住手死活不让，说："口里年景不好，以后日子好过了，口外遇了灾年，我们去找姐姐，讨一口饭吃。"饭也吃了，炒面也拿了，上路吧。抹把泪，冒着刮得睁不开眼的白毛糊糊往北走，主人一直送到村口，看不到人影了，还在扯开嗓子喊："他姑姑，返回来还来呀！"就这样，一路白吃白住白拿，从怀仁鹅毛口石井村走到商都八股地郭家村，住上三个月两个月，再背上莜面白面胡麻油回口里。娘从内蒙古背回来的，何止是精米细面，是一口袋的故事，几代人的情谊！那时候，我家里的内蒙古亲戚没断过，来了不是叫姑姑，就是叫舅舅，见了面，那个亲呀！所以直到现在，我一见内蒙古人就觉着亲，一听二人台就想哭，只因为这些故事载着深深的乡愁！

小时候，娘总给我说，人都有马高镫短的时候，有饭给饥人吃，有衣给寒人穿。要饭的人来了，娘不让狗咬，不让孩子骂，总要把他们让到屋里，有啥给啥，吃饱再走。赶不上饭点的时候，哪怕是半碗小米，一个土豆，也要给这些可怜人。临走，总不忘给他倒一碗开水，让他们在腊月的寒风里暖和些。老家的人称呼乞丐，叫借饭的，这里边充满了禅机和人生的哲理。而且，借饭的，都是些穷且有自尊的人。那时候，家家户户外出的时候并不锁门，只把门鼻挂上，即使挂把锁，钥匙也总在门头上。院子里，有瓜有菜有粮食。但只要主人不在，他们绝不会进院子。他们只是要，绝不偷。三九天，呵气成冰，主人如何让，他们也不肯进屋。给一碗饭，也总要倒进自己的破碗才去吃。他们知道村里人穷，来一次后，三年两载再不登门。倒是村里人反而惦记他们：这么冷的天，没眼的二奎、断腿的三拴不会冻死吧？大伙儿把这些可怜人慢慢地

血染海棠红

——谨以此文纪念伟大的抗日战争胜利 69 周年

当成了自己的亲戚或朋友。

下面，我就讲讲要饭的老胡和他的儿子小胡的故事。

一

听娘讲，老胡头一次来我们村，是 1966 年正月，那时我还没有满月。娘四十二岁生了我，一点奶水也没有，街坊四邻都说这孩子养不活，撺掇让送了人。人家也找好了，男人是口泉煤矿的工人。我三哥比我大九岁，二姐比我大三岁，一个抱着我的头，一个扯着我的腿，撕心裂肺地哭喊："别抱走我的小兄弟！别抱走我的小兄弟！"孩子们哭，娘也跟着哭。我出生那天是腊月二十九，那年没三十，二十九就是除夕了。当时都住大杂院，我叔伯二大爷出门垒旺火，听到一家人的哭声，隔着窗户说："他婶子，这孩子能生在大年，看来是个有福的。我就一个儿，你把孩子留下，和我儿做个伴。以后有二哥一口吃的，就有这孩子一口吃的，二哥帮你们拉扯他！"当娘的，不是万般无奈，谁愿意把自己的骨肉送人呢？娘含着泪说："一口奶也没有，不送人，能不能活，看他的命哇！"所幸我胃口好，米汤也行，糊糊也行，有啥吃啥，吃啥啥香。最奢侈的食物，是在雁崖矿当经济民警的大哥从牙缝里省下的几斤大米，娘用碾子碾碎了，放点白糖，做成糊状，用铁勺头在炭火上烧熟了，用指头蘸着，喂到我嘴里。爹还千方百计从大同买回铁罐装的炼乳，每顿往米汤糊糊里掺一小调羹。

那年立春迟，过了正月十五忽然下了一场大雪，连下了三天三夜，直下得天地皆白，沟满壕平。爹步行八十里到大同给我去买炼乳，返回时被大雪堵在了路上。黄昏时分，娘听得窗外有人踩着没膝深的雪，忽嗵忽嗵往里走，以为是爹回来了，撩开水泥袋子糊成的窗帘往外一看，只见一个人右肩背着要饭的袋子，左肩挂着一把胡琴。雪花落在烂毡帽上融化了，冻成冰作的钢盔。眉毛胡须结满了冰霜，看不出眉眼长得是啥模样。那人跛着右腿，跌跌撞撞走到窗前，轻轻拍着窗棂，哆哆嗦嗦地说："大嫂，救……救……命吧，我娃三……天没吃一……口东西了，你行……行好！给我娃……吃口奶吧！"娘听出这人不是结巴，是冻的加上饿的。隔着窗纸，娘听到从这人的怀里，传出几声猫叫一样有气无力的婴儿啼哭声。那会儿，大米粉吃完了，炼乳买不回来，米汤喝了不抗饿，我也正饿得一个劲哭，哭累了就吃自己的拳头。好在赶上生产队的老母羊下了羔，奶水还挺旺，我大姐就去央求老羊倌，每天去挤半碗奶。这会儿正好挤奶回来，娘就让大姐把这人叫进堂屋，把他怀里的娃抱了进来，将这半碗羊奶掺在米汤里，喂给我俩吃。大姐有点舍不得那羊奶。娘说："堆这么厚一场雪，要饭也迈不开腿。大人还好说，不给那可怜的孩子吃几口，走不出咱这院子，就饿死了。做人，要心善！"就这样，娘把这孩子留在我家热炕上，喂了好几天。

雪化了，这人来抱孩子准备到别的村乞讨，见了我娘，流着泪说："大嫂，谢谢你救了我娃一条命。你的大恩大德，我父子俩一辈子都忘不了！我别的也做不了，就给你拉一段二胡吧！"这人就在台阶上坐下，调了调弓弦，拉了起来。如泣如诉的琴声引来了街坊四邻。这人拉琴的时候，五个冻得像小红萝卜似的手指，像五只小鸟在枝头欢快自如地跳跃。他不看弓弦，也不看观众，眼前像笼罩着一层薄雾，似乎回到了久远的回忆中。大伙不知他拉的是什么曲子，只觉得听他拉琴，心里一揪一揪的，鼻子一个劲发酸。二狗旦他娘素来心软，看别人家出殡，人家闺女媳妇不哭，她倒哭得腿软得站不住。这会子哭得肩膀一抽一抽的："这灰人，拉得人心上难活的！"

这人把孩子贴身抱在怀里，要出门了，又对我娘说："大嫂，我姓胡，老家是崞县的。我这一走，也不知多会再来。你一副菩萨心肠，对我娃这么好，可怜他打小没个娘，你要是不嫌弃我是个要饭的，咱们就结个奶亲家，让这娃给你当个奶儿子吧！"老胡的娃在我家住了几天，娘一日几回地喂他，眼瞅着他的小脸有了血色，一双瞳仁黑黑的，人走到哪里眼神就追到哪里。这一说要走了，竟有些舍不得。听老胡这么一说，娘一迭声说："不嫌弃不嫌弃，多袭人的个小子呀，就让他给六子当个兄弟吧！"就这样，老胡的娃成了我的奶兄弟。

两三年过去了，老胡再无音信，倒是娘时不时提起这父子俩，不知小胡是不是还活着。

二

小胡活没活着，那会儿我其实并不怎么惦记，因为我正干着几件轰轰烈烈的大事呢，每天忙得昏天黑地，小胡是死是活，与我有什么相干。

前面讲过，我出生在除夕，同岁的孩子大多比我大将近一岁。

我打小没奶吃，身子骨弱，出去玩总是受欺负。我偏又生来胆小无能，挨了打从不敢还手，就记住个哭。挫折和失败使我认识到，改革开放不适合自己的国情，玩耍必须走独立自主自力更生的道路，坚持积极防御的方针，从此便很少出去玩。经过两年多的艰苦探索和实践，到我三周岁诞辰的时候，我基本建立了独立的比较完整的玩具系统和玩耍体系。主要包括三方面的内容。首先是收藏和鉴赏。每天早上九点钟，也可能十点钟我从被窝里钻出来，胡乱吃两口饭，便把一只破油篓从堂屋慢慢挪到院子里。油篓里放着我费尽心血搜集的破绳头、烂镜子、死老鼠、旧门闩之类藏品。我在阳光下把宝物倒出来，然后兴致勃勃地开始清点和把玩，在确认一件都没有损坏和丢失之后再小心翼翼地放回油篓，其精细程度绝对超过故宫博物院的文物管理员。只因这是我的全部家当，比如死老鼠就是用三张糖纸两个烟盒和二狗旦换的，那家伙口袋里经常装着好几只死老鼠，我却一只也没有，叫我如何不珍惜！

到中午了，我该看望我养的那窝蚂蚁了。我认识它们有大半年了，刚把一泡尿灌进蚂蚁洞，它们就高高兴兴地跑出来，晃动着触角和我打招呼："吃了没？"

我说："吃了。"

"吃的啥？"

"玉茭窝窝。"

"咋顿顿吃这？"

"不吃这吃啥？"

"玉茭窝窝好吃吗？"

"划嗓子划得咽不下去，能好吃？"

"不好吃咋不吃黄糕？"

"看你这话说的，没有么。"

"唉，看你这活得可怜的，还不如跟我们当蚂蚁呢！"

"当就当，你以为我不想？"

聊着聊着，我就睡着了。睡梦中，我变成了一只小蚂蚁，在蚂蚁窝里幸福地生活，不用吃难以下咽的玉茭窝窝、高粱糕了，没有人打我欺负我，也没有人抢我油篓里的宝贝。我拉着两只小蚂蚁的手，高兴地叫啊，跳啊！直到一只小蚂蚁钻到鼻孔里，把我痒醒来，我就开始进行军事训练了。

如果是夏天，军事训练一般是在西墙下进行的，因为下午那地方凉快。我一个人既是将军又是士兵，下达完命令，马上跑到对面去执行。报数时，我一个人要从一报到九，不是我的队伍少，只因我那时还不识数，两位数以上根本弄不清楚。训练时动作慢了将军就会生气，我就会罚自己到毒日头下站一两个小时，直到将军气消了我才能重新回到西墙下的营房。我每天一个人进行着一个将军和九个士兵的操练，口令声此起彼伏，动作整齐划一，有趣极了。你说，我能顾上想小胡吗？

三

转过年的秋天，刚过白露，一场秋雨过后，杨树叶子就快落光了。葡萄树上的蝉也闭了嘴，叶片间几粒没摘净的葡萄经了秋霜，紫盈盈的像玛瑙，吃到嘴里格外甜。西墙下几株野生的红姑娘，叶子变得又黄又脆，指头肚大的果实熟透了，红得像一支支小小的火炬。院墙上的南瓜在阳光下泛着金黄的光泽，挺着圆圆的肚子等着主人采摘。

　　那时候，我的队伍已操练得很有成效了，算上我的狗，人数已经壮大到了十六个。一天下午，我在训练间隙探望我养的蚂蚁，看看这几天它们瘦了还是胖了。刚走到它们家门口，就看到两只蚂蚁为争一只苍蝇翅膀打得难解难分，一个折了胳膊一个断了腿。他们两个我都认得，一个叫大宝一个叫二宝。大宝、二宝见了我，边哭边抢着说苍蝇翅膀是自己先发现的，让我给他们评理。我正要给这兄弟俩劝解，突然看到一个要饭的，右肩背着要饭口袋，左肩挂着把胡琴瘸着腿走进院来。这人四方脸，扫帚眉，豹子眼，看不出颜色的烂褂子领口扣得齐齐整整，上衣口袋还插着一把卷了毛的牙刷，要不是衣服破，倒不像个要饭的。我家的老狗黑四，比我还大三四岁。平时隔壁邻右来借个簸箕扁担，只要我不下命令，我的狗就咬得人家进不了门。今天见了这要饭的，我的狗却笑得后槽牙都露出来了，一溜烟跑过去，站起身来把前腿搭在那人肩膀上，伸出舌头舔那乞丐的脸。那人也抱着我的狗，黑四黑四地叫。娘听到动静，走到院子里。那人就说："奶亲家奶亲家，我老胡带着喜奴来看你了！"边说边把躲在他身后的小孩拉过来："喜奴，喜奴，快叫奶妈，快叫奶哥哥。"喜奴就走上前来，怯生生地看着娘和我，奶妈奶妈奶哥哥地叫。娘见了这爷儿俩，喜出望外地说："你个灰老胡，叫大黄风刮到天边去了，两三年连个鬼影也见不着！"又把喜奴搂到怀前：

"可怜的娃呀，奶妈只怕你活不成个人，谁承想你长这么高了，你是吃雨喝风长这么大的吗？"说着说着竟掉下泪来，就又忙着进屋把中午吃剩的窝头连笼屉端了出来，又从缸里盛了一大碗烂腌菜，倒了两碗白开水，让这爷儿俩坐下来慢慢吃。老胡边吃边说这几年走了哪些地方，遭了哪些罪。喜奴没奶吃饿得吮爹的乳头，挨门乞讨央求人家给喜奴一口饭吃；喜奴出水痘烧得像火炭，他跛着腿四处打听，又跋涉几十里找到一个老中医讨了几味药，把喜奴从鬼门关拉回来……说着说着就流了泪，娘也跟着哭。喜奴却一点反应也没有，好像在说别人的事，只顾埋头吃窝头，咬一大块到嘴里，顾不得嚼就咽下去，嗓子里像长了几只小手，一转眼吃了三四个。娘看着心疼："看把孩子饿成个啥了！"

喜奴吃饱了，慢慢走过来，挨着我坐下。我看我的这奶兄弟，头发细细的黄黄的，一双眼睛也细细的黄黄的，胳膊腿也细细的，只一双脚宽宽的，脚指头从两只不一样的鞋里探头探脑地钻出来。我发现喜奴长得一点儿不像老胡，倒和我有点像，怨不得是我的奶兄弟，心里头就觉得稀罕他。我就拉了他，看我油篓里的宝物，又把我养的蚂蚁一只只介绍给他认识。晚上，我就让喜奴和我盖一床小被子，给他讲大宝二宝打架的事。我说："喜奴我能听懂蚂蚁说话你信不信？"喜奴说："我信哩。我出疹子那会儿，住在古庙里，爹出去讨饭一走一整天，我就和房檐下住的那窝小燕子聊天。如今在路上碰见，它们还认得我，追着我飞老远，飞累了就落在我肩膀上，凑到耳边叽叽喳喳和我说悄悄话。"我听了就越发把喜奴当作了知己。

早上天刚亮，喜奴就穿好衣服，把我的两只没后跟的鞋齐齐地摆在炕沿下，说："奶哥哥起哇，奶哥哥起哇。"我说："喜奴你咋起这么早？"喜奴说："平素起得比这还早，起迟了就讨不上饭了。"我就赶紧装束停当，带着喜奴吃了稠粥到西墙下操练。我号称有十六个兵，但其实真正的兵除了自己只有黑四一个，这个秘密我从不和外人说。今日里有了喜奴，就给黑四放了假，黑四高兴地抬起后腿放了个响屁就去找它的朋友们玩去了。我当了一年多将军就没见过喜奴这么好的兵，让立正绝不稍息，让上树绝不爬墙，站岗放哨埋地雷抓特务也无师自通做得有模有样。由于将士同心，这个上午我们杀敌无数斩获颇丰，兵锋所指所向披靡，疆土沿西墙往南推进到了菜园子一带。

我和喜奴兄弟俩刚玩了没几天，老胡就来领他了，我们俩就哭着不想分开。娘说："你就让喜奴再住几天吧，再穷也不差他这一口吃的，熬糊糊多添半瓢水全有了。"老胡说："奶亲家，我知道你待见喜奴，可这年头多个人就多张嘴，我也不忍心再糟害你们了，过几年我们再来。"就让喜奴给奶妈磕了头，拉着他上路。喜奴也不想走，一步三回头，哭着说："奶哥哥我还想和你耍！奶哥哥我还想和你耍。"喜奴哭，我也哭。我就把油篓里的宝物倒出一半给喜奴装在口袋里，直把他送到官道边，看不到人影了，才一个人哭着回家。

四

三年后的一个腊月天，一场纷纷扬扬的大雪笼罩了山川和山野，北风搅着雪雾，直刮得天地间一片苍茫。道路、田畴、水井都一并消失在皑皑白雪之中，只有三四根烟囱冒出几缕蓝色的炊烟，整个村庄仿佛回到了天地初开的混沌之中。羊儿断了草料，饿得咩咩叫，互相啃着吃脖子上的羊毛。麻雀觅不到食，从树枝上一头栽下来，像一块冻硬了的石子一样砸到雪地上，死了。间或有一户人家艰难地推开屋门，端一盆雪回去融化了熬粥。谁也不知道，这雪多会能停。

那时候，我刚上小学一年级，每日里坚持以玩为主，努力逃学。譬如故意睡懒觉，等挨到日上三竿，磨磨蹭蹭往学堂走，老师看我迟到，必然不让我进门，我便高高兴兴把家还。偶尔一次起早了，还要把课本和作业本顺手塞到鸡窝里，进了教室又马上告假回家取书取本子，一走就是两三个时辰。今儿下了大雪，自然是有一万个理由不用去上学了。而且二姐中午回来又带来喜讯，我们一年级的教室让大雪压塌了，一直到明年开春都不用去学校了，我心里真的是乐开了花，早把没练成军号，又烧死了熊猫这些烦心事丢到爪哇国去了。

这天下午，我刚把鼻尖贴在窗玻璃上，把厚厚的冰花化开一个瞭望孔，就看到一大一小两个雪人连滚带爬往院里走。那个小雪人扯开嗓子高一声低一声喊着："奶妈奶哥哥我来了！奶妈奶哥哥我来了！"我一听就知道这是我日思夜想的奶兄弟！赶忙一骨碌跳下地，连鞋也顾不上穿，就跑到雪地里，把喜奴紧紧地抱住，哥儿俩的鼻涕泪水冻在了一起。

也是因为这场铺天盖地的雪，老胡出不了门，就提着要饭口袋里的百家面和外院的光棍汉铜锅大爷搭伙。喜奴就归了我，我每天一睁开眼就挖空心思开辟新的玩耍项目。大雪封门，堂屋就成了我俩的剧场，我和喜奴的关系由将军和士兵变成了观众和演员。喜奴可真是个天生的好演员，右玉道情、朔县耍孩儿、广灵大秧歌、阳高二人台、灵丘罗罗腔、临县的要饭调、河曲的民歌酸曲儿，没有个他不会唱的。方圆几百里的方言土语，没有个他不会说的。快板也会打，胡琴也会拉，唢呐也会吹。最绝的，是他一个人能演整出的《沙家浜》，他一会是胡传魁，一会是阿庆嫂，一会是刁德一，数九寒天忙得满头大汗。那时候我俩都开始换牙，喜奴展示才艺到了兴处，一个跟头翻上柜顶，跑风漏气地唱起来《要学那泰山顶上一根葱》。我和喜奴说郭建光吃糕就的这葱肯定挺辣，喜奴说那还用说哩，准保比应县小石口的独头蒜还辣哩。说完了又一个跟头翻下来，直接杵到狗食盆里，把个传家宝狗食盆撞个稀烂，头上还划开好几个血口子。

对小孩子来说，夜晚是小鬼的天下。夜幕一降临，我们就把头藏在被窝里，讲各种吓人的事情和奇怪的见闻。我说喜奴你去过的地方多，你知不知道谢振华是个做啥的。喜奴说谢振华不是个人是个挺大挺结实的炮楼，要不那么多炮都轰不倒。我说喜奴你和你爹咋长得不一样，喜奴说我是我爹在广武城城门洞捡的。我说喜奴你爹对你好不好。喜奴说爹对我可好了，要上一口好吃的都给我吃，走不动路了就把我架在脖子上，夜晚就教我背戏文还教我认字。我说喜奴你要饭碰到的好人多还是灰人多。喜奴说世上还是好人多，奶妈就是好人；但也会碰到灰人，我和爹又拉又唱大半天，一口吃的不给还放狗咬。喜奴就从被窝里钻出来给我看胳膊、腿上一排排的狗牙印。听着这些话，我对这奶兄弟又是喜欢又是心疼。

年关要到了，喜奴又要走了。我虽百般舍不得，但情知留不下，就翻箱倒柜找出些好玩的东西要送给他。喜奴却说："奶哥哥，我不想一辈子要饭，我可想到学校上学了。要饭时路过学校听到读书声，我就一步也不想走了。你把你用过的旧书、写完的旧本子给我吧。"

要饭的喜奴——我的奶兄弟拿着我的旧书、旧本子，还有两截一寸长的铅笔头走进了腊月的风雪天，也走进了我的记忆深处。

从此，我再没见过他。

五

老胡带着我的奶兄弟喜奴走了，三四年间又是音讯皆无。他们本来就是四海为家萍踪靡定的人，旅行和流浪是他们的天职。村子里但凡来了乞讨的人，我就努力向他们打听这爷儿俩的行踪，有人说他们去了中苏边境，帮蒙古人牧羊放马，每日里拉着马头琴喝着马奶酒，逐水草而居，逍遥得像神仙。有人说他们溜达到了黄河岸边，在碛口的一处古渡口以卖唱为生，在那一带名气比郭兰英还大。还有人说在五台山的一座古庙里见过他们，早已落发为僧，伴着暮鼓晨钟诵经唱偈，一派仙风道骨。他们的话无从考证，但我总希望我的奶兄弟能吃饱穿暖，过得自在快活。

1976 年的腊月间，我终于最后一次见到了老胡，知道了喜奴的下落。

对于我们这一代人来讲，1976 年绝对是难以忘怀的一年。这年

1月初的一天，刚从睡梦中醒来，小喇叭就播起了哀乐，周总理与世长辞。我现在还能想起我们的代课老师杨三焕坐在火炉边，拿着一张《参考消息》边读边流泪的场景。7月，我们又经历了朱老总去世和唐山大地震的发生。全村人每天吃了晚饭就把铺盖搬到房顶睡觉避震。七八月间的雁北，夜晚凉气袭人，睡到半夜露水就把被子打湿了，就又哆嗦着抱着铺盖回屋上炕重睡，仿佛地震只在前半夜发生。9月的一个下午，我们正赶着羊在小树林里玩耍，大喇叭又传来了哀乐，毛主席逝世了。我们真像听到了晴天霹雳，不相信毛主席红光满面神采奕奕的，咋就能去世了呢。大人们不是说毛主席，能活到120岁吗，从此我就对大人们的话不再盲从。这天晚上，全村的人都聚集在村头，端着饭碗却没人动筷子，内心充满巨大的悲伤和惶惑。如今毛主席去世了，大伙儿真不知以后的日子该怎么过。好在又过了一个月，"四人帮"垮台了，大喇叭放完祝酒歌又唱绣金匾，大伙的玉茭糊糊喝得又有劲了。

这年的腊月，老胡来了。

几年不见，老胡一下子苍老了二十多岁，牙快掉光了，头发胡须全白了，脸黄得像一张黄表纸。右腿跛得更厉害了，每走一步，都要用左手撑着左膝，右腿使劲往前伸，晃悠半天才能落到地上。虽然只往前挪动了几十厘米，却像耗尽了全身的力气，大冷的天额头上滚动着豆大的汗珠。谁都知道，讨饭的人走村串户，吃百家饭穿百家衣，全靠一双腿。在这个哈气成冰的塞北腊月天，走不动路了，不等病死，就要么冻死，要么饿死。一个那么善良温和、那么多才多艺的老胡就像一盏快要熬干了的油灯一样，生命之火已微弱得经不起一丝微风的吹拂。那几年，每到腊月爹娘总要背着辣椒面和麻跑一趟口外，干些投机倒把的营生，赚回一家人过年的吃穿用度。这会儿，他们还正顶着内蒙古的白毛糊糊跋涉在回乡的路上，我就只好把老胡捻到了外院的光棍汉铜锅大爷家。

铜锅大爷是我的酒友。我第一次喝醉酒只有三岁。那天，这老汉在树林里套住一只野兔子，兴高采烈地请我喝酒，条件是让我帮他到代销店打酒。我愉快地接了邀请，毅然决然地中断了军事训练和铜锅大爷筹备联欢会。因为我说过，那时候代销店的糖果罐子寄托着我们的全部梦想，每天不去个五十趟也要去个三十趟，所以打酒根本难不住我。而且我真正的兴趣是砂锅里的兔肉，我实在想不起来上一次吃肉是什么时候了，有时候做梦梦见自己的舌头是熟的，结果没等嚼烂咽下就从梦中疼醒。今天有肉吃了，叫我如何不高兴！要命的是这是个数伏天的大晌午，日头把黄土地烤得冒白烟，两只光脚板踩上去像在火盖上跳舞。我像演傩戏似的，走着走着就口渴了，就想按毛主席的指示，大胆探索，品尝一下烧酒的滋味。这酒经过看店老头的长期改良，清凉清凉的白水里竟有一股淡淡的酒香，喝到嘴里味道好极了。我走两步抿一小口，走两步抿一小口，走着走着就像踩到了棉花堆上，两条小细腿拌蒜似的不听使唤，身后的两座山眼看就要塌下来，梨树杏树玩起了倒立，跟着我的老狗黑四也四脚朝天踩着云彩在天上走，差点把太阳撞下来。一壶酒喝到家门口就快见了底了，我把空酒壶递给铜锅大爷，一句话没说就醉成了一摊泥，躺在屋前的石阶上像一条金鱼似的吐白沫。黑四吃了我吐的东西，也醉了，我俩搂抱着直睡了一天一夜。

这天晚上，铜锅大爷不知从哪弄来一副羊肝。小时候光棍汉也是我的偶像，因为他们总有神通把平淡无奇的日子过出与众不同的感觉。我曾经暗下决心长大了一定要当光棍，沿着铜锅大爷开创的道路前进，可见榜样的力量是多么巨大！平常铜锅大爷从不点灯，他说就一个人，点个灯看谁呢，没灯，玉茭糊糊也喝不到鼻孔里去。天一擦黑就倒头睡下，有一次两三天一声不吭，我以为我的酒友死了，破门而入去巡视，才看到他正和他养的老鼠玩狼吃羊的游戏。老鼠说他悔棋他不承认吵得面红耳赤。那老鼠也是个有血性的主，一气之下带了家眷移民了。铜锅大爷成了最早一批的"裸官"，日子就过得无趣。半夜三更有一句没一句高一声低一声唱小曲，听得人心酸得不能。我才明白光棍原来也不是那么好当的，凡事都有两面性，后来念了书才知道这叫辩证法。看来学哲学的确很重要，否则连个光棍也当不好。

　　今天是个好日子。老朋友久别重逢，铜锅大爷拨亮了油灯，找到油盐酱醋花椒大料葱姜蒜二十余种调料，把羊肝炒了，又煮了半锅玉茭面疙瘩，还烫了一壶酒，盛情款待老胡。我作为他的资深酒友兼俱乐部会员，当然要应邀作陪，并且承担剥葱捣蒜、生火打炭、拉风箱烫烧酒等各项艰巨繁重的后勤保障工作。

　　三杯酒下肚，两个人打开了话匣子。

　　一个说，老胡哥哥，你这一走三四年没音讯，我想你想得一黑夜一黑夜睡不着。

　　另一个说，铜锅兄弟，我老胡一辈子不知走过多少地方，结识过多少人，只有你是个两肋插刀不嫌疼的真朋友。如今我病得不轻，今天睡下了，明天说不定就再也拿不起我的打狗棍了。挣扎着来这一遭，一来想再和你见一面，二来想和我那奶亲家道个谢！

一个说，我和你结识了快二十年，到现在还不知道你原先是个做啥的。

另一个说，好兄弟，我何尝是要瞒着你，只因这些年政策紧，说了怕带累你。如今我已是有今天没明天，索性就把这一肚子的苦水都倒给你吧。

借着忽明忽暗的油灯，我看到炕上的这两个老汉，边喝边聊，慢慢都已有了些醉意。铜锅大爷边流泪边死命地往下捋胡须，老胡深陷的两颊泛起些红晕，说两句就靠着被垛喘口气。我边给他们往酒壶里添水，边倾听着老胡的诉说，才知道老胡有着那么传奇的经历。

六

原来，老胡出生在一个梨园世家。父亲十二旦、母亲云遮月都是名满晋北的北路梆子名角。原平崞县一带，当年有这样两句谚语："宁可三天不吃饭，也要去听十二旦""跑断腿磨破鞋，就为看一眼云遮月"，写出人们对老胡父母精湛演技的迷恋。老胡三岁起师从舅父一枝梅专攻须生兼小生，文武不挡，唱念做打俱精，文戏能演《九件衣》《牧羊圈》，做功戏能演《五雷阵》《北天门》，八岁登台就一夜成名，红遍塞外，得艺名八岁红。

七七事变后，老胡的父亲十二旦带领他家的戏班德远社在归绥演出。蒙奸德穆楚克栋鲁普勾结日寇，策划成立日伪政权"蒙古联盟自治政府"，为拉拢人心，强令在当地民众中享有盛誉的德远社为察哈尔各旗总管演出。十二旦誓死不从，被日军杀害，头颅被挂在归绥城的城门上示众三天。老胡的母亲云遮月为表明不为日伪演出的心志，用银钗划破脸颊破了相，流落到辉腾格勒草原当了女佣。舅父一枝梅仗着一身武艺跟着祁县人开的镖行天成局，为蔚丰厚银号护镖，一路闯荡到了库伦和恰克图。十六岁的老胡在日伪大开杀戒的那个晚上，躲到装行头的木箱里侥幸活了下来，之后化装成要饭的逃到山西阳泉，投奔了驻扎在那里的晋绥军第三十四军六十五师第一九六旅。

老胡回忆说，一九六旅旅长姜玉贞是个典型的山东大汉。国字脸，卧蚕眉，一双眼睛不大但炯炯有神，流露出军人独有的英武和刚毅。姜将军出身贫寒，作战勇敢，素有猛将之称。他治军极严，曾下令把一名私拿百姓鞋子的士兵枪毙。同时又爱兵如子，与士兵同餐共宿，甚至将自己的战马让给病号，自己与士兵一起步行。官兵对姜玉贞钦佩不已，部队士气高昂。

忻口战役前，姜玉贞率一九六旅由阳泉出发奔赴抗日前线。抵大同后，南下受命参加了茹越口附近的铁角岭战斗。

9月30日下午，全旅官兵抵达老胡的老家崞县城，接"限期七日，死守原平"命令，于是夜转原平驻防。

据史料载，一九六旅初入原平时为两个团，后又增一个团，全旅官兵近5000人。原平东临滹沱河，西傍太同公路。其东部为土城堡，西部为大片居民区，并有火车站、准备库、大营盘、汽车站、高等小学校等。城堡内有南北大街一条，有较大的商号81户。姜玉贞率部抵原平后，立即命令部队抓紧时间修筑工事，加强防务。

激战前夕，老胡咬破手指写下血书，到旅部找到姜旅长，坚决要求到前线杀敌，拼了性命，也要报国破家亡的血海深仇。听了他含血带泪的倾诉，姜旅长动情地说："我是个军人，也是个戏迷。国难当头，我中华男儿英勇抗战，谁不想上阵杀敌报效国家？可我知道，两个月也许就能训练出一个好士兵，但七八年也未必能培养出一个好演员。日本鬼子就算占了我们的国土，抢了我们的工厂，烧了我们的学校，但只要我中华民族泱泱五千年文明的血脉没有断，中国就永远亡不了。多保存一个文化人，多救下一个好演员，就多留下一颗我中华文明的种子，有时候比一个团一个师更有用处。外敌入侵，山河破碎，我们不能只听到枪声和哭声，还要听到歌声和书声，听到北路梆子的锣鼓声！"

按照姜旅长的命令，老胡在家乡崞县一带，迅速寻找流落各处的北路梆子演员，组成了一九六旅抗敌剧社，冒着枪林弹雨为官兵演出，极大地鼓舞和凝聚了士气。

10月3日，日军关东军察哈尔派遣兵团所属混成第十五旅团的两个步兵联队、一个野炮兵联队、一个辎重兵中队和一个工兵联队，由旅团长筱原诚一郎指挥，侵临原平镇西北角。

10月4日，地面日军在飞机的配合下，向我据点发起猛攻。我守军以"誓与原平共存亡"的决死精神，与日军展开殊死搏斗。

10月7日，原平城破。日军从城东北角突入，占领城的东半部，与姜旅隔街相抗。这时，姜旅已完成固守原平七天的任务，为保障忻口布防，第二战区长官部又命令该旅再守原平三天。姜旅长当即表示："誓死抗战，无令不离斯土。"

10月8日，日军调集飞机、大炮向原平城内猛烈轰击，我守军伤亡惨重。日军攻入城内，姜玉贞率残部与敌展开激烈巷战，肉搏厮杀，死伤殆尽，5000多官兵仅剩不到300人。

10月10日夜，守城任务即将完成，姜玉贞特意安排特务排用重火力掩护抗敌剧社的演员们安全撤出原平城。待幸存官兵冲杀撤出重围后，姜玉贞方率特务排突围，至城外时不幸中弹牺牲。惨无人道的敌人竟又在他身上连刺数刀，并将他的头颅取走。

从原平城突围后，老胡带领的抗敌剧社，除少数人穿着晋绥军的灰布军装之外，大部分人还穿着戏服，脸上的油彩还没来得及擦去，和血迹混合在一起，多出几分悲壮。他们原本是要去阳明堡一带投奔十八集团军一二零师，10月11日，原平沦陷，一队队难民从城里蜂拥而出，传出了姜旅长殉国的消息，演员们闻讯一个个痛哭失声。

日本强盗把十一日攻城不下的仇恨发泄到了手无寸铁的百姓身上，原平城霎那间变成了一座血腥的屠场，火光四起，尸横遍野！

原平是一个民风淳朴人性刚烈的地方。那里，再小的村子都有会一座古戏台，经历过明朝的风、清朝的雨。百姓们春种秋收，丰年吃稠的，灾年喝稀的。碰上好官送把万民伞，遇上污吏就编一台戏，待到农闲了用狗头铡把这厮的脑袋在戏台上搬了家。他们从来不知道大海的东边有个叫日本的国家，他们的子弟也曾跟着驼队千里万里地跋涉，沙漠也闯过，草地也走过，但送去的仅仅是木碗和茶叶，牵回的也仅仅是马匹和牛羊，不杀人也不放火，与蒙古族同胞互通有无急难相助，亲热得像兄弟，从没想过漂洋过海到北海道或其它地方占他们一寸土地!

忽然，一群强盗闯进了家门，像嗜血的野兽，像疯狂的恶魔，烧、杀、抢、掠，无恶不作。百姓们怎么也不明白，这些两条腿的畜生，长得和人很像，也写汉字，也拜菩萨，但肚子里的心肝，怎么连猪狗都不如!

老胡说，10月12日晌午，他们走到离城五十里的一个小村庄，在村外的山梁上，看到一小队日本兵把百姓们驱赶到了打谷场上，当着丈夫的面奸淫妻子，当着母亲的面杀戮儿童，殷红的鲜血喷射在冬日的雪野上，慢慢淌成了一条条血红的溪流。一个日本军曹把孕妇腹中的婴儿挑在刺刀尖上，发出一阵阵狼嗥似的狞笑，血水顺着孩子两只小小的脚滴答滴答淌到雪地上。两个日本兵挥舞着军刀，逼迫一个白发苍苍的爷爷强暴自己的孙女，刚烈的老人一头撞向身旁的古树，一团血雾过后，雪地上盛开了无数朵绚烂的山丹丹花……伏在山梁上的演员们再也看不下去了，嘶喊着，吼叫着，扑向了打谷场上的野兽。

他们原本是非战斗人员，全剧社只有几支短枪，冲入敌阵明摆着是送死，但演员们却没一个人退缩。他们知道，十多天前，自己还是个吃开口饭的戏子，生旦净丑，唱念做打。但现在他们是中国军人，看到外敌蹂躏百姓，哪有坐视不管的道理! 这群刚演完《四郎探母》的男儿们女儿们，敲着锣，打着鼓，吹着唢呐，挥着马鞭，神兵天降一样扑向了敌人。佘太君挥舞着龙头拐，砸碎了一个日本兵的脑壳。孟良、焦赞骑在日本兵的身上，一顿乱拳送这畜生见了阎王。八姐、九妹一个咬耳朵一个抠眼珠，把一个小鬼子收拾得鬼哭狼嚎。铁镜公主把手中的花枪刺进了日寇的心脏，扮演四郎的老胡用琴师的弓弦，勒断了鬼子的脖子……突然，敌人的机关枪响了，演员们一个接一个栽倒在雪地里。老胡看到，演员们的戏服上，绽开了一朵朵血红的海棠花，那衣襟在硝烟中飘啊飘，像翻飞在风中的蝶！

七

眼看着战友们一个接一个倒了下去，老胡的满腔热血嗡的一声涌向了头顶。两天两夜没吃没喝的老胡摇摇晃晃地站起来，从一个死了的鬼子腰上，摘下一枚手雷，弦都没拉就扔向喷着火舌的机关枪，旋即感到前胸和右腿麻了两下，眼前一阵发黑……

三天后，老胡从昏迷中醒来，才知道自己身上两处中弹，是十八集团军一二零师的一支部队前来救援，并把他送到医疗队抢救，才捡回了一条命。他们和日本鬼子拼杀的那个村子，叫杏花沟，种着一山一坡的大黄杏。那大黄杏，一咬一口蜜，闻名几十里。这村子的人，就爱听个戏。到了农闲，东家一斗，西家一升，凑足了份子，就请戏班子来演出。戏班子进了村，全村人高兴得像过年似的，小毛驴驮来了姑娘女婿，独轮车接来了姥姥舅舅，炸油糕炖羊肉的香气飘荡在村子的上空，闻着就让人醉了。

十二日的那场大屠杀，全村每块石头都过了刀，每间房屋都见了火，102口人全部遇害，连一只鸡一条狗都没逃过这场劫难。剧团的42名演员，在杀死了13名鬼子之后，除老胡重伤获救外，全部殉国！

杏花沟啊杏花沟，来年春天，杏花还会开满一山一坡。但山中的每一座坟茔从此断了香火，杏子熟了也再没有主人来采摘，只能在清明节开出一树一树的白，为无辜死难的人们守孝。村里的古戏台，见惯了一茬又一茬的名角来了又去，去了又来，从春到夏，从秋到冬；见惯了一代又一代的庄稼人在戏台前哭了又笑，笑了又哭，从古到今，从小到老。却再也听不到锣声鼓声丝弦声，再也看不到旦角的水袖、须生的马鞭、武生的跟头，只有檐角的两只风铃，伴着冷冷的下弦月，在荒凉死寂的夜里，叮咚叮咚地响。

老胡在一二零师的医疗队住了一个月，伤好了，腿却瘸了。兵不能当了，戏也不能唱了，从此只能跟着些草台班子，白天烧水拉幕，夜晚到后台看戏箱子，勉强混口饭吃。1949 年之后，政治运动一个接一个，老胡当过晋绥军，属于历史不清白的人，有事没事就被拉出去批斗得七荤八素。老胡自小在戏班长大，不会干农活，又在战场上瘸了腿，干不了力气活，性格又极刚烈，一气之下，咬了咬牙，拿起了要饭的打狗棍。就这样，十大几年吃生饭，喝凉水，住古庙，睡坟滩，仗着一把家传三代的胡琴，隐姓埋名，走南闯北，艰难地活命。但不管流浪到哪里，每年阳历十月十二日，他都要回到原平，回到杏花沟，在那座依然挺立在云中山下滹沱河边的古戏台上，抟土为祭，焚草为香，祭奠姜玉贞旅长和剧社的战友们。三跪九拜之后，调好了弓弦，坐直了身板，一个人又拉又唱，把一台整本的《四郎探母》演给长眠地下的老长官和乡亲们听，一个过门不丢，一句台词不落，一个人物不少，仿佛老长官和乡亲们就坐在台下，在凝神静听，在击节叫好……直到东方破晓，才依依不舍地离开荒无人烟的杏花沟，蹒跚着脚步四处乞讨。

前几年，老胡年年一个人来，打从有了喜奴，就爷俩结伴来。到了村口，老胡就流着泪，给喜奴讲二十多年前的那些惨烈的故事。老胡哭，喜奴也跟着哭。到了夜晚，爷儿俩就一个拉，一个唱，踩着一地月光在古戏台上给老长官和乡亲们演大戏。戏台前的两株老榆树，满树的黄叶经了秋霜红得像血，却依然不肯落下来，听着爷俩唱着高亢激昂慷慨悲壮的北路梆子，哗啦，哗啦，一夜里落个精光，在打谷场上铺了厚厚的一层，在冬日的阳光下闪烁着耀眼的红。

上个月，老胡带着喜奴，乞讨到了内蒙古的包头。先有复盛公，后有包头城。包头很多人都有代县、崞县、原平的血统。一听北路梆子的过门，许多包头人眼睛就直了，寻着声就找来了。一听口音，就知道老家的人来了，就把老胡爷俩围了个里三层外三层，有赶忙回家取干粮的，有掏出身上的零钱往老胡怀里塞的，有脱下身上的棉袄往喜奴身上穿的……其中有一个国营煤矿矿长，祖籍代县峨口，最是喜欢北路梆子，一天不听戏就茶饭不思，便在矿上成立了一个北路梆子剧团。这人一见喜奴就待见得不行，三下两下办妥了招工手续，我这奶兄弟终于告别了流浪和乞讨的苦难生活。听到这个好消息，我端起酒壶把半壶酒灌进了喉咙，连一星半点也没给我的酒友剩。

老胡一口气讲了这么多，靠着被子喘了半天气。铜锅大爷边捋胡须边抽抽搭搭，哭得像个孩子。老胡歇了一阵子，感慨地说："我这一辈子，没个别的喜好，就爱唱个戏。没个别的能耐，就会唱个戏。谁承想让小日本害得，唱了十三年，再没唱下去。好在喜奴碰上好心人，有了碗安稳饭吃，再不用跟着我讨吃叫街了。可怜的娃，自打跟上我，没享过一天的福！"老胡说到这儿，不禁老泪纵横，嘴唇哆嗦得再也说不下去了。

铜锅大爷接过话茬说："孩子既然有营生了，这临年逼节的，你拖着个病身子，能往哪里去？就安下心和我一起过年吧，有我一口吃的就有你的。"

老胡说："铜锅兄弟，我情知你是真心挽留我。但我明白，我怕是过不了这个年了，我就是爬，也要爬到杏花沟，给老长官，给剧社的弟兄们再敬一炷香，给地底下的冤魂们再唱两句戏！"老胡说到这里，油灯的灯花啪地爆了一下。我看到老胡的双眸里，闪耀着两道坚强刚毅的光！

第二天，老胡执意离开了我们的村子，我和铜锅大爷看着他的身影慢慢变小，变成了一个小黑点，最后什么也看不见了，才含着泪回家。

然而，老胡终究没能回到杏花沟。三天后，他病死在离我们村二十里的一个瓜棚里。

铜锅大爷闻讯，用一辆小平车把老胡拉了回来，用原本给自己留着的那口薄皮棺材装殓了，在堂屋停了一夜。

老胡出殡那天，天空飘着鹅毛般的雪花。铜锅大爷拉着车在前面走，我抱着老胡的琴在后面跟着。我忽然想，老胡给人们唱了一辈子的戏，拉了一辈子的琴，今儿要出远门了，我不能让他走得这么冷清，得有些动静。于是，我在这漫天风雪中，拉响了老胡的琴，琴声高一声，低一声，长一声，短一声……随着呼啸的北风传得好远好远。我边拉边想老胡这一生：唱了十三年戏，当了一个月兵，负了两处伤，断了一条腿，要了十几年饭……不知不觉泪水淌满了脸颊。

多少年过去了，我的爹娘还有铜锅大爷也不在人世了。遇到清明回乡扫墓，我总不忘绕道去老胡的坟头看看。铜锅大爷走后，没有人再给老胡的坟添土，坟丘快看不到了，坟地的野草却长得十分茂盛。几株牵牛花早早就开了，像一支支唢呐吹奏着北路梆子的曲牌，又像一个个战士的喉咙，在冲向敌阵前发出最后的吼声。

我想，该给这位抗战老兵立一块碑，让人们记住他，记住所有为抵御外侮流过血的中国军人！

可我连他的姓名都不知道。

那么，就让我们在心底给他立上一块碑吧。

碑文上写：国民革命军第三十四军、六十五师、一九六旅抗敌剧社社长八岁红之墓。

待到今年 9 月 3 日，我会采一束金黄的秋菊献给他。

（2014 年 9 月 1 日，民政部公布第一批 300 名著名抗日英烈和英雄群体名录，按牺牲年份和姓氏笔画排序，姜玉贞将军位列第 38 位。）

檐罅间几十只，上有
只小燕子，向南八方飞
韦左院子里起落，
好似在举行一场盛
大的集会　定仙
从遥远的河岸
一口口衔来春泥
继续了千辛
万苦终于建
成了新巢
甲戌夏月　愚生

每个人都是从童年走过来的。如同再小的河流，也会有浪花翻卷，无论多么窘困的童年，也不会缺少游戏的乐趣。冯友兰先生曾经说过："当小孩子时候的游戏，是人的生活中最快乐的一部分。"而这些快乐中总少不了动物们的身影。满足成人的欲求，可能需要整个世界。但在儿童的心中，小小的一堆沙土，就能变幻出一座巨大的城堡。尿泥捏成的小人，是手握权杖的王子。脏兮兮的布娃娃，是未来的白雪公主。三五粒粘到一起的水果糖，能甜蜜整整一个冬天。一本没皮的小人书，能陶醉全村小伙伴的童年。折一节草茎，能挑逗两队蚂蚁发动世界大战。扔一粒石子，能驱使水洼中的小蝌蚪，变成茫茫大海上所向披靡的艨艟战舰。夜空中飞翔的萤火虫，能点亮秋天的梦境。骑在小狗的背上，能驰骋到天边的草原……最让人同情的恰恰是那些贪得无厌的成年人。你听，梭罗坐在十九世纪瓦尔登湖畔的小木屋里，这样挖苦他们："他们看上去很富，实际上却是各类人当中最穷的人。他们尽管攒下了一点破铜烂铁什么的，却不知道如何使用它，也不知道如何摆脱它，就这么着拿金银给他们自己打造了一副镣铐。"

《金刚经》说："所有一切众生之类。若

卵生。若胎生。若湿生。若化生。若有色。若无色。若有想。若无想。若非有想。非无想。我皆令入无余涅槃而灭度之。"这是佛陀的理想。儿童喜欢动物，把动物当作自己最信赖的朋友，不正说明儿童的心灵最接近佛性吗？他们虽然没有接受过高深的教育，但天性告诉他：人类本来就是从动物进化而来的，是动物世界的一个成员，我们没有权力和理由歧视和虐待动物。正如尤瓦尔·赫拉利在《人类简史》中所说："与我们最相近的亲戚，就是黑猩猩、大猩猩和猩猩。其中，黑猩猩与我们最为接近。不过就在六百万年前，有一头母猿产下两个女儿，一头成了所有黑猩猩的祖先，另一头则成了所有人类的祖奶奶。"当我们站在青年、中年抑或老年的门槛前，回望自己远去的童年，我们应当把一瞥深情的目光，投向那些曾经如影随形地伴随着我们，并给了我们无穷快乐的动物。

我的童年是在晋北洪涛山下的一个小山村度过的。

那是一个贫瘠的地方。但再贫瘠的地方也会孕育生命，有生命的地方就永远不会缺乏快乐和希望。

春天来了，向阳的墙根下，积雪慢慢融化了。三五岁的我们一摆溜趴到泥地上，把浮土轻轻地吹开，就看到小米粒大小的几片绿叶，我们便知道，这是麻麻草带给我们的春的问候。把它火柴棍一样细细的根茎刨出来，扔进嘴里慢慢地嚼，口腔里便充满了甜甜的、辣辣的味道。抬起头一看，小燕子墨绿色的身影在房檐下出现了。去年走的时候，还是夫妻俩。回来的时候，却是拖儿带女一大家。小燕子用它们特有的语言，把建设新居的梦想告诉了亲朋好友。霎那间，几十只、上百只小燕子从四面八方飞来，在院子里起起落落，

绿野里的乡愁

好似在举行一场盛大的集会。它们从遥远的河岸，一口口衔来春泥，经历了千辛万苦，终于建成了新巢。主人没有大摆筵宴款待宾客，燕子们却齐齐地落在房檐上，面对如血的残阳，唱起了快乐的歌谣，直到暮色四起，才呼的一声飞走了。燕子们这种团结友爱、守望相助的品格，让自诩为万物之灵的人类都自叹弗如。幼小的我仰望着这新鲜的黄泥筑成的鸟巢，忖度在一个村落居住的燕子肯定有着共同的血缘，是相亲相爱的一家人。要不，它们怎么能够年年岁岁相依相伴，追着春天的花信，跨越万水千山，一只不少地回到故园？过了一个月，母燕产卵了。一个淘气的孩子却突发奇想要看看鸟蛋的模样，操起一根竹竿向鸟巢下了手。鸟巢被捅破了，鸟蛋噼里啪啦掉下来，在青石台阶上摔成一摊金黄。傍晚，燕子夫妻兴冲冲地飞回来，却看到一幕家破人亡的惨剧。它们落在房檐上唱起了歌，歌声里充满了伤心、痛楚和愤怒。直到一缕殷红的血从短短的喙上流下来，才停止了歌唱。四只噙满了泪水的小小的黑眼睛看了一眼破碎的家园，展翅飞走了。从此，永不再来。这个夜晚，天上下着蒙蒙细雨。我躺在温暖的土炕上，一直在想，这个凄风苦雨的春夜，两只没巢的小燕子在哪里栖身呢？

吹着柳笛走进了夏天，骄阳似火的中午成了我们游戏的最佳时间。有时，我们在草地上抓一只名叫"扁担"的蚂蚱，把它两条细细的后腿捏在指间，看它小小的绿脑袋不住地给我们磕头。有时，在花丛间逮一只蝴蝶，用一条细线缚住了，看它无数次地在手掌上起落，却永远逃不脱如来佛的手心。有时，从河岸边挖几只蜗牛，挨个放在被毒日头烤得滚烫的青石板上。蜗牛顶着两只犄角慢慢探出了头，刚刚往前爬行了几步，就被烫得缩了回去，石板上留下几道湿湿的痕迹。这些可怜的昆虫一旦落在孩子们手里，下场一个比一个悲惨，好像没有谁能活过半个时辰。我们却天真地以为，这个夏天它们和我们一样快乐。

秋风一起，树叶黄了。田地里的獾子和黄鼠在漫山遍野的玉米、高粱、黄豆和山药蛋滋养下，一个个脑满肠肥、大腹便便，十分幸运地成为了孩子们追逐和捕猎的对象。我们每个人手里提着一个小小的水桶，找到一处洞穴，便把桶里的水一股脑灌进去，然后目不转睛地紧盯着其他出口。不一会儿，这些慌不择路的地下工作者从洞口仓皇逃出，被张网守候的小伙伴一铲子拍得魂飞魄散。地畔上却早已生起了一堆火，猎物被架到火上烤得金黄，霎那间被饥肠辘辘满脸菜色的孩子们打了牙祭。在地里折腾够了，孩子们又兴致勃勃地上了山，一双双眼睛像鹰隼似的在悬崖峭壁间寻找蜂巢。一旦发现了目标，就好似猴子捞月一般搭起高高的人梯，把脸盆大小的蜂巢一棍子捅落下来。谁料蜂蜜还没吃到嘴里，愤怒的蜜蜂已从四面八方包抄过来，把馋嘴的孩子蜇得人仰马翻，小小的脑袋瓜瞬间变成了吹足了气的羊尿泡，眼睛肿成了一条缝。远远看去，仿佛从天上掉下来一群大头娃娃。

霜降一过，北风紧了。雁阵南飞，秋蝉噤声，塞外大地满目萧瑟。只有麻雀灰褐色的身姿栖息在干枯的枝头上，用叽叽喳喳的鸣叫陪伴人们度过这了无生气的严冬。叫着叫着，雪花飘飘洒洒地来了，直下得大地一片银白。孩子们在当院扫开一块地方，撒一把谷子，支一面筛子，静静地潜伏在屋门后。麻雀们从枝头上扑棱棱飞下来，小脑袋在冻土地上一阵猛啄，全然不知危险在等待着它们。盗猎者在门背后一拉绳子，十几只麻雀被扣在了筛子底下。胜利者把这些俘虏一只只关在秸秆做成的鸟笼里，好吃好喝款待着。天亮了，阳光射进了鸟笼，麻雀们米粒大的黑眼睛却再也没有睁开——倘若不能快乐地歌唱，自由地飞翔，它们宁肯勇敢地自戕，悲壮地死亡！这些在人类眼里和泥土一样卑微的小生灵，却堪比不食周粟的伯夷、叔齐，有着璞玉般高洁的内心世界。

驯化成年的麻雀如此艰难，我们就尝试从娃娃抓起，努力和雏鸟培养感情。我养过一只大雁。这可爱的小东西刚孵化出来，身子有半尺多长，红红的喙还没有长成角质。我在东厦房用一只侧放的板凳给它在炕沿下建立了一个秘密的巢穴。每天清晨，娘刚把稠粥给我盛在碗里，我就急忙跳下炕，鞋也顾不上穿，咚咚咚跑进东厦房哺育我的大雁。一晃半个月过去了，大雁开始长出细密的茸毛，还能辨别出我的脚步声。没等我悄悄推开厚重的门扇，它就欣喜地叫起来，像见了久别的亲人。我日益增长的饭量和诡秘的行踪终于引起了娘的怀疑，几天后，当我兴冲冲地端着粗瓷大碗潜入东厦房，却挖地三尺再也找不到这宠物的踪影，便放声大哭起来。大人们却装作毫不知情，反怪怨我不用绳子拴牢大雁的腿，这没良心的东西羽翼一丰满就破窗而出逃之夭夭了。其实，大雁真正的归宿只有我家的老狗黑四知道，只是这家伙惜语如金，到死也没告诉我。我难过了一夜，对心爱的大雁刻骨铭心的思念之情才慢慢淡了。

我奶妈家养了一群鸽子。那时候，幸福的石井大队社员不分老幼每天只能分到六两毛粮，我的奶哥哥们却舍得把金黄的玉米和红红的高粱大把大把地撒给屋顶上的鸽子。每天下午，太阳快落山的时候，天空像水洗过一样湛蓝，鸽群从屋顶上冲天而起，悠长的鸽哨从天边飘来，袅袅余音把庄户人贫寒苦寂的生活映照得一片金黄。

几十年过去了，这鸽哨却依然在我的梦境中回响。如今的乡村，房新了，路平了，灯亮了，却再也看不到鸽羽从天空飘落。随着除草剂的大量使用，每一个从夜色中苏醒过来的黎明，再也听不到鸟鸣啁啾、燕语呢喃。

可是，没有鸽哨的天空还是天空吗？没有鸟鸣的早晨还是早晨吗？

鸽哨里住着我的乡愁！

骑这一头驴州抱着驴
脖子爬到驴背上颠皮
匆毛驴就颠着小碎步
一路小跑我旋即骑
屁股上尖溜下去仰面
朝天跌倒在干涸的河
床上后脑勺磕一块石
头撞开了拳头大口子

甲辰春月
恩生

乌云密布的月亮（上）

在童年的记忆里，过年既充满了憧憬和快乐，也饱含着辛酸和苦涩。多少年过去了，当我一只脚走过了青年，另一只脚快走完中年的时候，回首往昔，我才明白，当孩子们在浓浓的年味中，穿着花棉袄，提着红灯笼，在街巷里快乐地奔跑和玩耍的时候，这无忧无虑的笑声，其实是浸泡在母亲们的汗水和泪水里的。

一

我七岁那年，刚一进腊月，娘就盘算着到口外的事了。

我有三个哥哥两个姐姐，那时候大哥早成家，大姐已出嫁。全家六口人，三个壮劳力，起五更睡半夜，春种夏锄秋收冬藏，天阴下雨学"毛选"，数九寒天挖地道，一年忙到头汗水摔八瓣，就盼着年底有个好收成。终于到了年根，要决算了。会计的算盘在饲养院的炕头上噼里啪啦响了半夜，社员同志们有滋有味地抽着旱烟等了半夜，对今年的分红一个个充满了期待。爱喝酒的，想着到了年根，打一斤散装的老白干，也不回家，就倚着代销店的柜台，吱溜一口，吱溜一口，喝他个天昏地暗，等看店老头不耐烦了，啪的一声把崭新的一元钱拍在柜台上。爱抽烟的，想着一下子买十来八盒黄金叶，在人多的地方，抽半根扔半根，打喷嚏吐唾沫让三村五里都听见。肚里缺油水的，想着一顿炒半铁锅白膘一拃厚的肥猪肉，全家人敞开肚子吃，直到下辈子见了长毛的东西都反胃得绕道走。爱孩子的，想着给女儿扯几尺灯芯绒，做件走亲戚穿的裤子；给儿子买挂一百响的鞭炮，把炮捻子撕开了，装在口袋里，响他一腊月一正月。孝敬的，想着给八十岁的老娘抓几服中药，把多年的哮喘治一治。恋爱的，想着给心爱的姑娘买二斤毛线，千针万线织一件大红的毛衣，初一那天像一朵娇艳的山丹丹花盛开在人群里……算啊算啊，等啊等啊，直到听故事的小孩流着口水睡着了，抽旱烟的老汉脖子耷拉了，会计才叹口气，告诉一炕一地的庄户人："今年的一个工分只有八厘钱！"这才一个个慢吞吞地站起身回家去，一路上谁也不说话，满街满巷都是啪嗒啪嗒的脚步声。可怜老婆孩子还在煤油灯下等消息，满村的窗户纸都在腊月的寒风里忽明忽暗地亮着。过一会儿，破旧的街门吱吱呀呀响了。过一会儿，一村子的油灯都灭了。

想高高兴兴过个年，生产队看来是靠不住了。一个工分八厘钱，意味着一个壮劳力起早贪黑，像磨道里的一头驴一样三百六十五天一天都不歇，一年挣四百个工，才能赚三十二元钱，除了提留，扣了摊派，还了不能下地干活的老婆孩子兄弟妹妹的口粮款，往往不仅拿不回一毛现金，反而倒欠了生产队一大笔钱，在往来账上越积越多，像一座沉重的大山，压得庄户人喘不上气。哪家的媳妇勤快，养上三五只鸡，鸡蛋还要被供销社全部收购。喂头猪养只羊，政策紧的时候还要被当作资本主义的尾巴，要杀要剐的，不定哪天就充了公。一入腊月，家家户户，当妈的就愁眉不展。鸡叫三遍了，听着一炕的儿女鼾声四起，却翻来覆去睡不着，寻思着天明了，找谁借包饺子的面粉，到哪寻缝被子的棉花……就又想一年到头没明没黑地忙活，咋就把日子过成了这样。想着想着就流了泪，抬头一看，窗户纸白了。

二

我娘是村子里有名的巧手，上炕是裁缝，下地是厨工。娘没上过一天学，但眼面前头的字竟全能认得。小时候，半上下午，娘得闲了，拿起一片水泥袋子，老家人叫洋灰纸，操起剪刀，三下两下就剪出一只熊猫，再用铅笔细细勾描出眼睛、耳朵、嘴巴和毛皮，简直活灵活现，旁边要有根竹子好像就能爬上去。这熊猫便就是我的一件心爱的玩物。谁家的姑娘要出嫁，找娘来做绣花鞋，娘在油灯下千针万线，熬几个通宵，在鞋面上绣牡丹、绣月季、绣鸳鸯戏水、绣喜鹊登梅。拜天地的时候，新娘子在红毡子上款款地走浅浅地笑，鞋面上的花枝在悠悠地颤，鸟儿在慢慢地飞。谁家的儿子要娶亲，找娘来做流水席，娘带上烧肉的叉子切菜的刀，傍晚走天明回，一个人又蒸又煮又烧又炸，能做出七八桌的菜肴。拜完天地要开席了，预先做好的菜从蒸笼里一道一道端出来，随着一阵微风吹过，香味弥漫了整个村子。要过年了，半个村子的人都夹着麻纸找娘来画窗花，娘找出几只小碟子，调好各色颜料，用毛笔给乡亲们画石竹芍药，画凤仙刺梅，画海棠木槿，画萱草百合，画顽强地生长、艰难地开放在雁北苦寒地的玉梅花、紫金莲、百般娇和望江南……正月过了，春风来了，春雨来了，窗户纸变黄了变脆了，但一朵朵窗花依旧开得那么娇艳，引得小蜜蜂在窗前嗡嗡地飞！

娘给乡亲们做了这么多事，从来不要任何报酬。她总说："一年有十二个月，但春节只有一个。一辈子要过几十年，但婚礼只有一回。祖祖辈辈在一个村子里住着，喝一口井的水，烧一眼窑的炭，谁没个用人的时候！能帮人时且帮人，人长天也长！"平日里，娘也常教育我们弟兄姊妹，和人相处，要常念别人的好处，多学别人长处。孩子们和别人有个争执，受了委屈哭着回家，娘总要说自己孩子的不是。那时候，日子虽然过得苦，但因为有个会持家的娘，平时粗粮细做，玉米面窝头吃得也香甜。过年了，娘一腊月点灯熬油，几个夜晚不睡，也要把一家人的被褥拆洗干净。到大年初一的早上，每个人睁开眼，都能看到自己的一摞刚缝补浆洗过的衣服，整整齐齐地放在枕头边，有棉有单，散发着阳光的香味。大年夜，娘像变戏法似的，能给我们端出许多平日见不到的美味。有时是一盘热气腾腾的蒸带鱼，上面撒着红的辣椒丝、绿的芫荽末儿。有时是半个香喷喷的猪肘子，肉皮泛着金黄的光泽，冒着油汪汪的气泡。有时是一砂锅大烩菜，有粉条、豆腐干、白菜、葫芦条、金针菜、肉丸子，汤汁在炽热的炭火上咕嘟咕嘟翻滚着。临上桌了，抓一撮摘麻花撒在汤面上，把一铁勺新榨的胡麻油烧得滚热，嗞啦一声浇到菜里，扑鼻的香味顿时飘散出来，站在院门口都能闻得到……

冬天农闲了，吃罢了夜饭，一家人围坐在煤油灯下，谈天说地，讲古论今，每天都要到半夜才睡，满屋的笑声在冬日的夜晚传得很远很远……第二天，邻居总要好奇地问：你们这人家，夜儿个黑夜吃啥好吃的哩，咋红火成个那？其实，陪伴我们度过漫漫冬夜的，只有几只烧山药，或者两把炒黑豆。谈论的，往往也是些无厘头的事。比如说，有一天晚上，我们争论开飞机安全还是开汽车安全。一派说，开汽车安全，遇到个沟沟坎坎，一踩刹车就站住了；开飞机就不行了，在天上飞那么快，眼看和前头的飞机要撞上了却根本刹不住闸。另一派说，还是开飞机安全，想低就低，想高就高，还能翻跟头耍把式。开汽车就不行了，只能沿一条路往前开，哪黑了哪睡，一翻跟头准没命了。两派唇枪舌剑，争得面红耳赤。眼看要大打出手了，民兵连长二哥说道："听毛主席的话，要文斗不要武斗。我看还是开飞机安全。"大伙便在炕头立马竖枪地站起身，实现了两派大联合，异口同声地问道："为啥？"连长同志慢条斯理地答道："看你们这些愣货，这还用说哩，飞行员有降落伞汽车司机没有嘛。"于是大家恍然大悟，一致决定安全起见，长大了统统去开飞机。其实那时候别说飞机了，我们连汽车也没见过，以为汽车是马拉的，要不为啥汽车论马力呢。现在想起来，小时候虽然缺吃少穿，但在我童年的记忆中，和爹、娘、哥哥、姐姐在一起的日子，总是充满了笑声，我们穷并快乐着！这种感受影响了我一生，让我懂得，生活中值得我们珍惜并能给我们快乐的东西太多了，无论遇到多少艰难困苦，我们都应当坚强而乐观地活着。即使置身于煤窑的井巷深处，暗无天日，走投无路，也仍然要寻找离太阳最近的那一缕光亮，闯过去，前面又是一片艳阳天，依然能看到红的花，绿的草，能听到雨滴在葵花叶子上奏乐，蟋蟀在葡萄架上歌唱！

三

然而，我七岁那年的腊月，遇到了几件伤心事，那个春节过得就高兴不起来，现在回想起来，鼻子还一个劲儿发酸。

我前面讲过，那年月，家家户户的日子都一样穷。过年了，东家包的白菜馅饺子肉不多，西家孩子穿的黑棉袄补丁也不少。十八九的大姑娘，像一朵夏日里的月季花，正是爱美的年龄。到了大年初一，也不过就是在齐腰长的大辫子上，用红毛线扎两只翻飞的蝴蝶结，穿着宽宽的劳动布裤子，没有腰身的军便服上衣，松紧口的白塑料底布鞋，踩着一地的鞭炮碎屑在街巷走过，却依然能把一群半大小子引得眼里喷出火来。姑娘的身影早就在小巷的拐角消失，小伙子们却还在抽动着鼻子，使劲闻空气中飘散的雪花膏的味道。又怕别人看破了笑话，都装作从没注意姑娘的经过，你捅我一下，我骂你一声，只听得一颗颗年轻的心在塞北的寒风里扑通扑通地跳。

我家的年能过得比别人家有滋有味，一方面是娘善于持家，粗粮细做，细水长流，注重全面协调可持续发展，绝不搞有米一顿有柴一灶那些粗放经营的生活方式。另一方面是精于倒腾，长于贩卖，注重大胆地试，大胆地闯，摸着石头过河，日子一过不下去就立马到口外杀出一条血路来。其实，雁北苦寒地的人，原本就是一群候鸟，随着年景在口里口外自由地飞，只要能活着，哪里都是家乡，不像关南人那么安土重迁，这也是严酷的生存环境逼出来的。日据时代，我娘就曾到北平贩卖过布匹，老人家带去的东西，你知道是什么，是黑黑的大烟土。那时候，怀仁的上好水地，都被日伪强令种了罂粟。但我娘讲，当时的北平是禁烟的，敢到北平贩毒，估计要冒着掉脑袋的危险。老人家带着鸦片去了，又背着洋布回了，毫发未损，还捎带着逛了北海、故宫、哈德门。我小时候，我娘还经常跟我夸那时候的北平警察，对贩烟土的，态度都那么好，一个劲儿地提醒："大姐，大栅栏小偷多，千万留心看管好身上的东西！"

这年的腊月，因为生产队的分红少得可怜，去口外倒腾买卖，本钱无从筹措，娘正坐在炕头上，边用牛骨头做成的拨吊打羊毛线边发愁。我不知道这拨吊是用牛身上哪个部位的骨头做成的，只见它经年累月在娘的手里转呀转转呀转，打了麻绳衲大底，打了毛线织袜子，直磨得黄黄的底色上泛着一层油汪汪的光泽。

在我的记忆中，一年到头，娘有着干不完的家务，做不完的针线，喂不完的猪羊，种不完的瓜菜。娘那一茬女人，命真比黄连还苦。小时候，爹娘管得紧，三岁五岁缠小脚，疼得连明昼夜地哭。七岁八岁做针线，细细的指头扎满了血口子。十一二岁没了娘，小小的人踩着板凳洗锅做饭，有口吃的还要先紧着没娘的兄弟下苦的爹。想娘了又怕爹和兄弟伤心，半夜咬着被角悄悄哭，天明了一双眼睛红得像桃子，荞麦皮枕头湿了一大片。十六七岁嫁了人，又要被公公气婆婆骂妯娌挤兑小姑子欺负。那时候的男人，不懂得心疼媳妇，出了门一个个老实得像绵羊，回了家就成了爷爷，打老婆的时候啥东西顺手拿啥。女人们不知道这苦日子何时是个头，实在忍不下去了，真想半夜在房梁上拴根绳吊上去一了百了，或者一头栽到水井里和娘去做伴，要不喝了耗子药一蹬腿把所有的伤心事全忘了……洗了脸，梳了头，穿好了衣服，临死了临死了，回头看看，一炕的孩子睡得正香，就又叹口气作罢。四十大几五十岁，眼看儿子快三十了还在打光棍，又愁得一宿一宿睡不着觉，头发早早就白了，牙齿早早就掉了，看上去像七十岁的老妪，一辈子一天年轻都没活过。省吃俭用苦挣苦挨，好不容易给儿子成了亲，多年的媳妇熬成了婆，却又赶上了新时代，媳妇们一个比一个厉害，因嫌婆家光景穷，从早到晚摔盆子打碗红嚷黑闹的，骂起婆婆像背顺口溜，没一句重复的话。当婆婆的怕人家不和儿子过下去，骂成个啥也不敢还口，反倒像供奉祖宗似的，把好吃的好喝的全端给媳妇，背过人把锅巴铲起来，冲点热水就着眼泪吃下去。

　　娘是个有骨气的人，无论日子过得多苦，我都没见她掉过泪。只有三间上房一间东厦房的小院子，一年四季都收拾得干干净净，从夏初到秋末，花池子里的花儿五彩缤纷争奇斗艳。数九寒天，结满冰花的窗玻璃下，仙人掌含翠欲滴，玉簪、凤仙草、荷姹紫嫣红。这些花花草草，不顶吃不顶喝，却让我贫困的童年充满缤纷的色彩！遇到烦心事的时候，娘就边做针线活，边断断续续地哼唱着民谣。这些歌谣大多是一代又一代妇女口耳相传流传下来的，字字句句饱含着旧时代女人们的悲苦辛酸。有的有词也有曲，像《小放牛》《观灯》《苦相思》《三十三棵莜麦》等等。大多只有调子，沉缓，悠长，不着一字，却让人听了直想掉泪。那天，娘有一句没一句地哼唱着《小白菜》，要么一段词颠来倒去唱好几遍，要么只哼调子没有词，要么好长时间不出声过一阵子叹口气又唱起来：

小白菜呀，地里黄呀；
两三岁呀，没了娘呀。
亲娘呀，亲娘呀！

跟着爹爹，还好过呀；
只怕爹爹，娶后娘呀。
亲娘呀，亲娘呀！

娶了后娘，三年半呀；
生个弟弟，比我强呀。
亲娘呀，亲娘呀！

弟弟吃面，我喝汤呀；
端起碗来，泪汪汪呀。
亲娘呀，亲娘呀！

亲娘想我，谁知道呀；
我思亲娘，在梦中呀。
亲娘呀，亲娘呀！

桃花开花，杏花落呀；
想起亲娘，一阵风呀。

亲娘呀，亲娘呀！

我在窗台底下坐着，听得直想哭。我知道，娘唱的，其实就是娘自己的人生。姥姥去世的时候，娘只有十四岁，舅舅只有三岁。姥爷一生再未续弦，娘就又当姐姐又当妈，把舅舅一把屎一把尿地拉扯大，姐弟俩的感情就特别深。姥爷大名叫孟常仁，是个极仁厚善良的人，能吃得千般苦，又会各种手艺。一辈子不赌不抽，赶了几十年大车，每日里吃驴喝马，说话却从不带个脏字。老人就喜欢喝个酒，且又酒量奇大。年轻的时候，赶着马车回了家，把骒马从缰绳上卸了套，牵到槽前饮了清水喂了草料，用铁刷子慢慢梳理好了皮毛，直梳得骒马舒服得打响鼻，才拍拍身上的土，回到屋里，揭开酒缸，家酿的高粱酒香顿时飘满了小院。老人用舀水的铜瓢盛了多半瓢，咕咚咕咚喝下去了，快见底了才百般难舍地放下，自言自语道："不能再喝了，半后晌还有三亩地要犁。"1949 年前后，老人流落到了外蒙古草原，仗着一手纯熟的皮匠手艺，给牧民做马鞭、马鞍、马靴、皮袍，赚了钱贴补儿女家用。快七十岁了返回内蒙古定居到乌兰察布盟的商都县，给舅舅盖了房子娶了媳妇。二十世纪五十年代口里年景不好，又把我们一家叫到内蒙住了七八年，我大姐和三哥就都出生在商都的八股地。

我小时候，姥爷隔几年回口里来住上两三个月。姥爷一来，我就高兴得屁颠屁颠去打酒，一路上偷酒喝。姥爷对我极疼爱，大腊月里天气晴好的时候，太阳暖暖地照着，老人坐在一块大石头上，把葵花子放在大裆棉裤的皱褶里，一边用仅剩的两颗牙嗑瓜子给我吃，一边有一搭没一搭地给我讲闯口外的经历。有一天，老人给我说：

"六子，姥爷问你，你知道人怕鬼，鬼怕啥？"我那时小小年纪哪能回答这么严肃复杂的问题，就老老实实地摇头说不知道。老人说："姥爷告诉你，鬼怕枪！"老人说，他在后草地当皮匠的时候，有一次一个人住在一间牧民留下的破房子里，到了夜晚西北风从四面八方钻进来，冻得浑身骨头疼，比睡在大野地还冷。后半夜了，老人裹了三件皮袄还冻得睡不着，就一个人想东想西，忽听得有人嘭嘭嘭地敲门。

姥爷问："谁？"

那人答："我"

姥爷问："我是谁？"

那人答："我是鬼。"

姥爷走南闯北，见过生见过死，胆子特别大，以为是一个投宿的客人，就又逗道："鬼不好好地在坟里睡，跑出来干甚？"

那人又说："几十年没人给我上坟，我饿得睡不着，要吃你的心！"

说话间，一只簸箕大的手从门缝伸进来，摸到了姥爷胸前，姥爷顿时觉得喘不上气来。老人这才知道这是鬼不是人，赶紧抓起防身的猎枪朝着门外啪啪啪开了三枪。只听得那鬼啊地叫了一声，哭着走远了。

天明了，姥爷解开皮袄一看，胸前有碗口大一片乌青。推开房门，只见冻得硬邦邦的地上有草筛大一摊灰褐色的东西，像一只巨大的蚂蚱流的血。

听了姥爷讲的故事，我吓得半年天黑了不敢出门去撒尿，怕被饿鬼抓去做了夜宵。长大了，我才知道，这是姥爷哄我玩呢，但我坚持认为，姥爷有创作的天赋，他讲的这故事比有些狗屁作家好一千倍。

<h2 style="text-align:center">四</h2>

我对姥爷最佩服的地方，就是我一直没弄清楚，老人家到底会多少门手艺。

我五岁的时候，父母带领二哥三哥发扬愚公移山的精神，奋战了整整一年，好不容易盖起了三间房子，终于结束了寻房住院的光荣历史。居者有其屋的伟大梦想虽然实现了，但面临的形势依然十分严峻。光绪版的《怀仁县新志》记载，怀仁"地近北边，风高霜早，岁无再获之利，民有终岁之勤""怀地唯山村为最脊，怀民为居山者为更贫"。我们那个美丽的小村庄，就处于怀仁县境西部的干石山区，粮食产量低而不稳，最少的一年，一个人一年的口粮只有170斤。1960年，不到600口人的村子，饿死了28个人。我们村曾经还有个非常好听的名字，叫苦井堰，把生活的艰难苦焦形容得十分贴切。

村子穷，就像干树杈招不来金凤凰。本村的姑娘千方百计想嫁到外村去，瘸子不怕，瞎子不嫌，只要能吃饱饭就行。外村的姑娘来相亲，一看地里的庄稼长得像癞痢头上的头发，东一棵，西一棵，有一棵，没一棵，村子也不进，背过身子就走了，一路上把媒人日娘搞老子地骂了个狗血喷头，恨不得找个火钳把那家伙的舌头拔出来，剁了喂狗。因此，不是吃了熊心豹子胆，没人敢来我们"美丽富饶"

的干石井提亲。1949 年后经过一代又一代社员同志们的奋力拼搏，到 1982 年实行家庭联产承包责任制的时候，全村四十岁以下的光棍有 28 条，恰好和 1960 年饿死的人数相当。那时候我一直怀疑他们是那 28 个饿死鬼转世的，只因他们饭量都特别大，又总是吃不饱，见个女人眼里就闪烁着荧荧绿光，好似半夜里坟地的鬼火，让人瘆得慌。

我二哥是"文革"前的老初中生，能写会算，还当着民兵连长，十八九岁就入了党，在村子里也算是个精干后生，但二十大几了，连个提亲的人都没有，眼看就要成为光棍连的新兵，却好似不甚在乎，每日里锄地回来，咕咚咕咚喝一瓢凉水，就操起立在门后头的半自动步枪，扎好武装带，拴上破军号，有时还往屁股后头挂三两颗手榴弹，扎扮停当，便步履铿锵地前去操练，革命热情十分高涨。爹和娘却愁得一宿一宿地睡不着，我半夜里让尿憋醒，揉着眼下地撒尿，看到两位老人家，一个在炕头，一个在炕尾，一人一只旱烟袋，吧嗒、吧嗒地抽着，边抽边有一句没一句地商议，到哪儿能找个媒人给二哥提门亲。烟锅头的两个红点，在炕头炕尾一闪一闪……这一幕给我留下了深刻的印象，以至于虽然经过数十年的艰苦努力和不懈探索，但直到现在我也没学会抽烟，可我并不讨厌抽烟的人，我相信他们都曾经遇到过一些烦心事。

盼呀盼，盼呀盼，终于盼来了一个远房表姑夫，这人以大无畏的革命精神，不远几十里，前来提亲。媒人来了当然有好酒，可怜我那只三天下两个蛋的芦花鸡也为这顿丰盛的晚宴，献出了它年轻而宝贵的生命。酒足饭饱之后，撤掉了炕桌，九分钱一包的黄金叶热情地伺候着，五六个人你一根我一根抽了没半个时辰，煤油灯下的人就影影绰绰地看不真切，好似村里常云寺大殿壁画上的仙家。

我爹不胜酒力，平常一杯酒下肚脸就红了，两杯酒下肚眼睛就红了，三杯酒下肚必定推金山倒玉柱酩酊大醉吐得翻江倒海。这天晚上不知是恭逢重大事件，被强烈的历史责任感激励着振奋着；还是壶中这美酒本就被看店老头长期改良过，又被我打酒路上边偷喝边加水认真勾兑过，已没多少度数，反正老人家喝了七八杯还没醉，让我对他的酒量刮目相看。唯一的变化是说话声音很响，口气很大。平日里我想和他老人家要一毛钱买个吃的耍的，哪怕百般套近乎，老人家都不为所动，革命意志比刘胡兰还坚定。这天晚上喝了几口酒，对媒人转述的女方家提出的条件，简直是有求必应，宽厚得像庙里供的观世音，豪爽大气得像家财万贯良田千顷的老员外，卑躬屈膝得像面对船坚炮利的老百姓，忍气吞声得像割地赔款的李中堂。

媒人表姑夫喝口红糖水说："女方要八身衣服，四身棉的四身单的。"

我爹朗声答道："能行！"

媒人抽口黄金叶说："还要十斤胡麻油、二十斤粉面。"

爹大手一挥："给她！"

媒人又说："还要两条羊后腿、三十斤黄米面。"

爹声音低了："要哇。"

媒人又说："还要两只带铜镜的躺柜、两只大揭盖的衣箱。"

爹半晌没吭气，声音更低了："好说。"

媒人像说贯口似的说："还要八百块彩礼、一辆飞鸽牌洋车、一块东风牌手表。"

爹想抽口烟，手指却一个劲地哆嗦，烟卷死活伸不到嘴里。大冷的天，额头上滚动着豆粒大的汗珠。沉吟了半晌，他哀求似的说："能……能不能……少……少点儿？"

媒人又说："还得有五间房，最少也得四间。还要……"

媒人的两片嘴唇不断地碰撞着，说出一些骇人听闻的条款来。我看见爹的两只眼睛红得像充了血，烟头烧得指头嗞啦嗞啦响却浑然不觉，太阳穴上的血管涨得比筷子还粗，血液在脑袋里轰隆轰隆地流淌着，简直比发山水还响，我坐在地下的小板凳上都听得到。作为一个资深酒徒，我估计爹的酒劲涌上来了。

只见老人家呼的一声从炕头站起，指头甩到眼窝里，痛斥媒人："要……要……要……你妈了个 × 哩，我 × 你的个灰……灰祖祖的，你要……要……要你爷爷我的命哇！我薛玉山……就是天下的媒人都……都死绝了，我也绝……绝不了后！"老人家字字血、声声泪控诉了媒人罪状后，咕咚一声，摔倒在炕席上，随即呼呼睡去。

我一看爹让狗日的媒人气成这样，又想起我那可怜的芦花鸡死得如此冤枉，我那沁人心脾的美酒让这厮喝了个精光，便怒从心头起，抓起屁股底下的小板凳，用尽全身气力砸向表姑夫的脚脖子。

五

话说，远路而来的表姑夫面对美酒加鸡肉这样高档次超规格的热情接待，心情是那么豪迈，正在将一系列不平等"条约"如数家珍娓娓道来。而煤油灯下的表小舅子一家人，一个个俯首帖耳不住地点头称是，态度是那么虔诚，一桩美好的姻缘眼看通过自己的撮合就要大功告成，内心深处不免荡漾起救世主才有的使命感和成就感，忽然听到我爹的怒吼像炸雷般在耳边响起，手一哆嗦，一碗滚烫的红糖水全洒在裤裆里，正揪着湿淋淋的单裤子叫苦不迭，一条小板凳又带着风声从炕沿下飞来，咔嚓一声砸到了脚脖子上。可怜的表姑夫又是惊，又是疼，又是恼，三下两下爬到炕沿边，就要伸脚穿鞋骑上他的大草驴连夜回家。哪知道他的一只解放鞋在他要黄米面那会儿，就让我偷偷扔到灶火里，这阵子烧得只剩下了鞋后跟，满屋子都飘散着烧胶鞋的臭味。表姑夫那会儿的表现，用气急败坏、恼羞成怒来形容最贴切不过了。几年以后识了字，看书见到这两个成语，我立马想起了我那巧舌如簧意气风发胆大包天的表姑夫，虽然此后我再也没见过他。

　　表姑夫跳下地，穿着一只鞋，一只脚在地下蹦呀蹦，蹦呀蹦，像跳大神似的，好玩极了，可爱极了。这位苏秦张仪般的英雄人物，一会摸摸快烫熟了的裤裆，一会揉揉肿成水桶样的脚踝，大声地骂道："啥牲口人家嘛，瞎了眼，坏了心，疯狗咬了吕洞宾！我段和顺，走过西，闯过东，没见过这样待媒人。我就是吃了屎变苍蝇，再也不落在你干石井，叫你三辈子都打光棍！"你看人家我表姑夫这骂人的水平，合辙押韵声情并茂的，当媒人屈才了，搁到现在，到外交部当个新闻发言人，骂安倍晋三半晚上，狗日的管保再也不敢去靖国神社乱转了，一大早就得把钓鱼岛给咱乖乖地送回来。

　　眼看谈判要破裂了，为给媒人留点面子消消气，我娘一把把我按到炕沿上，操起苕帚疙瘩就向我屁股上打来。那正是个夏天，我上身光溜溜的，下身穿着条烂短裤，苕帚落下去，马上鼓起一道道血痕。我娘边打边骂："灰惺惺的，敢伸手打上门的亲戚，我看你是玉茭糊糊糊住了心。表姑夫好心来说媒，你把人家的胶鞋当劈柴，我打烂你屁股也不难为！"你看，我娘这水平，不当媒人也屈才了。

我挨了打，却不挣扎不跑，指着表姑夫边哭边骂："哪来这么个表姑夫，八百年没见过，呜呜……谁让他来说媒哩，我看他是不要脸想吃好的哩，呜呜……我叫他赔我的芦花鸡，再把半瓶烧酒吐出来，呜呜……"

表姑夫听了越发恼怒，嘴唇哆嗦着说："啥人家嘛，大没大的样，小没小的样。啥人家嘛，大没大的样，小没小的样。"说着就一只脚跳着，要往门外走，逢人拦不住。二哥的婚姻大事眼看就功亏一篑，形势十分危急。紧要关头，忽听得一晚上靠着被子垛闭目养神一声不吭的姥爷，慢条斯理地说道："他表姑夫，你且慢走！"

表姑夫对我姥爷一辈子走南闯北，杀过狼打过鬼的传奇经历早有耳闻，闻听老人此言驻足说道："这人家穷得要啥没啥，谁家的姑娘愿上门？我不走，能咋？"

姥爷说："你说的条件，我女婿都应了。就这房子，也难不住个人。常言道，君子谋胜不谋败，有借钱娶媳妇的，没卖了媳妇打饥荒的。这一间房，就担在我身上，你过五六天再来看。"

媒人看着煤油灯下须发皆白的姥爷，半晌不吭气，心说："你这老汉吹牛吧，你又不是鲁班爷，能五天盖起一间房。"跑桥说媒的（怀仁方言），个个是人精，心里这么想，嘴上偏不说破。只因吃也吃了，喝也喝了，也想顺坡下驴见好就收，便又忍着疼，脸上堆上笑来："您说的话，我哪儿敢不听，就依您的，我明天早起走了，过五天再来。"

听了姥爷的话，小伙伴们惊呆了。

六

我知道姥爷身怀绝技，老人家亲自挂帅出征，别说盖一间房子，就是盖一处院子，也不是什么天大的难事。问题在于巧妇难为无米之炊，一没檩二没椽三没工具，姥爷又是年近八十的耄耋老人，身体自然也不能和年轻力壮时相比了。所以听了姥爷的豪言壮语，我也半信半疑，着实也替他老人家捏了一把汗。

第二天大清早，芦花鸡的丈夫红公鸡好似一个尽忠职守的战士，把丧妻之痛压在心底，展翅飞上院墙，满怀悲愤引吭啼鸣。等我被鸡叫声从酣睡中唤醒，看到一盘炕上，只剩下我和爹。爹昨晚醉得厉害，没两三天工夫估计缓不过精神。我虽然对他老人家的酒量不以为然，但对他怒斥媒人的正义行动还是持肯定态度的，否则不会冒破坏二哥婚姻大事之大不韪，在炕沿下面勇敢地开辟打击表姑夫的第二战场。

我揉着眼睛走出屋门，忽然感到屁股蛋儿火辣辣地疼，昨晚发生的事这才又被重新剪辑到了一起，就四处寻找红公鸡，想抓把玉茭子隆重慰问它一下。却看到那王八蛋这会子正领着他的小姨子小芦花鸡，兴致勃勃地在院子里刨虫子吃，真是公鸡不知亡妻恨，我感觉这家伙真不够爷们，就气不打一处来，拿起表姑夫硕果仅存的另一只胶鞋，向红公鸡的屁股狠狠砸去。红公鸡转过头来，瞪圆了双眼不解地看着我。

我和红公鸡的报应很快来了。

我娘走过来，在我后脑勺上用力拍了一巴掌，转身又把小芦花鸡轻轻抱起来，叹口气，对正在解缰绳的媒人说："他表姑夫，灰六子不懂事，烧了你的鞋，真对不住你！这村子穷，到代销店也给你买不上新胶鞋，我就剩这一只下蛋母鸡了，你抱回去当个下酒菜吧，当是我给你赔罪了。"

那媒人嘴上说不要不要，却又怕我劈手夺走，赶紧滚鞍上驴，夺过芦花鸡扬长而去，口中说道："咱们是三辈子拉不倒的亲戚，你这么客气干啥？我有驴骑，要胶鞋做甚？"我一看大事不好，小芦花鸡这一去，别说吃鸡蛋了，估计我连鸡蛋壳也见不着了，正在无计可施之时，只见红公鸡冲天飞起，落到表姑夫的肩膀上，高高扬起头，冲着媒人剃得铁青的光脑壳死命啄去。

迎着夏日朝阳耀眼的光亮，我看到我那红公鸡，鸡冠一下子张开了，鸡冠里面的血像要喷出来。那一抹红，红得好似秋日荒野上、坟地里、悬崖边拼命开着的山丹丹花；两只爪子，像锋利的剑戟，深深地刺入了表姑夫肩头的皮肉！我看我那红公鸡，这会儿分明是一只无畏的雄鹰！说话间，可怜的远房表姑夫头顶上绽开了一个个血口子，鲜血弯弯曲曲地流下来，像一条条刚从泥土里挖出来的蚯蚓。媒人惊慌之中，赶紧丢了怀中的小芦花鸡，又要护脑袋，又要赶公鸡，又要打毛驴，只恨父母少生了几只手，紧催着胯下的毛驴四蹄翻飞，一溜烟出了巷口上了官道，自去逃命。

电驴子一带小伙伴心就高兴，相告欢欣鼓舞，拼命地押动着辫子追赶着，谁都怕夕阑了一只直到看到这些响着，在官道上绝尘而去，才一个个兴犹未尽，百服不舍地回家。里戊五月要望拔古井州昌

一

　　媒人被英勇善战的红公鸡驱逐了。硝烟散尽，我这才发现东院墙下，早已成了一个热火朝天的工地。二哥在挑水，三哥在搬石，二姐在和泥，姥爷站在高高的脚手架上，挥舞着泥工刀在砌墙。一块块没棱没角的圆石头，在姥爷的手里，好似听话的孩子，你拉着我，我牵着你，变成了一堵高耸的山墙。我一看这阵势，感觉英雄有了用武之地，一会爬上脚手架给姥爷打下手，一会跳进泥坑帮二姐和泥，正忙得不亦乐乎，谁料瞎眉杵眼地撞翻了支脚手架的高凳子。脚手架倒了，随即砸塌了半堵墙，姥爷也从脚手架上掉到了烂泥里。我从脚手架上把姥爷掀下来，捎带着把自己脑袋撞起拳头大个包，哭泣着撤出了阵地。但是，形势喜人，形势逼人，不干不行，我又岂肯轻伤下了火线，泪痕未干，就又顶着大包，像一只独角兽似的，在院子里东奔西跑上蹿下跳，哪有热闹哪有我，成为建房大业最大的麻烦制造者。

　　弹指一挥间，四十三年过去。回首当年这场由姥爷精心设计、英明领导、直接指挥、具体施工的生动鲜活的建造东厦房的伟大实践，我走过的道路基本上可以用捣乱、失败、再捣乱、再失败来简单概括。直到第三天的黄昏，我挺着让玉米面糊糊撑得圆圆的鼓鼓的肚子，两条腿短短的细细的，像一只站立着的螳螂似的，拼尽全身气力，搬起牛头大一块砂石，想递给姥爷。那巨石却从脚手架上咣当当滚下来，砸扁了盛水的铁桶，滚出去又砸了红公鸡的脚，我的破坏活动终于达到了高潮。

按说砸了水桶也不是什么天大的事，要奋斗咋能没牺牲，要命的是这时候我爹已经取得了和醉酒作斗争的最后胜利，刚摇摇晃晃，走出屋门，前往施工现场增援，恰好看到我鬼使神差砸扁了水桶。当年家家户户都用木桶，见了水，箍桶的木头发了涨，不盛水也有百八十斤重。我爹挺日能（怀仁方言，厉害），不知施展了何等神通，竟然搞到一对马口铁做的水桶，成为最能证明我家综合实力的象征。爹挑了洋铁皮水桶走在街上，满村子的人都投来艳羡的目光。老人家便愈发把桑木扁担颤呀颤，颤呀颤，水桶里的水花翻呀翻，翻呀翻，却一滴水珠也洒不出来。因此这水桶是我爹的最爱，不让任何人染指。得了闲就反复检修认真保养，经常把土话叫黑油、大名叫沥青的稀罕东西，淘宝一样百般搜求了来，烧化了，把水桶翻个底朝天，把头套在水桶里，就着日光补桶底的洞，闹得一年四季院子里臭烘烘的。今儿个眼看我把这宝贝砸扁，让他如何不伤心！只听老人家呐一声喊："× 你个灰祖祖的，一天尽瞎害！"我听了耳边这声炸雷，吓得肝胆俱裂，知道小命休矣，索性闭了眼任杀任剐。等我睁开眼，已经被执法如山、大义灭亲的爹扔到猪圈里隔离审查了。好在我和我家的老猪大白平素关系处得不错，它见我今日落难与它为伍，倒

兒童謎語月亮（下）

也不十分反感，一直在我耳边哼哼哼、哼哼哼地唱小曲给我解闷，涎水流了我一脖子。我多少有些生气，但转念又想，这毕竟是人家老白的地盘，咱一个寄猪篱下的人也不便发作。耳听得上房一家人喝糊糊的声音呼噜呼噜，呼噜呼噜，比大白吃食还响。我平日是喝糊糊喝腻了的，一见着它那副说稀不稀说稠不稠，灰眉楚眼不起烂山（怀仁方言）的尊容就恨得牙痒痒。今儿个混得和猪做伴，肚子里的肠子饿得搅到了一起，才觉得糊糊也是美食。过一会儿，又听到娘收拾碗筷的声音，洗锅刷碗的声音，知道今天晚上别想吃饭了。我又是肚饿又是伤心，就扯开嗓子哭了起来。哭累了，就抬起头数星星，每回都能一下子数到十七。我对自己天才般的数学能力钦佩不已，拍着泥乎乎的小胸脯说："你这家伙真有两下子，以后可要亮色哩！"到数到第十五回或十六回的时候，我二姐终于来营救我了。她在猪圈外面踮起脚，悄悄说道："老六，老六，爹睡着了，快出来哇！"我拉着二姐的手连滚带爬逃出猪窝，还不忘给她说一句："大部队咋这才来？同志们都好吧？"

　　第二天，我一觉睡到日上三竿，醒来后从窗户上望出去，看到两堵山墙已拔地而起，巍然耸立在夏日的阳光下。后墙是利用了原来的院墙，不必再垒，上梁这个振奋人心的时刻终于要到了。我走到院子里，看到我那可怜的红公鸡，左脚让我砸跛了，一瘸一拐地在院墙下走着，在小芦花鸡面前很没面子。这哥们儿用右脚死命从土里刨出条曲蟮，高一声低一声地叫小芦花鸡来吃，人家偏装作没听见，只顾和西墙上二狗旦家的黑公鸡挤眉弄眼。红公鸡气得尾巴上的毛竖了起来，想飞起来啄瞎黑公鸡的眼，无奈左脚有伤，飞了半天没飞起来，就回过头来，埋怨地看了我一眼。我看懂了红公鸡的意思，抓起一把烂泥帮它赶跑了第三者，就赶紧向姥爷报到。

我给姥爷添了那么多乱，外孙真不是个好外孙，但姥爷真是个好姥爷。他从脚手架上掉下来，不仅没责备我，还从口袋里给我摸出了一个黑乎乎的糖块，塞到了我的嘴里。那块糖不知在姥爷的口袋里待了多久，在毒日头下烤化了，糖纸和糖块粘到了一起，我依偎在姥爷怀里，慢慢地吮着，真甜。夏日清晨的风，柔柔的、凉凉的，一阵阵吹来。在这清爽的风里，我闻见姥爷的身上，有泥土的味道，有汗水的味道，有烧酒和烟草的味道，也有浩瀚的大草原上青草和野花的味道……这味道，那么熟悉、那么亲切，让我一辈子忘不了。长大以后，我方才领悟到，这味道，是缔造生命的密码，是破译基因的钥匙，带着家族和血缘的印记，永远地流淌在后人的血脉里。

二

晌午时分，日影正了。一个月滴雨未下，白日头烤得黄土地像一口炭炽着的平底锅，忽悠忽悠地冒白烟。西墙下三五株日照子，细细的脖子强撑着小碗大的脸，黄色的花瓣开得有气无力，不管太阳怎么给它笑，都垂了头不吭声。老狗黑四热得四蹄四爪地躺在门洞里，呼哧呼哧喘着气，红红的舌头伸出有半尺长。我爬上脚手架给姥爷送旱烟袋，看到隔壁二狗旦他爷爷，心疼窗前种的一畦连刀豆，大晌午不睡觉挑回了一担水。扁担还没放下，房后杏树上落的一群麻雀就呼啦啦飞下来，把头伸进木桶抢水喝。二狗旦他爷爷操起葫芦瓢，边死命地赶麻雀，边舀水浇豆角，边一迭声咬牙切齿地骂："老天爷，我 × 死你灰妈的，你旱死你爷呀！"我不明白这老汉和老天爷到底谁是爷。姥爷眯着眼，看刚抹好泥的两堵山墙，在正午的阳光下闪烁着紫铜色的光泽，脸上浮现出欣慰的笑容。老人家抽了几口烟，撩起衣襟擦了把汗，抬起头凝神注目眺望了一会西边天际飘着的几片羽毛般的云彩，把烟锅子装在烟袋里，神色警觉起来，扭头对我说："六子，欢欢地给姥爷下去，赶紧寻东西盖在墙头上，大雨说话就来！"我抬头看了看天，瓦蓝瓦蓝的，比我的脸还干净，哪儿有下雨的样子。但姥爷毕竟是开枪打过鬼的人，在我心目中，享有崇高的威望，姥爷的话还能有错？我就立马从脚手架上出溜下去，顾不得一块尖石头扎得脚底板流血，像花果山的小猴子接了孙大圣的将令似的，一袋烟的工夫，找来了两片烂席子、几张破油毡、一只没沿儿了的旧簸箕、三四块炕桌大的塑料布，刚把墙头遮盖得严严实实，就见一股狂风带着土腥味从远处刮来，霎那间天地一片昏黄，一朵朵乌云把天空笼罩得像个铁桶，院子里一下子黑得能掌灯。只见一道闪电哗地一下把大地照得一片雪亮，旋即喀喇喇一声惊雷从天边滚来，震得人耳膜生疼，红公鸡领着小芦花鸡，惊慌失措地啼叫着躲进了鸡窝。隔着一堵院墙，我刚听见二狗旦他爷爷放下了挑水的扁担，就见铜钱大的雨点噼里啪啦砸下来，院子里腾起一团土雾。过一会儿，雨线直了。又过一会儿，房檐下的雨水像小男孩的尿，射出老远。再过一会儿，平地起了水，鞋、盆、簸箕、笸箩，凡是有底的东西，都摇摇晃晃、飘飘洒洒出了门，神仙都追不上。我趴在窗玻璃前看着院子里的情景，高兴得手舞足蹈。

对广大人民公社社员来说，下雨天是法定的假日。大伙聚集在堂屋，抽着旱烟谈天说地，烟锅子的红光在昏暗中一闪一闪。忽听得轰隆一声，隔壁的牲口圈塌了。又一声，前院的院墙倒了。我正对姥爷未雨绸缪的先见之明佩服不已，就听我五叔对姥爷说道："姨夫，我看我四哥满院子最长的木头除了挑水的扁担，就是吃饭的筷子。一没椽二没檩，您当院垒个大圈圈羊呀？"五叔的疑问其实也在我的脑海里盘桓了许久，一屋子的人就都把探寻的目光投向了姥爷。老人家却一声不吭，只顾低了头摆弄两只拴了长绳的铁钩子。过了一个时辰，雨慢慢停了，村子当中的河湾却传来一阵巨大的轰鸣声。姥爷站起身，对我两个哥哥说："二子、三子，山水下来了，拿上工具，跟姥爷走！"

傍晚的时候，姥爷和二哥三哥每人扛着一根从河里捞上的大木头，浑身水淋淋地回来了，盖房的檩条连带做门窗炕沿的木料全有了着落。第二天，他们又腰上别着斧头上了村后的青凉山，砍了水曲柳、圪料椿作椽，又砍了马茹子的根子、山桃树的条子编成帘子作苫板，没几天工夫就盖起了一间房。姥爷一会是砌墙的瓦匠，一会是做门窗的木匠，一会是盘炕的泥匠，一会又是画炕围子的油匠，一会是打仰尘的裱糊匠，四行八作没个不会的。房子落成了，我看着这间低矮的小土屋，竟觉得比人民大会堂还高大轩敞。只因这间小屋，让我目睹了生活的艰难。虽然此后表姑夫再没来提亲，但在东厦房的土炕上，我依偎在姥爷的怀里，度过了一个难忘的秋天和冬天，成为我童年生活中永难忘怀的温暖回忆。

三

这年的腊月，姥爷要回内蒙古过年了。姥爷走的那天，小北风呼呼地刮着，晶莹的雪花飘飘洒洒，把通往县城的小路铺得一片银白。我挽着姥爷的胳膊，把老人家送到村口，我看到姥爷挂着一根长长的竹竿，一步一滑地往前走着，身子佝偻得那么厉害。慢慢地，姥爷的身影走入一片杨树林里，最后消失在了小路的尽头……

姥爷走后十多天的一个下午，太阳冷冷地照着大地，寒风从窗户纸的破洞里呼呼地刮进来，我娘边打羊毛线边心神不宁地看着窗外。我到院子里给羊添草，忽听得邮递员骑的电驴子像牛吼一样在村头响起，便兴奋得把草筛差点儿抛到房顶上去，撒开脚丫子向大队部跑去。

我和小伙伴们对邮递员这么感兴趣，不是要看他送来的报纸。那时候村里隔三五天能看到三份报：《山西日报》《参考消息》《雁北日报》。《山西日报》只有四个版，每日里通栏大标题登些《全国学大寨，大寨在山西，山西怎么办》之类的文章，我们一则不认字，二则真的不知道山西该怎么办，这个问题到现在我也回答不了。《参考消息》说，时事社、路透社、法新社、塔斯社都认为，中共十届一中全会开得很成功，22名政治局委员都很引人注目。但我们看来看去只认识毛主席和周总理两个人，而且搞不明白这几个社的观点为何如此一致。这些报纸随后便被支书按照"内部刊物注意保存"的要求，全部保存回家糊了顶棚。也不是对邮递员送来的信件和邮单感兴趣。全村广大贫下中农和村子以外的世界几乎没有任何联系，谁抽风了会给我们写信寄东西呢。也不是对邮递员的绿帽子感兴趣，我们认为只要是和制服配套的帽子，哪怕下井工人的柳条帽也比社员同志们的烂草帽强。我们真正感兴趣的是电驴子屁股后面喷出的那股蓝烟，闻着有一种莫名其妙的巨大的难以抵挡的兴奋感，好似瘾君子闻到了鸦片烟的味道一样。电驴子一来，小伙伴们就奔走相告，欢欣鼓舞，拼命地抽动着鼻子追着跑，谁都生怕少闻了一口。直到这怪物在官道上绝尘而去，才一个个兴犹未尽百般不舍地回家，小脸上洋溢着无限幸福、无限陶醉的神情，三四天过去了，一双双小眼珠都还闪烁着蓝荧荧的光。

这天我很倒霉，因为给羊添草行动缓慢没闻上汽油味，心情十分沮丧。忽然看见我的亲密战友二狗旦，那个每天穿着条烂棉裤，扛着根棍叫嚣着要穿林海跨雪原的人，此刻让电驴子的尾气熏得无比亢奋，手里紧紧攥着一张纸，好似一股旋风一样向我家院子扑来。我看这厮来者不善，便立马放出我的黑四把这个不宣而战的家伙扑倒在地，我又踏上一只脚，厉声喝道："电驴子来了为啥不告诉我？"狗日的二狗旦面对黑四的利齿被吓得声音都变了："我也……啊，啊，去得啊迟了。一口也没闻啊，啊着。我来了，是给你们家送，啊送，啊送电报的。"我一听有电报，头发便竖了起来——那年头，电报来了准没好事。便赶紧把我的好朋友提着领子一把拉起来："电报说啥？"二狗旦死里逃生惊魂甫定，越发结巴得说不出话来，举着电报纸急得脸红脖子粗的，一个劲地啊，啊，啊。我照着他的烂棉裤一脚踢去："就记住个啊，啊你娘个蛋呀！要叫你当报务员，首长早气死了。说不出来赶紧跺脚！"这家伙才咚咚咚地跺着脚说：
"爷爷，啊，啊，啊，啊死了，姑姑，啊，啊，啊，啊来哇！"电
报统共才八个字，我们的杨子荣又白送了八个字，你说这急人不急
人。我一听内容就知道电报是表哥从内蒙古拍来的，哇的一声就哭
了，夺过电报就冲向了里屋。我进了屋，看到娘靠着墙坐着，一只
手攥着一把羊毛，一只手抓着拨吊，像被雷击了一样一动不动，雪
白的羊毛线嘣的一声断了。

这天夜里，全家人没吃饭，也没点灯，摸着黑坐着，谁也不说话，
只听到我和二姐的抽泣声。母亲却一滴泪也没掉，呆坐了半晌，就
走东家串西家，东挪西借，凑足了盘缠，把生麻和辣椒仔细缠在身上，
带上我二哥连夜去口外奔丧。

四

腊月二十七，等娘和二哥从内蒙古回来我才知道，姥爷那天和
我在村口分别后，扯开脚步向怀仁县城走去。老人在蒙古草原打拼
了几十年，见惯了狂风暴雪。看到天上飘着的这点细碎的雪花，根
本没当回事，平生又是个很苦的人，着急着赶路，就走出了一身汗。
从我们村往怀仁县城走，要路过南窑村，那是姥爷出生的地方。在
小路拐弯的地方，有一座小小的坟头，里边埋着我的姥姥。姥爷到
口外谋生的几十年里，没工夫回乡扫墓。遇到清明和七月十五，都
是我娘领着我们兄弟来给姥姥上坟。我那坚强的母亲，每次到了坟
前，摆上简单的供品，点燃几张纸钱，就哭得伤心欲绝，怎么劝都

不起来。看到路边亡妻的坟茔荒草萋萋，白白的一层雪粒在坟前旋转着呜咽着，姥爷不由得停下了脚步。老人在坟前的一块青石上坐下来，掏出旱烟袋想抽一口烟，划着了火柴却手指哆嗦得怎么也点不着。只听得呼啸的北风把坟地里一蓬蓬枳芨草吹得呜呜地响，坟旁一棵柳树的枯枝上落着的两只寒鸦，看着姥爷像见着多年不见的故人，哇呀哇呀地叫唤个不停。老人低了头，想起坟里睡着的那个人：十七岁坐着花轿从万金桥嫁到南窑村，两个人做了十八年的夫妻，从来没红过一次脸，没拌过一次嘴。每天从睁开眼到闭住眼，就听着两只裹得小小的脚，噔噔噔，噔噔噔，从碾房到厨房，从牲口圈到草料棚，从捶布石到菜园子，一刻不停地忙乎着。姥爷赶着马车出门拉脚，不管走三五日，还是走八九十来日，马车的花轱辘一踏上回乡的路，四匹骒马的蹄子就轻快地像敲着鼓点。远远地，望着一村子的房舍，就自己家的窗户纸亮着。卸了骒马，进了屋门，脱去毡靴上了炕，就闻着小小的炕桌上，炒鸡蛋炖羊肉香得扑鼻。一壶家酿的高粱酒在蒸饭的锅里烫得热乎乎的，一口喝下去，浑身的毛孔都张开了……酒至微醺，觉着腹中饥饿了，一大碗手擀豆面端上来，用筷子一挑，总有二尺多长。吃饱了，喝足了，躺在雪白的羊毛毡子上一觉睡到鸡叫三遍，便又翻身下炕套上骒马上山去拉炭。一天天一年年风里雨里地闯，泥里水里地蹚，没明没黑，吃苦受累，但想着家里有疼人的老婆，懂事的儿女，心里就像打翻了蜜罐子，坐在车辕上，抱着长鞭就哼起了小曲……谁料想好夫妻不到头，一九四〇的春天，一场时疫席卷了晋北大地，不到三百口人的村子，短短几天就死了十三个人。姥姥是吃苦受累惯了的，身子骨很结实，平时有个头痛脑热，顶多用顶针子在额头上刮一刮，就又屋里屋外地忙活起来了。这天中午姥姥刚把一笼糕蒸出来，忽然间大汗淋漓，棉袄湿得能攥出水，就觉得浑身像散了架似的，一丝气力都没有了。转过脸对正在拉风箱的我娘说："香叶，妈难活得不行。"话音没落，就腿一软瘫在了地上。我娘把姥姥扶上炕，就赶紧给出门拉脚的姥爷捎话。姥爷得了信，两天后从关南赶回来，姥姥已烧得不省人事了。一看姥姥病成了这样，姥爷咬了咬牙，把五亩水地卖了九个光洋，遍请名医给姥姥治病。地契写好了，要按手印了，姥姥忽然睁开眼，对我娘说："香叶，快拦住你爹！"话音刚落就又昏了过去。五亩水地卖了，九块大洋花了，十里八乡有名望的郎中也请了，姥姥的病却一点儿也不见好转。姥爷跺了跺脚，就又卖了半挂马车。听着两头骡子被买主牵出了院子，脖子下面两只铜铃铛的响声越来越远，姥姥眼里流出两行泪，头往枕头边一偏咽了气。姥姥走的时候，一只手抓着我娘，一只手抓着我舅舅，怎么掰也掰不开。姥姥只活了三十五岁，姓段，名字我不知道。出殡那天，大黄风刮得天地间一片苍茫，可怜的舅舅，六岁的人儿，披麻戴孝一身白，打着引魂幡在灵前跌跌撞撞地走着，一声接一声撕心裂肺地哭喊着："妈——妈——"一村子的人便也都跟着哭。

姥爷用卖骡子的钱打发了我姥姥，就又赶着剩下的两头骡子到鹅毛口峪子里去驮炭。这年秋天的一个黄昏，姥爷把骡子拴在了树上，捡了点儿枯枝正要生了火烤糕吃，忽然闯来两个日本兵，带着七八个二狗子不由分说就要抢姥爷的骡子。这两头骡子是姥爷的命根子，没了它们一家人只能饿死，姥爷就死死抓住缰绳不肯放手。有个二狗子绰号叫朱黑嘴，是北窑村一个游手好闲的灰货，因为沾着点儿老亲，吃不上饭的时候，姥爷平素没少接济他。姥爷本指望他能给求个情，谁料想这家伙挥起手里的白蜡杆朝姥爷劈头打来，口中骂道："×死你灰妈的，不看爷们正扫荡哩，皇军要你的骡子敢不给，真是寻死不看日子！"

朱黑嘴一棍下去，一股鲜血从姥爷的额角嗞的一声喷出老远，老人随即眼前一黑，咕咚一声栽倒在秋日的荒野上。夜深了，露水重了，老人从昏迷中冻醒，挣扎着站起身，借着清冷的月光，看到土路上只有一头骡子的蹄印，树下面有炕大一片血迹。姥爷一看就明白，那匹倔强的公骡子，死也不愿意离开主人，被日伪军用刺刀活活捅死了，让另一头骡子驮着去了县城。老人捡起公骡子的缰绳，靠着树坐下，就想自己这大半年的经历，仿佛做了一场噩梦：老婆死了，水地卖了，骡子又被抢了，红红火火的光景眨眼间败了个精光。越想越气越伤心，放声大哭了一场，站起身把骡子缰绳一端挽在树杈上，另一端打了个活结套在了脖子上，正要把脚下踩的石头踢倒随我姥姥而去，忽然想起家里还有一双没娘的儿女，就又解开绳套，流着泪，一瘸一拐地回家去。

地没了，车没了，骡子也没了，生于斯长于斯的老家再也没法待下去了。第二年的春天，把我娘嫁出去，姥爷就带着七岁的舅舅踏上了走西口的漫漫长路。故土难离啊，随着北飞的大雁一步三回头走到长城脚下，舅舅就哭得一步也不肯走了，脱下鞋一看，满脚的血泡全破了，和羊毛线袜子沾到了一起，咋也脱不下来……走了一个月，到了敕勒川，爷俩给牧民割草、挤奶、放羊、牧马、做皮货、擀毡子，吃了多少苦，受了多少罪，三天三夜也说不完。有些写晋商的电视剧，充满了革命的浪漫主义精神，似乎草原上遍地都是财富，一锄下去就能挖出银窖，每日里大碗喝酒大块吃肉，酒喝干，再斟满，今夜不醉不还。酒至酣处，便伴着马头琴悠扬的琴声痛快淋漓地跳舞。跳到兴处便把心爱的女人抱上马背，扬起马鞭唱着情歌驰骋到天涯……殊不知，西口路是穷苦人的伤心路，每往前走一步，都会有一个猝然倒下的身影，都会有一具永难还乡的白骨。多少辛酸事，未诉已断肠！

五

姥爷在坟地里坐了半晌，一身的汗落了。举目一看，暮色四起，风雪紧了。不远处的村庄，升起了一缕缕蓝色的炊烟。鸡鸣狗吠羊叫声，伴着熟悉的乡音，清晰地传来，一声声撞击着姥爷的耳膜。那可是姥爷曾经生活了四十五年的桑梓之地呀，水井在哪里，庙门朝哪开，谁家的杏好吃，谁家的狗疲善，谁家的儿子作务得一地好庄稼，谁家的媳妇有一手好针线，谁会看阴阳，谁会打石磨，姥爷都了如指掌。在后草地寒冷而漫长的夜里，只要一入睡，梦着的就是家乡的这些人和事。如今，故园近在咫尺，可是却再没有垄田片瓦属于自己，临老了临老了，大腊月里还要冒着风雪走口外，想到这里，姥爷不禁悲从中来潸然泪下，泪水流下来，在苍白的胡须上结成了冰。姥爷站起身往县城走，忽然觉得冷得彻骨，接二连三打了几个喷嚏，一摸额头，烫得像火炭。昏昏沉沉走到县城，上了火车却坐反了方向，本应到集宁却到了原平，身上的盘缠偏又被小偷摸去。可怜的老人在原平车站冰窟窿一样的站房里又饿又冻，蜷缩在水泥地上发起了高烧。所幸碰上一个好心的解放军战士帮忙买了一张票，挣扎着回了商都，到家后就一病不起。

姥爷几十年吃冰卧雪，含辛茹苦把舅舅拉扯成人，给舅舅在商都八股地郭家村娶了媳妇成了家。姥爷是皮匠出身，对针线活自不外行，我那六个表兄弟姐妹，都是穿姥爷做的鞋长大的，对爷爷的感情特别深。看到老人家病了，舅舅、舅妈自不用说，孩子们也忙不迭地四处求医问药，放了学肩膀上还斜挎着碎花布拼成的小书包，就跑进屋把凉凉的小脸贴到爷爷额头前，看老人家还发烧不。也是仗着赶大车养下的好身板，在炕头上躺了几天，吃了几次药，老人觉得想吃饭了，腊八那天强撑着喝了半碗粥，但还是觉着浑身没劲儿。耳听得羊圈里传出一阵小羊的叫声，姥爷就问："下羊羔子了？"舅舅在院子里说："下是下了，母羊难产死了，没奶的羊迟早也活不成，趁早扔了算了！"

姥爷最是心软，赶了半辈子大车，不舍得打骡马一下，总说，大牲口是不会说话的人，力气刚长足，就没日没夜黑水汗流地下苦，一天都不得闲。直到牙齿掉了，眼睛花了，驾不动车拉不动犁了，还要把皮肉留给主人。无缘无故受了气挨了打，它们也会流泪！姥爷说，牲畜比有些人还懂得感恩，主人对它好，不仅平时肯下力，关键时刻会替生替死。姥爷赶大车，手中的鞭子，就像指挥家手中的指挥棒，鞭子梢一扫，骡马就知道往东还是往西。爬坡的时候，随着主人的口令，四匹骡马的眼睛都瞪得像铜铃，鼻子里呼呼冒着白气，每一条套绳都绷得像弓弦，多大的坡、多高的梁，呼地一下就上去了。车行平处，老人坐在车辕上眯着眼打瞌睡，骡马的蹄音在耳畔咔嗒咔嗒响着，像敲打着整齐的鼓点。到了家门口，车稳稳地停住了，听到拉中套的大青马扬鬃嘶鸣，姥爷才从酣睡中醒来。人和牲畜的这种默契和依恋，人和人之间也未必能做到。在后草地给牧民放羊的时候，一个暑天的大晌午，太阳没遮没拦地炙烤着大地，草打蔫了，土冒烟了，羊儿互相把脑袋伸到肚皮下乘凉。姥爷骑在马背上挥着鞭子驱赶着羊群往河边走去，忽然觉着眼冒金星，从马鞍上一头栽了下来……不知过了多久，姥爷从昏睡中醒来，感觉脸上湿湿的、凉凉的。睁开眼睛一看，枣红马用自己的身躯给姥爷遮挡着太阳，伸出舌头一下一下舔着姥爷干裂的嘴唇，两只乌黑的眸子里闪烁着晶莹的泪光，泪水流下来，一滴又一滴，砸在姥爷的脸上……姥爷挣扎着站起身，紧紧地抱着枣红马的脖子，眼泪夺眶而出，人的泪，马的泪，交融到了一起……

六

姥爷知道牲畜的可亲可敬还有可怜和不易，听到舅舅说要把小羊扔掉，赶紧趴到窗户前，叫着舅舅的小名说："文祥，做不得，好歹是一条命哩！你给爹抱进来。"舅舅心疼姥爷正病着，虽说不情愿，却又不敢违拗，拎着两只后蹄把一只黑头小羊放到姥爷跟前，嘴里嘟囔着："自个儿病得起不了炕，还顾得上心疼个小羊羔子，我看您是不想过这个年了。"姥爷披上羊皮袄坐起身来，随手扯起一件柔软的旧衣服，把小羊羔身上的羊水慢慢擦干。小家伙晃晃悠悠地站起来，把小小的脑袋伸进姥爷的怀里，随即两条前腿跪下来，额头在姥爷怀里用力地抵去。姥爷知道小家伙饿了，找来个小孩的奶嘴，强撑病体把半碗稀莜面糊糊给小羊羔喂了进去。小羊吃饱了，钻进姥爷的被窝，把下巴颏支在两条前腿上，香甜地睡着了。

过了几天，小羊的脐带掉了，正在炕上走来走去，忽然拉起了稀，三拉两拉就站不起来了。眼看小羊要死了，舅舅走进来，拎起后腿就要往外扔。小羊一声不吭，只是用两只乌溜溜的眼睛看着姥爷，眼里闪着泪光。姥爷急忙伸手拦下："别着急扔，这羊羔子死不了，爹有办法。你赶紧到草房的麻袋里给我抓一把干杨树花来！"姥爷用春天晒干的杨树花煎了药喂给小羊吃，过了一宿，小东西就又活蹦乱跳了。

小羊救活了，姥爷的病却愈加沉重了。腊月十五那天，村里有人家成亲，舅舅全家都去帮忙。黄昏时分，狂风大作，一地的积雪被大风搅起来，霎那间天地间一片苍茫。呼啸的北风传来了羊群回家的叫声，小羊竖起耳朵听了听，跳下地撞开屋门跑了出去。姥爷在昏睡中梦见自己在漫天的风雪中骑着马寻找丢失的牛羊，眼看要追上了，忽然连人带马掉入几丈深的雪坑，虽然穿着羊皮袄仍然觉得冷得彻骨，只听得风搅着雪发出狼嗥一样的吼声……姥爷从睡梦中冻醒，睁开眼一看，屋门大开，寒风刮进来，一地的柴草在炕沿下打着旋，小羊不见了踪影，细弱的叫声在院墙外咩咩地响着。姥爷知道，这么冷的天，小羊跑出去，非冻死不可，就披上羊皮袄，只穿着一条单裤子，趿拉着鞋到街门外追小羊。

小羊循着大羊的叫声向远处走去，姥爷又沿着小羊的蹄迹一路追去。漫天的白毛糊糊刮得姥爷睁不开眼，三步以外一片混沌，可怜的姥爷竟然在自己生活了三十多年的家门口迷了路……

　　夜深了，娶亲的人家唢呐不吹了，二人台不唱了，流水席开场了。这家人惦记着姥爷平时的好处，烫好一壶酒，盛上手把肉，包上油炸糕，冒着风雪给姥爷送来。进了院子一看，屋门大开，油灯灭了，姥爷却不见了，赶紧跑回去报信。小小的郭家村只有五六十户人家，祖上都是从口里逃荒去的，几十年守望相助亲如一家，听说姥爷走失了，一村子的人慌忙放下碗点起火把四处去寻找。一声声呼唤、一点点火光，响彻了夜空，照亮了雪野。

　　夜半时分，风雪停了，高远的天幕一碧如洗，磨盘大的一轮圆月升上了夜空，蓝蓝的、亮亮的，照得大地一片银白。在离村三里多一处背风的地方，人们找着了姥爷。老人用羊皮袄把小羊羔紧紧地抱在怀里，早冻成了一座雕塑，含着笑意注视着这个银白的世界，注视着雪野上火红的新娘子，老老少少的乡亲们！一村子的人，静静地伫立在姥爷的身前，谁也不吭声，生怕把这个一生辛劳的老人从酣睡中惊醒，一道道热泪在寒风中结成了冰柱……

　　腊月二十四，姥爷要出殡，一村子的人都来给姥爷送行。坟丘圆好了，孝子们点燃了高香，焚化了纸钱，和老人作最后的告别。小羊羔不知从哪儿冒了出来，两条前腿一弯，咚的一声跪在坟前，谁赶都不起来……

一看我手给黑四戴铃铛几乎闹到
五成翻脸绝交地步伊天盾到远处
伏就抱着头假装睡党半睬着动党
眼睛很有些丰实寂乐祸心意味此不
常此老到那里身后都会响起叮咚叮咚
叮铃铃声
甲辰十月　吾生

终结黑暗的童年

题记

动物和我们人类拥有同等的生存权利。

我们知道它们和我们一样会感到痛苦，我们知道它们也会悲伤、恐惧、绝望、孤独和寂寞。

——（英国）珍妮·古多尔

一

假如有人问你，二十世纪六七十年代的农村，最热闹的地方是哪里？有过农村生活经历的人，一定会不假思索地回答，饲养院。

没错！牛吼马叫驴打滚的饲养院是全村的政治经济和文化中心。

那里是全村的人民大会堂和政治俱乐部。不管是传达文件精神，批斗"四类"分子，还是选举两委干部，讨伐美帝苏修，举凡重要的政治活动，都要在饲养院的大炕上隆重举行。每当夜幕降临，不用敲钟集合，也不必擂鼓传令，社员同志们放下能照见人影的糊糊碗，紧紧裤腰带，踩着满地的月光，叼着烟袋锅，披着烂棉袄，不约而同地走向饲养院。伴随着大牲畜嚼食草料的声音，兴致勃勃地念社论，背语录，歌颂大好形势，展望美好未来。不知不觉天交子时，社员同志们的脖子就像三更天的草鸡，淌着长长的口水耷拉到了裤裆里，绞作一处的饥肠发出的声响好似从天边滚来一串串闷雷。这时候，饲养员就会用一只犁铧炒出半升黄豆，呼啦一声倒在炕席上。闻着炒黄豆的香味，社员们就像注射了兴奋剂似的，一双双睡意蒙胧的眼睛霎那间明亮得如同暗夜的鬼火。炒黄豆吃到兴处，就把蜷缩在墙角的"四类"分子拎着衣领提溜到大炕前的空地上，慷慨激昂地批斗一回。白天还蹲在地头抽着同一锅旱烟，亲热得恰如换过庚帖喝过血酒的拜把子兄弟。这会子一个个义愤填膺，仿佛见了不共戴天的仇敌。横飞的唾沫好似喷射着火舌的机枪，高亢的口号声震得屋顶的灰土扑簌簌落了一地。回家的路上，却又勾肩搭背，谈笑风生。东拉西扯，七荤八素。聊的也都是些鸡鸣狗盗的正常事，投缘得好似等不到天明就要结儿女亲家。

那里是全村的经济晴雨表和财富华尔街。人类从采集时代进入农耕时代，一直在孜孜不倦地驯化各种动物。但据说全球140多种体重在25公斤以上的陆地哺乳动物里，人类经过数百万年的努力，只驯化了牛、驴、马、骡区区四种可供役使的动物。如今它们依然是生产队最重要的生产资料，是农民除了土地最值钱的家当。经验丰富的老农能从牲畜的膘情、饲养院里粪堆的大小预测出当年田地里的收成。也难怪即使遇到灾年，庄户人宁肯自己饿着肚子，也不会克扣牲畜的草料。生产队的饲养员必定是个心地善良耐得劳烦的光棍汉，一年四季住在牲口棚，白天要切草起粪担土垫圈。黄昏要赶着牛喝水，牵着驴打滚，还要给拉大车的马和骡梳理皮毛。夜晚要三回五回地起来，提着马灯蹒跚着脚步，给牲口添草料。还要学会给病畜喂药，给母畜接生。嘴里还总不忘和半闭着眼反刍的牛、打着响鼻吃草的马嘟嘟囔囔唠叨些什么。他真是把那些不会说话的牲畜当作了自己的孩子。看到牲畜身上的伤痕，这个性格比绵羊还要和善的人，必定要和使役它的农夫或车倌脸红脖子粗地吵一架。到了夜晚，庄稼汉们一窝蜂涌进了饲养院，除了政治学习，还要评定当天的工分。壮劳力是十二分，妇女和孩子是五分或者三分。要安排明天的活计，谁去送粪，谁去锄地，谁去给牲口割草，谁去给大伙送饭。要商量明年的经营方略，哪片地种谷黍，哪片地种瓜菜，烧几窑石灰，沤几堆绿肥。最牵动人心的是年底的结算。会计的算盘在炕头上噼里啪啦响了半夜，分红的消息却每每让人沮丧：十个工分只值几分钱！社员们拖着沉重的脚步回了家，饲养员抚摸着牲口们长长的脸，伤心地说："人和牲口辛辛苦苦干了一年，光景咋就过成了个这！"牲口们听了，眼睛里竟淌出了泪。

那里是全村的娱乐大舞台和信息集散地。会吹拉弹唱的在这里演耍孩、唱道情、开八音会、学样板戏，《打连成》《挂红灯》《老猪爱上个小娘子》《穷人的孩子早当家》逗得小孩子们放下糊糊碗就像小鬼催着一样，拔开腿往饲养院跑。小孩子都是猴子变的，模仿是他们与生俱来的本领。第二天，满大街都是放羊的五哥，扇坟的八戒，手攥长辫子眼里喷射怒火的李铁梅，挥着马鞭打虎上山的杨子荣。喜说古论今，在这里侃《三国》道《西游》，今天太公钓鱼，明天武松打虎，每到紧要处却总要卖个关子，来个下回分解。害得小孩子们度日如年，巴不得黑夜早点到来。孩子们偏又最爱听鬼故事，听完了却吓得一到天黑就不敢出门撒尿，打心眼里既盼这黑夜又怕这黑夜。爱摇唇鼓舌的在这里贩卖小道消息，制造流言蜚语。谁谁给谁谁的鸡食里投了砒霜，谁谁在谁谁的后墙下埋了镇物。谁谁半夜跳过谁谁的墙头，谁谁清早偷了谁谁的倭瓜。村庄里每天都会发生许多离奇荒诞的事件，而他总是唯一的目击者。等不到天明，恩爱的夫妻、亲密的妯娌、和睦的邻居、结拜的兄弟就会被这些真假难辨的流言一一击中，抓脸踢裆、跳井上吊、割袍断义、反目成仇。饲养院成为村庄里的战争策源地，导演出一幕幕让人啼笑皆非的话剧，让社员同志们觉得每一天过得都很有意义，幸福的花儿心中开放，我们的生活充满阳光。

二

也就是在饲养院里，乡村的孩子们接受了最初的文化熏陶和性启蒙。农村娃对这样的场景大概都不会陌生：惊蛰过了，农事到了最繁忙的当口。正是出工的时候，一村子的劳力担着筐荷着犁集中到村口，劈头碰上饲养员给大牲口配种。男女老少便都停下了脚步，像看一场年度大戏，把两头正在辛勤工作的驴或马围了个水泄不通，却又千人千面神情各异。老汉们笼罩在旱烟淡蓝色的烟雾里，悠闲地谈论着今年的气候适合点瓜还是种豆。三四十岁的光棍汉看得额头青筋暴起，眼睛里喷着两簇火，嘴巴里呼呼喘着粗气。大姑娘小媳妇羞红了脸，低了头纳鞋底。趁人不注意才偷看了两三眼，针尖早扎破了手指。张开嘴要吮指头，却把针送到了嘴里，疼得倒抽了一口冷气。上了年纪的婆姨们旁若无人地敞开衣襟给小孩子喂奶，还不忘不失时机地在猴子一样上蹿下跳的大孩子屁股后面拍上一鞋底子，口中骂道："人家驴配种，你兴头个甚！"守寡多年的妇人一手攥着一颗从草窝里才收的鸡蛋，暗自替那头笨拙的叫驴着急，两只尖尖的小脚敲鼓一样捣着黄土地。不经意间，捏破了的鸡蛋汁从指缝流下来，流成两道金黄的线。看到紧要处，高高低低站着坐着的汉子们齐齐地呐一声喊，好似平地起了一阵雷。叫驴在啦啦队雷鸣般的助威声中抖擞精神，把一件传宗接代的大事进行得风生水起精彩连连。

也正因为是这些重大事件的目击者，孩子们对生产队大牲口的谱系和性格了如指掌。哪头驴脾气好肯卖力气，哪匹马性子暴爱尥蹶子。哪头牛和哪头牛是相好，哪头骡和哪头骡是弟兄，我们都一清二楚。我们在取之不尽用之不竭的课余时间给每一头大牲口都取了名字，并坚持每天下了课都去饲养院看望这些无言的朋友，风雨无阻，雷打不动。遇上饲养员心情好的时候，我们还能帮助他去野外放牧，并骑在光溜溜的马背上或臭烘烘的牛背上，一路豪歌向天涯。

然而，我却从来没有建立起与大牲口的亲密感情。我害怕他们坚硬的角、打了铁掌的蹄、令人恐怖的牙齿，甚至不敢直视它们若有所思经常闪着泪光的眼睛。我骑过几次牛。但可怜的黄牛刀尖一样瘦峭的脊背似乎要把我一劈两半，骑上去比受刑还要难受。骑过一次驴。我刚抱着驴脖子爬到驴背上，顽皮的毛驴就颠着小碎步一路小跑，我旋即从驴屁股上出溜下去，仰面朝天跌倒在干涸了的河床上，后脑勺被一块坚硬的石头撞开了拳头大的口子，鲜血随即像趵突泉一样喷涌而出。我被小伙伴们搭救回家，直过了半个月才能下地玩耍。我躺在炕上养伤的时候，集中全部的智慧和才情，给小毛驴的命运设计了几十种结局，每个结局都无比悲惨十分解气。谁料就在这年的秋天，小毛驴拉了岗尖岗尖一平车高粱往打谷场走，踩上一条断了的高压线，死了。尸体被老黄牛用另一辆平车拉回来，放在饲养院的院子里。我站在围观的人群里，看到它的肚子好似吹足了气一样，鼓得像要爆炸，四条腿僵硬地伸向前方，眼睛大睁着，倒映着天边的流云。这时候，我觉得我竟然一点儿都不恨它。我情愿它再一次把我摔落在河滩里，颠着小碎步奔向无垠的绿草地，脖子上的铃铛脆生生地响。这天晚上，全生产队的人每家分到了半斤驴肉，但村子里没有一扇窗户传出笑声。

三

我害怕大牲畜，却并不妨碍我有一个快乐的童年。我家养的狗、猫、羊还有猪才是我年幼时真正的朋友。

狗叫黑四。娘用衣襟把它从邻居家包来的时候，它眼睛还没有完全睁开。身上柔软的皮毛像是一匹质地优良的黑缎子，额头上两条金黄的眉毛好似两只能照亮夜色的灯盏。我摸了摸它宽宽的脑门和短短的鼻梁，它在我的手背上嗅了嗅，伸直前爪站起来，张开嘴伸出粉嫩的舌头，把我的脸颊舔得湿湿的痒痒的。我一高兴就把挂在窗棂上的铜铃铛作为见面礼送给了黑四。我曾经想把铃铛送给我家的老猫花花，但花花怕戴上铃铛暴露行踪影响捕猎，一看我要给它戴铃铛就朝着我吹胡子瞪眼，几乎闹到要和我翻脸绝交的地步。今天看到我给黑四戴上了铜铃铛，这家伙抱着头假装睡觉，半睁着的黄眼睛很有些幸灾乐祸的意味。

从此，不管我走到哪里，身后都会响起叮咚叮咚的铃铛声。冬日的清晨，轮到我值日的时候必得起个大早。夜色浓重得像谁在天地间灌满了墨汁。小北风刮到身上，像无数把尖利的小刀刺得人骨头生疼。但一听到门闩响，黑四就从温暖的窝里呼地一下蹿出来，像一个忠诚的卫士紧跟着我的脚步。下了夜学，同路的小伙伴先后回了家。一处处黑黢黢的街门洞好似鬼魅张开的血盆大口，吓得我头皮一阵阵发麻。正要拔开双腿向着远处的灯火飞奔，黑四的身影早已在街角出现。那一串串清脆的铃声，敲碎了塞外寒夜的荒凉和寂寥，给我温暖和力量。

黑四爱听戏。长到半岁多的时候，村子里来了个臭烘烘的乞丐。进了院子，一声不吭，坐在台阶上，拉响了胡琴。那曲调，凄凄惨惨，悲悲切切，听得人心里一阵阵发酸！要搁在平常，街门口走过个穿破衣服的，黑四都要又扑又咬，暴露出嫌贫爱富的美好本质。今天，这厮先是前腿直立，蹲坐在台阶前，竖着耳朵听乞丐拉琴。听到动情处，把脑袋放在伸直的两只前爪上，凝神静气一动不动，仿佛成了一尊雕塑。乞丐拉完最后一个音符，收回了琴弦，余音还在院子里萦绕。我看到黑四的眼里竟闪着泪光！村子里十年九不遇来个戏班子，一听闹场的锣鼓响起来，黑四就会发疯一样地跑到台前，听得茶饭不思如醉如痴。回了家，还会不住地翻跟头，要把式，演练学来的武艺，脖子上的铃铛摇动得好似急促的鼓点。我寻思，这家伙上辈子兴许是个演武生的戏子。

第二年的春天，娘捉回来一头白白的小猪，我给它起了个名字叫小白。老母羊又下了一只脑袋大大的小公羊，我管它叫大头。这样，算上老猫花花、小狗黑四，我有了四个忠诚的部属。早上一睁开眼睛，正换牙的我就跑风漏气地瞎唱："我们的队伍势力壮！"

四

放秋假的时候，我每天都要率队出行。假如有一只镜头从天空鸟瞰下来，一定能看到这样一幅壮观的图景：打先锋的当然是黑四。这厮摇着铃铛左冲右突，上蹿下跳，把侦察敌情、开辟道路的勾当操练得无懈可击。五六岁的我光着脊梁赤着脚，抽裆一条破短裤，左手舞着一只谷穗，右肩扛着一株高粱，与昂首挺胸气定神闲的大头组成两路纵队，把中军的阵脚扎得针插不进水泼不入。殿后的小白像个才过门的小媳妇似的，羞羞答答扭扭捏捏，哼哼唧唧摇摇摆摆，把崎岖的山路走出了百工难描的一种风流。花花是流动哨。这家伙老奸巨猾神出鬼没。有时候大半天看不见踪影，忽然间却又从一棵小老树上跳下来，喵呜一声吓你一跳。这等时迁一样的细作功夫也很有些出其不意高深莫测的味道。三军过处，马茹茹红，山丹丹艳。牵牛花吹着号，打碗碗花拍着手。伴着花草丛中蜂飞蝶舞蛐蛐叫，几株野生的向日葵在和暖的秋阳下笑成一脸金黄，把这个平凡的日子装点成我记忆深处最美的风景。

一去二三里，且行且珍惜，眼前终于出现一处水草丰美的场所。

我立即命令部队就地扎营，着花花潜出营垒打探军情，着黑四坐在高处观敌瞭阵，着大头小白自去啃食青草，本帅择一片树荫胡乱坐了，从裤裆里掏出一本没皮的小人书，开辟看图识字的新境界，营地里呈现出秩序井然安定祥和的可喜局面。约莫过了两顿饭的工夫，本帅看书倦了，便开始操练部队。一声令下，早有老猫花花飞马来报："受阅部队集结完毕，请首长检阅。"我把从树上掰下的一截树枝迎风一挥，大喝一声："马来。"公羊大头便步履铿锵地向我走来。我抓牢它的犄角翻身上马，把战刀高举在胸前，两腿使劲一夹，大头便撒开四蹄向小狗黑四和母猪小白飞奔而去。狗日的黑四热情得有些莫名其妙，原地跳起三丈高，差点惊了本帅的战马，气得我劈头砍了他两刀。酒足饭饱的小白四仰八叉躺在青草地上，肚皮上两排纽扣似的乳头暴露在光天化日之下，斜着睡眼向我行注目礼。我不忍惊了人家的黄粱梦，压低声音喊：小白辛苦了！小白高兴地说：哼哼哼哼哼！阅兵之后，我不顾人困马乏，立即亲冒矢石率领三军攻占无名高地。大头在我的胯下虎虎生威，眼睛瞪得直如一双铜铃，多大的沟坎都能一跃而过——这只温顺的绵羊可能真的把自己当成了一匹强健的战马。我骑着大头纵横驰骋，杀声震野，把想象中的战刀挥舞得寒光四射出神入化。万花丛中，取蚂蚱首级如探囊取物——一个从驴背上掉下来的孩子竟然在羊背上找到了当将军的感觉！

经过一个假期的操练，我们五个成了难舍难分的好朋友。大头和小白也成功减肥二十斤，具备了参加健美大赛的资格。每日里放牧归来，娘一边张开虎口在它俩的脊背上比画，一边摇头叹气，我们却打死也不肯说出其中的秘密。可惜幸福的日子总是过得飞快，美好的秋天就这么悄悄溜走了。一开学，我就得被送进学堂读书，小白和大头也要被关在圈里攒膘，我们再也不能相依相伴担风袖月，无忧无虑穿林渡水，在辽远的天地间续写属于自己的传奇，快乐的童年就这样悄悄溜走了！

五

可是，无论生活的河流多么雨骤风狂，友谊的小船依然在破浪前进。

小白总喊饿。它不挑食，馊了的潲水也喝得，糟了的糠麸也吃得。吃饱了喝足了，找个臭水坑，扑通一声跳下去，沾一身黑黑的泥巴，摇摇摆摆地行走到向阳处，袒胸露腹地睡觉，快乐的呼噜打得地动山摇。它很知趣。知道主人嫌它脏，只要不是饥渴难耐，从不往主人跟前凑，把撒娇起腻的特权拱手让给了黑四和花花。可惜一生中的大部分时间，它只能吃拌了糠皮的泔水和煮野菜。每当看到它躺在台阶下，流着涎水吧咂嘴，我就猜想这可怜的小白肯定是梦到美食了！

小白最好的朋友是黑四。有一天，饿极了的小白拱开邻居的街门，啃了人家菜园子里的一畦韭菜，被邻居操起顶门棍揍得鼻青脸肿。挨了打的小白一步三挨回了家，找到黑四鼻涕一把泪一把地哭诉了自己遭遇的不幸。黑四陪着小白躺在院子里，一声也没吭。半下午的时候，黑四蹑手蹑脚地潜入了邻居的鸡窝，把一只才换毛的小鸡叼回来，扔到了小白的嘴边。小白一骨碌站起来，把扑扇着翅膀的小鸡三两口吃下了肚。到吃到第七只的时候，小白才知道，这是肉！小白进入了细嚼慢咽的阶段。我们的美食家沉浸在夕阳的余晖里，正半闭着眼睛体会鸡肉的鲜美，忽听得花花在院墙上喵呜喵呜地叫起来。黑四回头一看，邻居循着血迹杀气腾腾地追来了，顾不得营救小白，跳上院墙上了房，跟着花花躲到山上，半个月没敢回家，顺便谈了一场恋爱。不明就里的小白身上挨了好几扁担，依旧不争辩也不逃跑，气定神闲地咀嚼着幸福，表现出死猪不怕开水烫、好汉做事好汉当的英雄气概。从此，我对小白刮目相看！

大头救过我。读过我文章的朋友都知道，我有一个铁哥们名叫二狗旦。在我们漫长的交往史上，友谊与和平固然是主流，但边境冲突和局部战争也经常发生。有一天放学后，我俩看见路上有一个物件闪闪发光，便同时撒开腿向前狂奔。但二狗旦伸手的速度比我慢了半拍，这截三寸长的钢锯条被我实际控制。本来已经按照搁置争议共同开发的原则，就锯条的使用达成了共识：上午我耍，下午他耍。但二狗旦忽然背信弃义撕毁合约，坚称他拥有最先发现权，竟然不允许我染指这宝物。战争立即爆发了。我的棉帽子被二狗旦扔进了臭烘烘的茅坑，二狗旦的红脸蛋被锯条划开了半尺长的血口。这家伙折身跑回家，操起一把雪亮的镰刀，哭喊着追杀而来。

我情知锯条虽好，但绝不是镰刀的对手，在抱头鼠窜中棉鞋跑丢了一只。偏偏那时候警卫员黑四负案在逃，我只能赶紧关住街门，孤军奋战负隅顽抗。门闩被侵略者拨开了。雪亮的镰刀向天灵盖劈来。我正要举起一把扫帚和二狗旦做殊死搏斗，忽然看到大头像一匹狂怒的战马，闪电一样跃出羊栏，挺着犄角向二狗旦撞去。二狗旦在半空中画了一道美丽的弧线，重重地跌落在坚硬的冻土地上，手里的镰刀也不见了踪影。刚刚挣扎着爬起身来，又被大头抵出两丈远。二狗旦终于没有气力再和我拼命了，躺在地上不住地呻吟。小白不失时机地趱过来，伸着长长的嘴巴向二狗旦的裤裆拱去，似乎里面藏着土豆或胡萝卜。二狗旦吓得杀猪一样哭起来，哀求道："老六，快救我！锯条一辈子归你耍，还不行吗？"

六

十多天后的一个下午，我和二狗旦坐在台阶上，正在兴致盎然地品尝用高粱秸秆的芯做成的香烟——毫无疑问，我们已经按照不纠缠历史旧账、团结一致向前看的原则，前嫌尽释重归于好——院墙上忽然出现了花花的身影。它像个警觉的哨兵一样，仔细观察着院子里的动静。一看我和二狗旦在吞云吐雾，小白在我的脚下打着瞌睡，大头在羊栏里闭着眼反刍，就放心地喵呜喵呜发出信号。畏罪潜逃了十多天的黑四随即扑通一声跳进院子，身后还跟着一条毛色金黄的母狗。看它俩那亲昵的模样，不用问就知道正在热恋。黑四把它的女朋友介绍给我、二狗旦、小白和大头。老友重逢，自有说不尽的思念，道不完的离愁！

然而，我心里清楚，黑四回来的真不是时候！

就在三天前，村干部在大喇叭里宣布了一个重大消息：解放军某部拉练经过我们村，要在村里驻训三个月。社员们要腾出最好的房子，迎接亲人们的到来。为了防止狗吠暴露我军的行踪，全村的狗要在三天内消灭干净。民兵连还在公社武装部的指挥下成立了打狗队，剿杀漏网之鱼。于是，村子里到处回荡着狗儿被宰杀前发出的令人心悸的哀鸣。有的狗主人实在下不了手，把狗藏在羊圈或地窖里，但依然难逃武装民兵的火眼金睛，一个个丧身在刺刀和棍棒之下。打狗队在龙王庙的院子里支起一口硕大的铁锅，把剥了皮的大狗小狗公狗母狗黑狗白狗七手八脚扔进去，狗儿血淋淋的身体便在沸腾的锅里浮浮沉沉，煮狗肉的香味弥漫在村子的上空，多少天都没有散去。

就在我为黑四逃脱了厄运感到庆幸时，这厮却带着家眷自投罗网，叫我如何不揪心！我赶紧抱着脖子把它拖进家，在炕沿下潜伏下来。黑四却不放心它的女朋友，一个劲要往外蹿。黄狗转眼看不到黑四，也着急地叫起来。那一声"汪"刚从喉咙里发出来，便引来了四处逡巡的打狗队。黄狗跃上墙，想从来路逃跑。民兵端起步枪"叭"一声，枪响了，黄狗从墙上一头栽下来，喉咙里咕噜了两声，蹬了蹬腿，死了！

我和黑四躲在炕沿底下，把院子里的动静听了个一清二楚，吓得大气也不敢出。我紧紧地搂着黑四的脖子，黑四也把它的脑袋扎进我的怀里。枪声一响，我感到黑四的身体触电似的哆嗦了一下。过一会儿，我感到手背上凉凉的。低头一看，黑四哭了。

夜幕降临了。打狗队拖着黄狗唱着凯歌向着龙王庙迤逦而去，院子里死一样沉寂。大人们回家了。他们看见在我怀里瑟缩着的黑四，也知道打狗队已经把村庄围得水泄不通。这一劫，可怜的黑四插翅难逃。父亲抽着旱烟叹了一口气，拖着沉重的脚步走出家门，找出绳索和铁钩，送黑四上路。

断头台准备好了。父亲在院子里轻声呼唤黑四的名字。刚才哆嗦成一团的黑四这会儿神情格外坦然，它站起身就要往外走，我却哭泣着抱着它的脖子久久不愿松手。黑四仿佛是要和我做最后的告别，伸出舌头慢慢舔去我脸颊上的泪水，好似一个视死如归的壮士，义无反顾地撞开屋门，勇敢地迎接死亡。

它走到羊栏前。大头把脑袋探出栅栏，咩咩地叫着，声音里充满了悲伤。

它走到猪窝前。小白像人一样直起身子，用嘴巴拱着黑四的脖项，眼里闪着泪光。

和朋友们辞了行，黑四毫无畏惧地走到父亲跟前，把脖子伸向了早已挽好的绳套。

绳子的另一头牵在站在东厢房房顶的二哥手里，他把绳子往上一拉，黑四的身体就悬到了半空，四只爪子在土坯墙上抓出一道道白白的印迹，嘴巴大张着，呼哧呼哧喘着粗气。过了一会儿，抓挠的气力越来越小了，黑四的身体慢慢变成了一条直线……突然，绳子断了，黑四像一摊泥似的摔落在冻土地上。

我扑上前去，解开了黑四脖子上的绳索。黑四的肋骨像风箱一样扇动了几下，喉咙里重重地呼出一口气，眼睛慢慢睁开了。

黑四没有死。

这一幕被蹲坐在墙头上的花花看了个一清二楚。它弓起身子，向黑四拼命叫着："喵呜，喵呜——"

我知道，它这是要黑四赶紧跳上墙头，跟它逃命。

黑四抬起头，循着花花的叫声向它投去感激的一瞥。

它挣扎着站起来，没有乞求，没有畏惧，没有躲避，也没有逃跑，却向眼里含着泪的父亲摇着尾巴，一步一步走过去，把脖子又一次伸向了父亲手里的绳套。

绳子又一次拉直了。黑四连挣扎的力气也没有了。或者，它不愿意再去做无谓的挣扎，身子软软地垂下来，脖子上的铜铃铛在凛冽的寒风中发出叮咚叮咚的回响，敲得人心里一阵阵疼。

我的好朋友黑四，爱听戏的黑四，勇敢的黑四，愚忠的黑四，就这样走了。我把它脖子上的铃铛解下来，挂在正房的楹柱上。从此，一下也没再碰过。

目睹了黑四就义全过程的花花伤心欲绝地叫了一声：喵呜。然后箭一样跃上房顶，消灭在茫茫夜色之中，再也没有回来！

七

小雪那天，是大头的受难日。

立冬以来的第一场雪，从清早就纷纷扬扬地下起来，北风吹来，搅得周天寒彻。半下午的时候，雪停了，屠夫手里攥着锃亮的杀羊刀，脚下的毡疙瘩踩着积雪忽嗵忽嗵走进了院子。

羊栏里的大头看着满身杀气的屠夫，惊恐地咩咩叫着。

屠夫向大头的犄角伸出了手。

这一霎那，我真希望大头变成一匹真正的战马，勇猛地跃出羊栏，风一样跑过无垠的雪野，站在高高的山岗上，发出撼天动地的嘶鸣！

然而，大头没有跑。它被抓着犄角乖乖地拖出了羊栏。它终究还是只温顺的绵羊。

被缚住四蹄扔到炕桌上的大头向我投来求救的目光。它希望我是个真正的将军，挥起战刀把这可恶的屠夫劈倒在雪地上。然而，我也只是眼里噙着泪，木呆呆地看着屠夫的钢刀刺进大头的喉咙。鲜血喷涌而出，在雪地上画出一株盛开的蜡梅。大头眼眸里的光亮一点一点暗下来，暗下来……我其实也是个胆小如鼠的懦夫！

大头就这样走了。

东厢房的墙壁上，黑四的黑狗皮旁边，又钉上了大头的白羊皮。

小白慢慢走过来，望着那两张在风中呼呼作响的狗皮和羊皮，怅然伫立，眼里全是泪。

一个月后，冬至到了，小白也要被送到县里的副食品收购站了。

天还没放亮，娘就早早起来，用精糠细面给小白做了一顿丰盛的早餐。没等娘喊它，小白就闻着香味在堂屋门前亮着嗓子吼叫起来。要搁到以往，小白只要一拱屋门，没等吃上食，准会先挨几鸡毛掸子。娘边打边还要骂："你个没出息的东西，是饿死鬼投生的吗，就记住个吃吃吃！"今儿个，小白在堂屋门口拱门，不仅没挨打，还被破天荒地请进屋里，享受了做梦都没有想到的美味佳肴。小白吃饱了，用无限满足无限感激的目光望着主人，娘的眼里竟一阵阵发酸。娘知道，这是小白一生中吃的最好的一顿饭，也将是这个可怜的动物一生中吃过的最后一顿饭。娘含着泪，像给要出嫁的姑娘梳妆一样，找出一只旧木梳，给小白从头到尾梳理了一遍。小白惬意地躺倒在砖地上，舒服地哼哼着……

天亮了，三哥拉来一辆架子车，要送小白出远门了。黑四、大头和花花再也不能来给它送行了，只有我站在街门口和它道别。小白躺在架子车上，笑得合不拢嘴，因为它一辈子也没吃过这么好的饭食，没受过这样高的礼遇。

架子车沿着冬雪覆盖的乡间小径慢慢走远了，小白的笑容却依然在我的眼前浮现。我忽然想，小白未必可怜，也许它浑浑噩噩的外表下，藏着一颗洞明世事的心。

多少年过去了，我的父母也早已不在人世了。每逢中元节回乡扫墓，总要路过老宅的门口。小巷深深，已是荒草没径。东上房的屋顶也已坍塌了半边。我在巷口伫立了半天，终究没有勇气走进这小院。因为，我害怕这院子里的一砖一石，戳痛隐藏在我心底最深刻的记忆！

忽然，风中传来老宅檐柱上铃铛的叮咚，仿佛是故乡对我的呼唤。

眼泪霎那间淌满了脸颊！

原来，铃铛里住着我的童年！

故乡的冬天

在晋北生活过的人，谁能忘了数九天那个冷呢。

我的故乡地处晋北怀仁县境西部的洪涛山区，村西有一座高高的清凉山，村北有一条细细的鹅毛河。阴历五月，雁门关以南，已是草长莺飞一片姹紫嫣红。荒凉的塞外大地却才春华初发，只在向阳处萌发出一层新绿，像十五六岁的小男孩唇边明明暗暗的茸毛。一阵微风吹过，鼻子里依稀嗅到一丝和暖的草香。抬头一看，柳树的枝条变得柔软了，在风中款款地摇曳着，像少女的腰肢。人们方知春声近了，这才折身回屋脱下穿了大半年的破棉袄，身形倏忽间像才剪了毛的羊似的，一下子小了许多。穿着夹袄走出屋门，依然觉得凉意侵人，打了两个响亮的喷嚏，喷嚏声被淹没在或高或低、或粗或细、或远或近的柳笛声中了。才入八月，关南正是金菊怒放的时节，怀仁西山的农家小院里，葡萄便要下架了。院墙上，南瓜的藤蔓早就干枯了。房檐下，再也看不到夏日里蓬勃的萱草那金黄的笑靥。偶尔能听到一两声秋蝉的鸣叫，却也有气无力，欲说还休，越发衬出塞外寒村的寂寥和萧瑟。大清早起来，推开屋门一看，院子里已落满了秋霜，便又赶紧把休眠了四个月的破棉袄烂皮袄找出来，胡乱披在肩头，从秋光深处走入漫长的冬季。

一

在我童年的记忆里，冬季足有一个世纪那样漫长。寒露和霜降一过，小北风就从遥远的鄂尔多斯高原呼呼地吹来了，透过窗户纸的缝隙发出一阵阵尖厉的呼啸声。我们坐在学校冰冷的石条凳上，缩着脖子走风漏气地朗读课文《寒号鸟》："冬天说到就到了……寒号鸟在崖缝里冻得直打哆嗦，悲哀地叫着：'哆罗罗，哆罗罗，寒风冻死我，明天就垒窝。'"那时候，孤陋寡闻的我哪儿知道在北极的冰盖上，还有爱斯基摩人和北极熊相依相伴过着幸福的生活。皮都快冻破了的我有一万个理由相信，我的命运和处境比寒号鸟强不到哪里去，我的家乡肯定是地球上最寒冷的地方。

早年读《朔县志》，记得书中收录有一代圣主李世民的咏朔边塞诗《饮马长城窟行》：

> 塞外悲风切，交河冰已结。瀚海百重波，阴山千里雪。
> 迥戍危烽火，层峦引高节。悠悠卷斾旌，饮马出长城。
> 寒沙连骑迹，朔吹断边声。胡尘清玉塞，羌笛韵金钲。
> 绝漠干戈戢，车徒振原隰。都尉反龙堆，将军旋马邑。
> 扬麾氛雾静，纪石功名立。荒裔一戎衣，灵台凯歌入。

这首诗描写了平定宋金刚之乱时，在寒冷萧瑟的塞外，王师北出长城、大雪裹征衣、铁马踏冰河、旌旗卷烽火、朔风断胡笳的图景，抒发了诗人率兵出征保卫疆土，犁庭扫穴消弭边患的壮志与豪情，被称作唐诗的辟荒之作，读之令人荡气回肠，感慨系之。我却独对诗人对塞北寒冷的描写感受至深，纵观全诗的意象，觉得寒气逼人。

在光绪版的《怀仁县新志·卷十一·艺文下·题咏》中，对怀仁贫瘠寒凉的描写更是比比皆是：

雪勒春寒花事晚，只今犹及看花来。

——郭子直《咏青凉山》

苍茫关外路，秋半已寒生。

树树皆霜色，山山闻水声。

——郭子直《怀仁道中》

重阳未到雨生寒，点点声催夜未阑。

地僻漫酤黄菊酒，衣单薄袭素罗纨。

——李文林《途中苦秋雨》

萧萧飒飒北风寒，竟体绵装尚觉单，

惟有一裘披最好，也来垂钓子陵滩。

——李文林《羊裘》

关外多石田，五谷半不生。

七月飘严霜，艺获难满盈。

——李曹溶《岁甲辰四月至六月不雨》

怀仁黑子邑，残疲缀云边。

云边尽瘠土，砂石满平田。

亩收三斗粟，击鼓庆丰年。

彼苍安可必，旱涝何连绵。

糠秕值珠玉，万灶绝炊烟。

稚儿哭无力，老翁跽呼天。

频年欠国赋，生聚已萧然。

老稚一死足，门户倘苟延。

那知出不返，白骨弃荒阡。

——魏象枢《于怀汉出粟赈饥曹》

云中之高高天下，寒飙猎猎无冬夏。

土白沙黄雨泽希，原田枯旱愁禾稼。

我来出守阅五年，庚申艰食民无天。

鬻子抛妻一饱难，草根榆树争相搴。

——唐庚尧《庚申，云中大祲》

当年明代兵部尚书王越不知是心血来潮还是君命难违，从北京城溜达到雁北一带搞调研。王部长就着漫天的风沙，莜面窝窝山药蛋也许还有稠粥黄糕烂腌菜吃了个肚儿圆，迤逦回到皇城根儿，在他珠帘绣幕、画栋雕梁、仙花馥郁、异草芬芳，光摇朱户金铺地、雪照琼窗玉作宫的书房里挥毫泼墨，写诗赞曰：

雁门关外野人家，不养桑蚕不种麻。

百里并无梨枣树，三春哪得桃杏花？

六月雨过山头雪，狂风遍地起黄沙。

说与江南人不信，早穿皮袄午穿纱。

作为一个生于斯长于斯的雁北人，我感觉王部长对雁北之春的描写，有几分贬损。比如说，百里并无梨树、枣树就不真实，其实梨树、枣树还是有几棵的。我家土屋后头就有两棵百年老树，一棵是梨树，另一棵恰好是枣树，可见王部长工作不够深入。家乡人却没从这首诗中读出丝毫揶揄的味道，反倒把它当作最好的广告，每在省城开个像样的饭店，便用工楷抄了，张贴在大堂最显眼的地方供万民瞻仰。从中可见雁北人的粗犷厚道。诗中的描写却又有几分夸张，比如说，"早穿皮袄午穿纱"就值得商榷。"早穿皮袄"是真实的。雁北有句谚语，叫作"朔县三件宝，莜面山药大皮袄"。这句谚语到了我们怀仁，就成了"怀仁三件宝，瓦盆、毛炭、大皮袄"——毛炭是块状的原煤，一般有碌碡大小。皮袄是雁北大地人民公认的宝贝，皆因早晚温差极大且冬季漫长几无春秋，皮袄陪伴着家乡人从春天走到冬天，从孩童走向老年。一入阴历八月，雁北的秋光就老了。一阵北风吹来，小老树上的黄叶哗啦哗啦掉了一地。远远近近、沟沟坡坡、山山梁梁，一个个羊皮袄裹着的圆球在瓦蓝瓦蓝的天幕下时而移动时而定格，不知是人形的羊，还是羊形的人！

午穿纱却要存疑。估计王部长是江南人氏，想当然地认为天热了就得穿纱。其实俺们雁北人活得最是敢爱敢恨痛快淋漓，绝不拖泥带水羞羞答答，犹抱琵琶半遮面。待到月黑风高夜，端起土碗能喝酒，吼一嗓子《耍孩儿》敢杀人，打儿子打老婆更是拿手好戏每日里勤学苦练操演不辍。偏偏老婆贤惠儿子孝顺，生火时被男人或老子打得鬼哭狼嚎，饭一上炕就头挨头围成一个圆圈，糊糊喝得震天响，一派安定祥和。用现在时髦的话说，叫作情绪稳定生活秩序正常。暑天的大晌午，爷们儿脱掉皮袄就光了膀子，皮肤在正午的阳光下闪烁着古铜色的光泽。从荞麦地、黍子地、高粱地、胡麻地回来，把锄头挂在房檐下，喝两碗或苦菜或甜苣或新杨树叶子淋的浆水，就坐在树荫下石条上，边抽洋旱烟，边半眯着眼无限惬意地搓身上的汗泥和垢甲，直到搓出手指般粗细的一根黑棒，拿到鼻前闻了又闻，才百般难舍地远远扔出去，引逗得脚下的小狗以为是天上掉下来的美味佳肴，箭一般射出去叼到嘴里，一尝不好吃才又从毒日头下快快地踱回来，从眼角偷向主人射出两道怨恨的光。

男人们在夏日里活得舒坦洒脱，女人们也一样泼辣自在。老家人有句俗话："姑娘的奶是金奶，媳妇的奶是银奶，二老板的奶是狗奶。""二老板"是指三四十岁拖儿带女的妇人们。意思是大姑娘小媳妇的乳房无比金贵，一上了年纪性别意识就模糊了。大晌午上半身脱得一丝不挂，站在院子里的春灶前蒸糕捏莜面，忘我地劳作，两只乳房像两只空空的布袋，在胸前晃呀晃，晃呀晃，公公来了不躲，大伯子见了不羞。那年月，要是谁家的媳妇大夏天戴个胸罩走来晃去，反倒会被人们看作怪物。现在想起来，那些光着上身在灶前挥汗如雨辛勤劳作的妇女——我的姥姥、我的母亲、我的姐姐、我的嫂子，早已在我记忆深处定格成一尊尊雕像，永远地闪耀着圣母般的光辉！

二

　　大约从二十一世纪初开始，由于温室气体的排放使得全球气候变暖的报道不绝于耳。似乎一觉醒来，珠穆朗玛峰的冰山就像夏日阳光下的雪糕一样迅速融化，海平面急剧上升，巍巍太行霎那间化作海底世界，地处内陆的古城太原变成椰风吹拂的海滨城市。哪位市民想举家出国遛弯了，挈妇将雏踱进南海街的一家羊汤店，喝一海碗羊杂碎，吃三两个烧饼，一个个满脸油汗，打着饱嗝，从大南门码头踏上国际游轮的甲板，过十天半个月就看到了夏威夷的灯塔，热情的土人扭着屁股跳起草裙舞欢迎远方的客人……其实，二十世纪全世界平均温度仅攀升了 0.6 摄氏度。回望童年，方知关于故乡冬日那种朔风凛冽、摧杨折柳、寒气逼人、侵肌透骨的感受和记忆，最根本的原因还是食薄衣单、饥寒交加。人是恒温动物，没有深海鱼类在平均温度约为 3.5℃ 的大洋里生存嬉戏的本领，要想在严寒的冬季活下来，大抵需要三个条件：除了食能果腹、衣可蔽体，还要有足够的皮下脂肪储备可以阻挡寒冷的侵袭，延缓热量的散失。君不见热带民族头戴竹笠口嚼槟榔，一个个体形精瘦、身轻如燕，在原始森林的枝丫间辗转腾挪如履平地，好似敏捷的金丝猴。而生活在极地的人们则身穿兽皮足踏毡靴，一个个魁梧壮硕、虎步龙形，静静地匍匐在冰天雪地里等待猎物出现，一如沉稳的北极熊。

　　年少时读《红楼梦》，记得第四十九回写道，天上搓绵扯絮一般下了一夜大雪，大观园文联主席李宫裁召集诗歌爱好者在芦雪亭吃烧烤开笔会，琉璃世界的脂粉香娃们顺便搞了一场时装秀。除了吃低保的邢岫烟仍是家常旧衣，并无避雪的时装；孀居的李纨穿一件青哆罗呢对襟褂子外，众姊妹都是一色大红猩猩毡与羽毛缎斗篷。受贾母疼爱的薛宝琴披着一领斗篷，金翠辉煌，是野鸭子头上的毛做的。薛宝钗穿一件莲青斗纹锦上添花洋线番羓丝的鹤氅。颇有侠士风度的史湘云打扮得像孙行者，穿着贾母给他的一件貂鼠脑袋面子、大毛黑灰鼠里子、里外发烧大褂子，头上戴着一顶挖云鹅黄片金里大红猩猩毡昭君套，又围着大貂鼠风领。湘云本是个心地坦荡口无遮拦的主儿，这会子越发显摆上没完，索性脱了褂子，露出里头的家当：一件半新的靠色三镶领袖秋香色盘金五色绣龙窄褙小袖掩衿银鼠短袄，里面短短的一件水红妆缎狐肷褶子，腰里紧紧束着一条蝴蝶结子长穗五色宫绦，脚下穿着麂皮小靴。你瞧这身衣裳读起来那个费劲！一心要赏雪景的宝二爷那日还没穿差点儿要了晴雯命的俄罗斯国贡品雀毛裘，只穿一件茄色哆罗呢狐皮袄子，罩一件海龙皮小鹰膀褂，身披玉针蓑，头戴金藤笠，足踩沙棠屐。这副户外运动的行头你说酷不酷？我最不能理解的是黛玉，贾母那么宠她，一见面就搂入怀中心肝儿肉地叫着大哭；宝哥哥那么爱她，从早到晚和她腻在一处玩耍；潇湘馆的人居环境不算差了吧，宝姐姐送的燕窝又能管饱吃，小日子过得那么舒坦，却不知为何心里只管酸痛，每日里总要哭一会子，才算完了这一天的事。你看人家小姑娘那日参加大观园文联诗歌协会的笔会，与宝二爷踏雪行往稻香村时穿的是啥：足蹬"掐金挖云红香羊皮小靴，罩了一件大红羽绉面白狐狸皮的鹤氅，系一条青金闪绿双环四合如意绦，上罩了雪帽"。这群俊男靓女，别说饱餐了烤鹿肉，就是饿上三天肚子扔进两丈深的雪窝子里，凭人家那一身行头，十天半个月也冻不死。

孩童时，生活在雁北苦寒地的我和小伙伴们怎生打扮？

头戴一顶说黄不黄、说灰不灰、说蓝又不蓝、说黑又不黑的破帽子。讲究的人家，帽里子是灯芯绒的，帽面子是兔子皮的，中间絮了新棉花，两个帽翅像两弯小月牙向外微微地翘着，和宣传画上雷锋叔叔的棉军帽有几分相似。贫寒的人家，帽里子是各式碎布拼成的，用煮黑染了，经了雪打风吹日头照便焕发出五彩斑斓的模样。帽面子则因陋就简，随心所欲，有兔子皮的，有绵羊皮的，还有猫皮的。谁家的猫到了冬天失踪了，小伙伴们必定两只眼睛像鹰隼似的，盯着满街的棉帽子看，看着看着就揪住一个孩子的领口在灰坡上打作一团，咬牙切齿地骂道："我×死你灰妈的，杀死了你爷的黄狸猫，缝个妆老壳子准备下阴呀！"这两个孩子从此便结下了不共戴天的死仇，没个三五十年解不开。如此精工制成的棉帽子两个帽翅软塌塌的，胡乱拴在头顶又从后脑勺出溜下来，像在头上扣了个掺了糠的高粱面窝头，活似林海雪原里那个苦命的小炉匠。

身上穿的呢？当然是对襟棉袄大裆裤。那年月，瓜菜半年粮，一到冬天，家家都只吃两顿饭。早饭照例是玉米糊糊煮土豆，稀得能照见天上的星。呼噜呼噜喝上两大碗，立马肚子滚瓜溜圆。出门没走二十步，哗啦啦一泡尿撒得是痛快淋漓，顿时肠子绞作一处，不到半晌午就饿得前心贴后背眼冒金星。肚里没食，身上没膘，就格外怕冷。一夜北风紧，便见老少爷们儿缩着脖子哈着腰，两只手藏在袖管里，像一口钟一样蹲坐在背风向阳处。老人们冻成枯树上的苍鹰，雕塑般一动不动，身材佝偻得像十来岁的小孩。小孩们冻得像挨了打的刺猬，上下牙打着架拖着鼻涕缩作一团，脚步蹒跚得好似七十岁的老人。举目看去，一街的人鹑衣百结，满脸菜色，个个都像华子良。

在我童年的记忆中，似乎没见谁大冬天穿过一身三面新的棉衣。辛劳一生的老人像重轭下负重前行的牛一样，在尘世间艰难地跋涉，直到汗水流干了，气力使完了，要开始一场没有归程的旅行，被小鬼敲脑壳打孤拐紧催着走上奈何桥头，摸一下身上的衣服，依然是补丁摞着补丁，就在心里喃喃地叹道："受了一辈子牛马罪，临走咋就挣下个这！"两行清泪冰凉冰凉的，慢慢流下来，滚落在陪伴了大半生的荞麦皮枕头上！小伙子们苦挣苦挨好不容易说下个媳妇，要拜天地了，当娘的才满村子找家底厚的人家给儿子借一件拜天地的缎棉袄。千恩万谢地借了来，不等闹完洞房，那家人就打发个半大小子站在街门洞忙不迭地要了去。第二天，新媳妇要回门，新女婿却没有了缎棉袄，一看婆家光景过成个这，流着泪跑回娘家半年不回来。

婚丧嫁娶尚且穿不上件好衣裳，小伙伴们的冬天就愈加凄惨了。一团团黑黑的棉花从破棉袄的前襟后背争先恐后地钻出来，放在手心里，吹口气呼地一下飘散得无影无踪。屁股后头粗针大线缝上去的各色补丁针脚开了，一片片屁帘在冬日的阳光下呼塌呼塌迎风飘扬，吹得裤裆里煞是凉快。那时候，我们对人世间的风云变幻了如指掌，好似三国时的诸葛亮，《水浒》里的公孙胜，在街头玩耍时刻不忘观察天象，一看天边风起云涌彤云密布，便知即刻便会狂风大作飞沙走石，就赶紧伸出两只手死命按住身后的屁帘，生怕"好风凭借力，送我上青云"，再也吃不上掺了糠的高粱糕，长了芽的山药蛋。每当狂风过后，我看到小朋友们虽然一个个满面尘土烟火色，两鬓苍苍十指黑，但却像打不死的吴清华一样依然活在人间，便为自己的劫后余生兴奋不已，于是先是嗟叹之，接着咏歌之；咏歌之不足，还要手之舞之足之蹈之，反正高兴得没法说。

三

在那个神奇的年代，寒冷的冬日里还有许多妙不可言的趣事，至今难以忘怀。夜静更深，捧一杯清茶独对孤灯，恍兮忽兮，神游八极，偶然忆及，不免扼腕垂泪，唏嘘不已；抑或忍俊不禁，哑然失笑。

这些趣事，第一便是顶上一头乱发如同离离原上草，纵然春风不度，长势也堪比平原驰马。

俗话说，人穷志短，马瘦毛长。人要是日子过得不舒坦，容易呈现出蓬头垢面的景象。似乎有限的养分全让头发吸收了去，好似乱坟岗的枳茇一样，向四面八方恣意而蓬勃地生长。冬日的塞外，经常上演这样的活剧：一个牧羊人，满头乱发夹杂着许多柴草，穿件露棉花的烂棉袄，腰间系根草绳，站在黄土坡上盯着天边的流云怔怔地看，直引逗得暮归的鸟儿以为这汉子偷了它的巢顶在了头上，便凄厉地鸣叫着从蓝天上俯冲下来，在这无辜的人脸上抓出五六道血痕，顺便在头顶拉下一摊鸟粪。这人却并不生气，向地上呸呸吐两口唾沫，接着看天上的云。

"白发三千丈，缘愁似个长。"平日里便罢了，到了年根总该把这堆荒草收拾一下了吧。可怜全村没有一把手推子，理发还得靠祖宗传下来的剃头刀。这剃头刀不知出自哪个铁匠的巧手，刀把有半尺多长，刀背有五分多厚，刀刃锈迹斑斑，豁牙露齿，钝得连豆腐都切不开，当娘的却偏要施展才艺，给不同年龄的孩子设计不同的发型。半大小子，要大刀阔斧，把后脑勺和鬓角全部剃光，只在头顶留下圆圆的一丛，远远看去，像顶了只火盖在街头行走。穿开裆裤的小孩，要小心翼翼在头顶剃出一个寿桃，脑后留下一撮救命毛，编成猪尾巴似的一条小辫，细细的、黄黄的，一看便知是个三代单传的独苗。遇着这样的孩子，说话行事便要格外留心。否则倘若这孩子中道崩殂，妨死他的人必定要偿命。工程如此浩大，设计如此精美，偏偏剃刀又钝得像木头，一刀下去，头上就锯开一道血口子，孩子便倒吸一口凉气，撕心裂肺地号哭。当娘的一边捡一撮烂发止血，一边咬牙切齿地骂："又不是杀你呀，我死了你也没这么伤心！"孩子就喊道："别剃了，干脆杀了我算了！"当娘的生了气，下手就更狠了。于是，在中华民族的传统节日春节即将来临之际，我们的小村庄，到处回荡着孩子们凄惨的叫声和悲怆的哭声，好像家家户户都在私设公堂，对仁人志士严刑拷打。也有受刑不过的，索性夺门而出，在大街上狂奔，可爱的阴阳头被瑰丽的晚霞镶了金边，漂亮得一塌糊涂。

过了两年，随着经济的飞速发展和社会的巨大进步，一把足有两成新的手推子在俺们村一个大户人家横空出世，立即像神六的回收舱溅落在四子王旗一样，引起了巨大的轰动和强烈的反响。小朋友们顶着凛冽的寒风在这家人门前排成长队，试图体会手推子在头皮上行进时，那咔嚓咔嚓的响声和凉飕飕的感觉。那家人却深沟高垒，严防细作人等入内，只差在山寨门前挖条护城河修座吊桥。好不容易看到一个孩子从那户人家杀出重围，小伙伴们呼啦一下围上去，想听那孩子召开新闻发布会，细说手推子的妙处。却见那孩子头皮少了好几块，疼得龇牙咧嘴，眼里含着两泡泪，作抱头鼠窜状，口中说道："剃头刀是锯哩，手推子是拔哩。"我情知和这户人家交情尚浅，本也对和手推子的亲密接触不存奢望，见了那孩子的惨状，一发万念俱灰，过年的幸福指数降低到历史最低水平，恨不得不长头发，如一个青皮葫芦活泼泼地浪迹在天涯。或者干脆出生在清朝，脑后拖一根油光水滑的大辫子，走关南，闯岭北，何等地风流快活。

四

第二便是唇上两条小河汹涌澎湃奔流不息，好似王右军的笔势，飘如游云，矫若惊龙。

话说老夫当年，小学初上了，破帽遮颜，石板作书，随了村中大儒也学一些经世济民的勾当。忽一日，那先生讲了半天没盐淡水的故事，又说了两个时辰自己苦难的身世，眼看小孩子们一个个像三更天的草鸡，脖子没了骨头，一溜烟脑袋全耷拉到了裤裆里，那先生大喝一声："呔，我今日若不给你们多少施展一些手段，你们便不知道我肚子里有多少学问，一发把我看轻了，我今天索性领你们朗诵一回李白的《望庐山瀑布》，让你们知道我这马王爷到底有几只眼。"我们村有个人叫四白，是个二傻子，红火得不得了。一听老师说写诗的叫李白，觉得十分有趣，便抖擞了精神，拿定主意豁出小命和这先生朗读它狗日一回。而且我们见过白布黑布红布蓝布，从没见过瀑布，想见也是个稀罕物件，情绪便益发亢奋。那时候，正是三九，天气十分寒冷，身上又穿得单薄，学校的教室偏又四面透风，说是有个炉子，里边的炭火却又半死不活，小孩子们一个个被冻得涕泗横流。跟着先生念："日照香炉生紫烟"，鼻涕哧溜一下淌到了唇边。又念："遥看瀑布挂前川"，鼻涕淌到了胸前。又念"飞流直下三千尺"，鼻涕已淌到了腿上。再念"疑是银河落九天"，鼻涕淌到了脚面。好在我们的鼻涕质量上乘，弹性一流，看起来气息奄奄、摇摇欲坠，却又总是藕断丝连，绝处逢生。老师刚说了一声停，只听得教室里哧溜哧溜哧溜，一阵吃粉条的声音过后，鼻涕全部收兵回营，似乎一切都没有发生。那天下午，阳光格外好，透过窗户纸暖和地照进来。借着这光亮，我看到我的伙伴们，由于长期的鼻涕冲刷，上嘴唇形成了两道红红的河床。当他们拿着一寸多长的铅笔头，在洋灰袋子做成的写字本上鬼画符的时候，鼻涕便慢慢淌下来，陪伴着这些贫穷而快乐的孩子。"最是那一低头的温柔，像一朵水莲花不胜凉风的娇羞！"

多年以后，看到电视上出现了 MTV，我根本不屑一顾：我们六岁的时候，就以诗配画的形式尝试过这种文艺样式了。稍长，借来一本没皮的《三国演义》，伴着油灯没日没夜地读。但见第二十回写道，一日，曹操设樽俎，置青梅，与刘备对坐小亭下，煮酒论英雄。酒至半酣，忽阴云漠漠，骤雨将至，天上刮起了龙卷风。曹操和刘备玩起了脑筋急转弯，考问刘使君知不知道龙是如何在天上玩的。皇叔当然要装疯卖傻，一问三不知。曹操却偏要卖弄学问，侃侃而谈："龙能大能小，能升能隐；大则兴云吐雾，小则隐介藏形；升则飞腾于宇宙之间，隐则潜伏于波涛之内。方今春深，龙乘时变化，犹人得志而纵横四海。龙之为物，可比世之英雄……"读到此处，我忍不住拍案而起："听你这老汉唠叨了半天，原来龙的本事和鼻涕一样，看来英雄也没啥了不起！"

五

第三便是身上一群活物神出鬼没，长势喜人，颇有倜傥潇洒、飘逸脱俗的魏晋风度。

在我们身上生存繁衍的这群活物便是令人憎恶的虱子。它们未必是乡村的特产，但绝对是穷人和懒人的专利。这种奇怪的生物，生存和繁衍大抵需要两个条件，一是卫生条件太差外加习性疏懒。二是衣服过于破弊以致无法洗涤。二者或居其一，则大事谐矣。鲁迅先生在《阿Q正传》中，这样描写阿Q捉虱子的情形：有一年的春天，他醉醺醺的在街上走，在墙根的日光下，看见王胡在那里赤着膊捉虱子，他忽然觉得身上也痒起来了。……他于是并排坐下去了……阿Q也脱下破夹袄来，翻检了一回，不知道因为新洗呢还是因为粗心，许多工夫，只捉到三四个。他看那王胡，却是一个又一个，两个又三个，只放在嘴里毕毕剥剥的响。阿Q起初是失望，后来却不平了：看不上眼的王胡尚且那么多，自己倒反这样少，这是怎样的大失体统的事啊！他很想寻一两个大的，然而竟没有，好容易才捉到一个中的，恨恨的塞在厚嘴唇里，狠命一咬，劈的一声，又不及王胡响。阿Q因此和王胡破口对骂以致大打出手。鲁迅先生笔下的这个有趣的人物，是生活在江南水乡的罢。我曾经几次坐在绍兴的街头，看乌篷船沿着一条条纵横交错的小河，吱吱呀呀地从百草园摇过，从三味书屋摇过，从上大人孔乙己倚栏喝酒的咸亨酒店摇过，又伴着水草的清香和两岸的渔火，摇到六一公公的鲁镇，摇到演社戏的赵庄……船头坐着的这个孤独而冷峻的少年，几十年后在上海的租界，呼啦啦地展开了一面左翼文化的大旗。这是闲话。我要说的是，这水汽氤氲、波明如镜的江南，是让梅妻鹤子的沈复，枕着芸娘的手臂，眼望风生竹院、月上蕉窗的景致，写下让人一读泪双流的《浮生六记》的地方呀，阿Q和王胡尚且要在春日的土地祠前，举行一场你死我活的虱子大赛。那么，寒冷贫瘠水贵如油的塞外，更是虱子们幸福生活茁壮成长的温柔乡了。

回望童年，冬日里的一天，雪在背阴处堆得和房子的后墙一样高。天交巳时，太阳暖暖地照着，一丝风也没有。鸟儿从树枝上飞下来，叽叽喳喳地鸣叫着，在雪地上蹦跳着觅食。三个或者五个鹤发鸡皮、鸠形鹄面的老汉，在古庙的西墙下坐定了，天上一句地下一句地聊闲天，说的也都是千年万代的事。一个驼子说，昨晚梦见和四丑驴搭伴下窑背炭，大毛炭重得像一座山，腿沉得一步也走不动，四丑驴却身子轻快得像在水上漂。醒来一想，四丑驴死在窑底下快有五十年了，就呸地吐一口唾沫，恨恨地骂："这死鬼是要叫我去做伴了！"老汉们就说："就你背后那口锅也管够你背的了，还背炭，下辈子哇！"正说着，一个蓬头厉齿的老妪扶着孙儿的肩，从雪地上脚步蹒跚地走过。一个酒糟鼻盯着老妪的背影发一会儿呆，就又一声长叹："五猫娃他奶过门时，是我赶着四套骡子的马车去磨道河接的亲。新娘子蒙着红盖头，走了大半天也不知长得什么样，就见裙子底下露出两只穿着绣花鞋的脚，小得像两只豇豆粽子。我那时快四十了还打光棍，看到这两个粽子，心里头痒痒得像有猫抓。借着马车拐弯，忍不住伸手摸了一把。偏偏让五猫娃他爷看见了，灰牲口把我按在雪地上，打了一身黑青。"老汉们就说："快甭抖落你那些臭气了，谁不知道你打小就是个灰骚胡。论辈分五猫娃他爷还叫你大爷哩，你倒也能下得了手！"酒糟鼻却陷入了回忆，鼻头一发红得像草莓。

过一会儿，没人吱声了，老汉们就耷拉着头打瞌睡，一条条涎水从没牙的嘴里慢慢淌下来，亮晶晶的，流得比岁月还长。眯瞪了没一袋烟的工夫，就觉得身上痒痒起来，伸进去手四面八方抓挠了一回，感觉不过瘾，索性脱下烂棉袄，翻开大裆裤，把鼻尖凑到针脚前，大海捞针一样仔细地查找缉拿，比警察追捕逃犯还要声势浩大，只差开出十万二十万这样诱人的赏金。翻呀翻，找啊找，虽然布下了天罗地网，战果却并不辉煌。一个老汉把一个物件捏在两指间，就着日光研究了两个时辰，才万分失望地远远地扔了出去，嘴里嘟囔着："我以为是个虱子哩，结果不是个虱子。"另一个老汉沿着那物在蓝天下划出的弧线，飞快地跑出去，趴到雪地上，好似一条兴奋的猎犬，寻找了许久，终于捕获了一只蠕动的活物，也就着日光研究了两个时辰，喊道："我以为不是个虱子哩，结果是个虱子！"

就又把这宝贝押送回到它主人的裤裆里，快乐地放生。

小孩子是猴子变的，看到老汉们红火成这样，也觉得很有必要展示一下逮虱子的才艺，就伸出鸡爪子似的两只黑黢黢的小手，在棉衣里四下乱抓，抓着抓着就扯出一团黑乎乎的烂棉花，连忙生起一簇火，把那团棉花扔在火上烧，只听得在棉花里玩潜伏的那群家伙，一声口号都没喊，就在火光中噼噼啪啪响成一片爆竹。这是火刑。更好玩的是石刑。把衣服里的棉花放在两片青石中间狠命地砸，霎那间就砸成了殷红的一团，孩子们就守着这团棉花嗤嗤地笑，两管鼻涕拖得老长，高兴得手舞足蹈。只是衣服里的棉花越来越少，便冷得缩成一只刺猬，恨不得变成一只麻雀，在墙头上找个窟窿钻进去，度过这寒冷的冬。

虱子的确是令人生厌的。但它有个最大的优点，就是绝不嫌贫爱富趋炎附势。它是穷人的伴侣，当你穷困潦倒沦落江湖、蓬头垢面鹑衣百结的时候，这厮们必定不请自来，仿佛从天而降，与你风雨同舟患难与共，生死相依不离不弃，开水煮不死，寒风冻不死，半月二十天没吃没喝也饿不死，三年五载不沐浴更衣也熏不死。世界上好像没有一种生物有虱子那样顽强的生命力。皮糙肉厚浑身酸臭的贩夫走卒它不嫌，衣香鬓影的靓男俊女百般引诱它不走。咬定穷人不放松，立根原在破袄中。然而，当你金榜题名衣锦还乡，春风得意马蹄疾，一日看遍长安花的时候；当你腰缠万贯富甲天下、白马红缨彩色新、不是亲者强来亲的时候，虱子却一声招呼都不打就消失得无影无踪，绝不死缠烂打，闹出索要分手费，赔偿青春损失，搞亲子鉴定，找网络写手曝光包养秘史，到你官衙或字号门口击鼓喊冤、撒泼上吊，拉条幅上访，拍肩膀套近乎那些下三滥的事情。

由此看来，在你身处逆境命运多舛之时，身上长了虱子也不见得是多么丢人的事。当这些不速之客在你身上安营扎寨宾至如归，呼朋引类纵横驰骋，觥筹交错大开宴席，忽聚忽散来去如风的时候，你应当时刻警醒。当以悬梁刺股、临深履薄之心砥砺意志发愤图强，体会民生之艰难，感受创业之不易。诚如陈继儒在《小窗幽记》中所说："贫不足羞，可羞是贫而无志；贱不足恶，可恶是贱而无能。"遥想当年，勾践卧薪尝胆、刘备织席贩屦的时候；陈毅元帅在梅岭身陷重围，"病伏丛莽间二十余日，虑不得脱"，写诗感慨"断头今日意如何，创业艰难百战多"的时候；朱老总在太行浴血抗战，枪林弹雨中挥泪痛悼左权"名将以身殉国家，……留得清漳吐血花"的时候……身上的虱子估计都少不了。

如果有空翻检一下史书和典籍，你还会发现自魏晋到唐宋，虱子的社会地位好像并不低。中国古代的文人墨客和士大夫，喜欢洗澡的人似乎不太多，这就给虱子繁衍生息大显身手开辟了空间提供了舞台。这些形似琵琶的生灵，竟循着大师的笔触，昂然走进了晋史汉赋唐诗宋词的深处。

先说魏晋名士嵇康吧。嵇叔夜美词气，有风仪，龙章凤姿，天质自然。《世说新语·容止第十四》说他："萧萧肃肃，爽朗清举"，其"为人也，岩岩若孤松之独立；其醉也，傀俄若玉山之将崩"。这么个才华横溢名满天下的美男子，却"土木形骸，不自藻饰"，特别不爱讲卫生，"头面常一月十五日不洗，不大闷痒，不能沐也"。曹魏景元元年，他的好朋友山涛想推荐他到朝廷当大官。按说这不是件坏事。现如今有些中年得志的官场中人，据说把"升官发财死老婆"当作人生三大快事，钻头觅缝地奔走于权贵之门，多少钱都敢送，多大官都敢当。而我们的嵇康先生却偏偏不领情，写了一封《与山涛绝交书》，把好朋友劈头盖脸臭骂了一顿。其中阐述自己不愿做官的第三个理由竟是：做官须"危坐一时，痹不得摇，性复多虱，把搔无已，而当裹以章服，揖拜上官，三不堪也"。在嵇康心目中，官不如虱，宁可高官不做，也不愿放弃己所珍爱的虱子。三年后，嵇康被司马昭以不孝的罪名杀于洛阳。"康顾视日影，索琴弹之，曰：'昔袁孝尼尝从吾学《广陵散》，吾每靳固之，《广陵散》于今绝矣！'"言毕，引颈就戮。那些曾经随先生纵酒放达抚琴长啸的虱子，也从此消失在了幽深旷远的林谷之中。

《晋书》里也记述了两个同样有趣的人物。

一个叫王猛。《晋书·王猛传》说他年轻时以卖畚箕为业，日子过得紧紧巴巴的，没人能看得起他。王猛却一点儿也不在乎，有个叫徐统的人叫他去做官，他不动心，跑到华阴山玩野外生存训练去了。桓温领了十万人的精锐部队入关作战，王猛感到建功立业的机会来了，既不准备见面礼，也不找人写推荐信，披了件破棉袄就去敲人家桓大将军的门。见了面高谈阔论也还罢了，竟还当着将军的面旁若无人逮虱子。这要搁现在，谁敢在这么大的官面前如此放肆，估计早让人家一按电铃，呼啦来一群警卫或保安乱棍打出了。想提拔，做梦去吧。桓温却看出这后生是个人才，不仅没让秘书把这个养虱专业户提着衣领拉到辕门外，把他的烂棉袄从楼上扔出去，再让防疫站的弟兄拉响警报赶紧来喷一回雾，反而"赐猛车马，拜高官督护，请与俱南"。这样的好领导估计几千年碰不到三两个，王猛却一点也不珍惜，聊完天领着他的虱子高高兴兴回家去了。

另一个叫顾和。《晋书·顾和传》记载，王导任扬州刺史时，调顾和为刺史从事。按汉制，刺史的秩级仅为六百石，只相当于中下级的县令。那时的县比现在的范围广，县令以及刺史相当于今天的地厅级干部。刺史每年八月起巡察郡国，年底回中央报告工作，只有监察权，没有处置权，其工作性质和现在的巡视组有点像。由此推测，顾和的级别最多是个副厅级。初一那天，顾和该向主要领导汇报工作了。按说这是多么严肃的一件事情啊，顾和却既不认真熟悉汇报材料，也不精心准备恭维领导的话语，而是把他那辆破"桑塔纳"停在市政府门外，聚精会神地抓起了虱子。这一幕情景偏偏让时任武城侯、后官至尚书左仆射的周颢（就是经常被人们引用的"我虽不杀伯仁，伯仁由我而死。"这句话中的伯仁，伯仁是周颢的字）看到了。老周一看顾和这么好玩，就返回去指着顾和的心口问："此中何所有？""顾搏虱如故，徐应曰：'此中最是难测地。'"周颢感觉顾和的回答意味深长，进了会客室告诉王导说，你老人家的手下，有一个将来可以当部长或副部长的人才。后来顾和果然当了尚书令，看来周颢的确是独具慧眼呀。掩卷长叹之余，只希望我们的组织部门多几个像周颢这样的人。

"搏虱如故"的魏晋风度，也深刻地影响了唐宋两朝知识分子的精神世界。李白《赠韦秘书子春二首·其二》写道：

徒为风尘苦，一官已白须。

> 气同万里合，访我来琼都。
>
> 披云睹青天，扪虱话良图。
>
> 留侯将绮里，出处未云殊。
>
> 终与安社稷，功成去五湖。

据说我们的山西老乡白居易先生也不怎么爱洗澡。且看他在《沐浴》一诗中的自画像：

> 经年不沐浴，尘垢满肌肤。
>
> 今朝一澡濯，衰瘦颇有馀。
>
> 老色头鬓白，病形支体虚。
>
> 衣宽有剩带，发少不胜梳。
>
> 自问今年几，春秋四十初。
>
> 四十已如此，七十复何如。

好你个白乐天！洗了个热水澡，揽镜一照，竟然不认识自己了，邋邋成这样，不长虱子才怪。

王安石更有意思。宋朝的洗浴业已经相当发达，老百姓都经常到公共澡堂泡澡，王总理断不至于穷得家里安不起一只莲蓬头。面药（增白霜）、红雪（祛斑祛痘）、口脂（润唇油）、澡豆（沐浴露）之类的贵族洗浴美容用品，杜子美一个建设部副部长都用得起，曾在诗中写道："口脂面药随恩泽，翠管银罂下九霄。"王总理这么高级的国家公务员，估计办公厅的同志也没少往他家送。但他老人家偏偏"性不好华腴，自奉至俭，或衣垢不浣，面垢不洗"。懒就说懒吧，偏要把自己塑造成艰苦奋斗的典范。据说他最得意的诗句是"青山扪虱坐，黄鸟挟书眠"，似乎只吟得一联，终未成章。宋人陈正敏在《遁斋闲览》中写道："荆公、禹玉熙宁中同在相府。一日同侍朝，忽有虱自荆公襦领而上，直缘其须上。顾之笑公不自知也。朝退，禹玉指以告公。公命从者去之。禹玉曰：'未可轻去，辄献一言以颂虱之功。'公曰：'如何？'禹玉笑而应曰：'屡游相须，曾经御览。'荆公亦为之解颐。"如果搞一个虱子博物馆，王荆公这只在宰相胡须上遛弯，又经常被皇上接见的虱子，注定是要被放在红丝绒上、聚光灯下供后来人瞻仰的。

看来，不是虱子伟大，而是要看它长在了谁的身上。

我生平最讨厌的是和我一样出身寒微的人，一旦进了城，或投亲靠友做了个小官，或坑蒙拐骗发了点小财，或假充内行混了个职称，朝为田舍郎，暮登天子堂，人一阔脸就变，从不敢提起自己曾经浑身长满虱子的光荣历史，似乎生下来嘴里就含着金钥匙，脚下踩着两朵祥云，干净得一尘不染，圣洁得好像天使。还是陈继儒在《小窗幽记》说得好："富贵之家，常有穷亲戚来往，便是忠厚。"这些人的不忠厚处，就是进城之后再不和故人来往。若有个同学或乡党闯入他那七八十平方米的豪宅，逐客之后必定像妙玉接待了刘姥姥一样，把地板用清水千百遍地洗，嘴里还不忘用最恶毒的话咒骂这人不知趣。其实，我们身上不长虱子，也好像没有多少年。记得上高三时，每天学得昏天黑地，连洗脸刷牙的时间都没有，偏偏一个个初开了情窦，朦朦胧胧地竟然能辨别出女同学哪个长得漂亮，哪个长得寒碜。其中就有一个女生，小脸白白的，走起路来脑后的马尾一甩一甩的，学习成绩又格外好，于是就骄傲得像一个公主，根本不和凡人说话。我那时穿得烂走得慢，学习成绩也扯淡，当然也没有勇气和公主套近乎。有一天我上讲台擦黑板，慌慌张张地经过公主的座位，竟然把人家课桌上的书本横扫到了泥地上。公主当然张嘴就骂，我的大脑里却一片空白，只看到公主的小嘴一张一合，却听不到一丝声音。胸膛里像有一只小鹿在咚咚地撞：我的妈呀，公主竟然和我说话了，这是多么大的荣耀啊！我为此激动得三个晚上没有睡着觉。谁知更大的艳遇还在后头。过了两周轮换座位，我竟然坐在了公主的身后。在一个冬日的下午，教室里的火炉熊熊燃烧，把人烤得昏昏欲睡。我抬起头来，忽然看到一只虱子，一只十分健壮的虱子，在公主的马尾辫上徘徊。热身之后，便大踏步地前进，大踏步地后退，还不住地挤眉弄眼，外加翻跟斗耍把式，活泼得不得了。我怒从心头起，恶向胆边生，本想以迅雷不及掩耳盗铃之势把那货缉拿归案，在公主面前将功赎罪。但转念一想，一旦人家矢口否认和这厮的血缘关系，反告我个性骚扰，我就有嘴说不清，一失足成千古风流人物啦，连高考也参加不成了。诚如此，则如何面对故乡漫山遍野的大豆高粱还有我那衰老的爹娘！于是我就权当没看见，低了头深入研究陈胜吴广起义为什么会失败。用了一下午的时间，终于找到了答案：没有先进的思想，同时"虱子"的反动势力太强大。

三十多年过去了，我一直没见过我这位漂亮的女同学。终于有一天，接到一位男同学的电话，他说我们当年共同心仪的公主，作为一家跨国公司华北大区的总裁，即将光临龙城太原访问，这便成为我们在太原工作的同学们生活中的一件大事。幸福的时刻终于来临了。车门一开，我首先看到公主阁下两只一尺多高的高跟鞋，接着是一阵浓烈的香味滚滚袭来，估计我们的公主临来之前刚被从香水池里捞出来。下得车来，我看到公主的小脸还是白白的，风韵不减当年，只是脂粉挂满了脸颊，一说话就扑簌簌掉下来，好似下了一场六月雪。要吃饭了，公主面对满桌佳肴无处下箸，用以雁北话为基础，北京语音为标准的普通话说："我不喝茶，喝了失眠。""我不吃猪肉，容易发胖。""我不吃海鲜，嘌呤太高。""我不吃辽参，你们太原不会有真货。"便捡两片青菜叶，在半碗温水里涮了又涮，方才皱着眉头艰难地咽下去。我看着公主这般痛苦，忽然想起当年在她的马尾辫上飞檐走壁的那只虱子，心说，那货要是还活着，该有三十二岁了吧。假如我有幸再遇着它，非让它承担农民起义失败的责任不可。想到此处，嘴里的一大口干红呼的一声喷了出去，溅了坐在对面的公主一脸，把宴会的气氛弄得十分尴尬，从此很少再有人请我吃饭。

六

第四便是两只脚板黑如炭，硬如钢，不惧斧钺刀枪，敢闯龙潭虎穴。

二十世纪六七十年代，计划生育还没有在塞北蛮荒之地实行，我们这些人于是得以厚颜无耻地苟活在人间，成为时代列车飞速前进的最大累赘。人多没好饭，猪多没好食。家家户户养育五六个甚至七八个儿女，要想吃得可口穿得光鲜简直是天方夜谭。孩子们脚上的鞋，全靠当娘的一夜一夜不睡觉，就着煤油灯豆大的光亮，千针万线做出来。可恨我们的村庄地无三尺平，到处怪石嶙峋，手工纳的底子又不经磨，初一才上脚的新鞋，不到二月二鞋底就磨出了洞，鞋面张开了嘴。当娘的坐在小板凳上，边拉风箱边把满地的鞋一只只拿起来看，边看边一迭声骂："这些费缰绳的驴，打双铁鞋也能磨烂。"

铁鞋当然没有福分享用，铁脚还是可以打造出来的。七九河开，八九雁来，九九又一九，耕牛遍地走。我们熟知这农谚，只要看到桃花红了，杏花白了，阡陌之间草色青了，一树一树的柳絮洋洋洒洒地飘了，便忙不迭地把脚下的破鞋两个飞脚踢上房顶，踩着一地的花瓣，追着小燕子墨绿色的身影扑向了无边的田畴。在长达七八个月的漫长时光里，我们穿林过水，披荆斩棘；我们上大树掏鸟窝，下小河摸鱼虾；我们披星戴月捉迷藏，翻山越岭砍圪针……全凭一双光脚板。走啊走，走啊走，脚底硬是磨出了厚厚的老茧，但舍不得打半盆水洗一洗，脚面上便结了个黝黑的壳，伸出脚像穿了两只分趾的翻毛皮鞋，帅呆了、酷毙了，给多少钱都舍不得卖。

在野地里疯跑，脚底板难免要划开口子扎进刺。好在我们知道革命道路并不平坦，早有足够的思想准备，受了伤并不哭泣，一只脚跳着，找块石头坐下来，倒吸一口凉气把指头粗的毒刺拔出来，顺手抓把黄土止住血。本来疼得钻心，却故意装作满不在乎的样子，胡乱哼着些小曲继续操练，割草的割草，放羊的放羊。到了伏天，一发脱得精光，每人裆间带着一串小零件，挺着小肚子，像一只只站立着的螳螂似的，昂首阔步向前走。看见一处下雨积成的水塘，不问深浅，扑通一声栽下去。过了小半天，才从泥水中露出头，便见学堂的先生带着一脸坏笑蹲在水塘边。下面的情景愈加充满了戏剧性，我们被满腹诗书的先生扯着耳朵带到学堂，沿着教室的房檐一溜站好，接受全校师生的检阅。忽然觉得裆间那一串小零件没遮没拦，开放得有些过头，便伸出两只小脏手急忙挡住，先生的教鞭就带着风声抽向胳膊："你们这伙人也懂得羞？"那时正是夕阳西下的时分，围观的小女生脸上的笑容好似盛开的向日葵，一片金黄。现在想来，小小年纪的我们竟然成了裸体运动的先驱，也不枉年轻过一回。

　　幸福的日子总是过得飞快。在水塘里尽情地遨游了一个伏天，身上涂满了泥浆，让骄阳烤炙得恰似铜铸的精灵，又像才出土的陶俑，古色古香，丽质天成。忽一抬头，看到水塘边的杏树叶子像被血染了一样红，一阵北风吹来，在水面上铺了厚厚的一层，小伙伴们从泥水里探出身来，不觉打了两个寒噤，便知夏天的好时光离我们远去了，就像小蝌蚪进化成了青蛙一样，慌慌地上了岸，把些破衣烂衫七长八短地套在身上，继续扮演脊椎动物。脚上却依然不肯穿鞋，路见不平，还要飞起一脚将那巨石踢到天外。为了检验大半年艰苦磨砺的成果，找一个大雪纷飞的日子，在四面八方仔细潜伏了，待到积雪有半尺多深，踮起脚尖在雪野上走出一串串梅花。大人们见了，以为是风雪天狼饿得招不住进村觅食了，把孩子们关在家里死活不让出门。孩子们就躲在门后面，捂住嘴偷着乐。乐着乐着，数九天来临了，孩子们才一万个不情愿地找出张着嘴的破棉鞋，套在一双铁脚上，到村外的冰河上栽跟头耍把式，活泼得像花果山的猴子。玩得正在兴头上，突然觉得两腿不听使唤了，低头一看，棉鞋和冰面早冻在了一起。使劲一抬脚，只听得哧啦一声，两只鞋底子留在了冰面上。孩子们就穿着两只鞋帮子，打着得胜鼓，敲着得胜锣，高唱凯歌回了家。

棉鞋没底子也冻不死人。虽然没读过《孙子兵法》，但对付寒冷，我们惯用火攻。每日下午，我们在学堂里随先生多少学些革命道理，以便长大以后为壮丽的共产主义事业抛头颅洒热血。我们知道要想当英雄，肯定活不长。胡兰姐姐只活了十五岁，雷锋叔叔二十一岁，刘文学十四岁。龙梅玉荣没牺牲，但手指头全冻坏了。眼看革命形势这么严峻，我们也一个个早抱定了必死的决心。掐指一算，要是到十四岁就光荣牺牲，也就还剩不到七年的时间了。所以决计趁现在头颅还在肩膀上，热血还在腔子里，先饱饱地到野地里放几场火，也不枉在人世间行走过一回。那时候，一盒火柴比钻石还金贵，为了放火大业的可持续发展，我们像爱护自己的眼睛一样，小心翼翼地保护着火种。课间休息，我们假装去上厕所，觑着没人，从怀间飞快地掏出一面火镜，从破棉袄上扯下一团棉花，几个小脑袋围成一圈，屏声静气地从太阳上取火。大约过了半个时辰，烂棉花冒起了烟，我们赶紧噘着嘴轻轻地吹，吹出了香头大一点红，慢慢引燃了火绳，便让一个同志揣到袖管里，继续到教室长期潜伏。火绳在袖管里，点着了破棉袄，一缕蓝蓝的烟从脖子后面慢慢升起，教室里很快飘出了"烫猪头"的味道。为了不暴露起义计划，这位义士一动不动地埋伏在老师的教桌前，任凭身上青烟袅袅……

下课的铃声终于响了，小伙伴们簇拥着我们的英雄，像受惊的狡兔，像脱缰的野马，扑向了山峦和田野。在那密密的树林里，也有我们无数的好兄弟。我们静静地埋伏在冰天雪地，待到夜幕降临，便以火光为号，一同举事。头发烧焦了，眉毛燎光了，借着火光看去，一个个面目变得狰狞，活似庙里壁画上的夜叉。棉鞋烧得剩下半只，由它去，踩灭了火接着玩。裤脚烧得一长一短，怕娘发现了挨揍，卷成一样高，夜半更深再回家。站在高高的山岗上，只见山山岭岭、沟沟坡坡，一丛丛野火熊熊燃烧，与天上的繁星交相辉映，把我们苦涩的童年装点得光芒四射！这个美丽的夜晚，如今还经常在我的梦境中出现。

七

我大学毕业那年，四川雅安市石棉县的英雄少年赖宁为扑灭山火献出了宝贵的生命，牺牲时年仅十五岁。不知何时，太原市少工委在北城区的东仓巷给小英雄塑了一尊像，静静地伫立在省军区第二干休所的门口，为戎马倥偬的老军人站岗放哨。好多年过去了，已经很少有人知道这个可爱的小男孩是谁。有一年的冬天，一个原籍四川的老军人披着大衣出门散步，看到他的小老乡穿着短裤背心，肩上背着书包，笑眯眯地站立在寒风中，刘海上落满了灰尘，心里觉得不忍，就招呼了两个小战士，把赖宁抬进了干休所的走廊，意欲等明年春暖花开，再让小英雄上岗执勤。谁料太原某报的记者有一天从东仓巷经过，一看碑座上空空如也，赖宁不翼而飞，立马含着热泪奋笔疾书，在报纸上发起了"寻找小英雄"活动。那张报纸一时间洛阳纸贵，许多领导同志作出了重要批示。老军人一看事情闹得动静有点儿大，赶紧趁着夜色又把小英雄请了出来。这件事早惊动了附近一所小学，老师带领一群红领巾迤逦而来，在塑像前敲锣打鼓，吹号献花，好像还宣了誓，热闹了足有两堂课的工夫。那天我恰好从这里经过，看到赖宁同学小脸洗得干干净净的，迎着寒风向我微笑，想起自己年幼时漫山遍野放火的荒唐经历，不禁羞愧起来。

荒唐是荒唐，但当年我们对放火那种发自内心的热爱，那种看到四面八方烈焰熊熊时难以言状的快乐，也是异常真实的。十七世纪印象派大批评家金圣叹和他的朋友在十日的阴雨连绵中，住在一所庙宇里，计算出了三十三个人生极快乐的时刻。其二十九曰："做县官，每日打鼓退堂时，不亦快哉！"官场险恶，步步惊心，一天又混过去了，是挺好玩的。其三十曰："看人风筝断，不亦快哉！"这老汉好有童心，率真得可爱！其三十一曰："看野烧，不亦快哉！"哈哈！读到此处，不觉拊掌大笑。我真想抱着这四百年前的知己，在他虬髯森森的脸上亲一口。据说拜伦一生中只有三个快乐的时候，真是个可怜人。若是随了我们去放火，至少能有四个快乐。还是林语堂先生说得好："世界岂不是一席人生的宴会，摆起来让我们去享受。"

我怀念故乡的冬天。

挑一个阳光
晴好的日子
穿着汗衫
在打谷场上
把红稼捆子
解开在阳光
下凉晒空气中
就飘荡着稼秆
和新麦混合着
的奇异味道
那是太阳的味道

甜甜的暖暖的
柔柔的香的
向着向日葵似望
草花一样向光泽
牛拉着碌碡行走
在秸秆丝上像
船儿在水上飘……
麦秸就在秸秆下
铺了厚厚一层
甲辰老月
晋生写

我五岁那年的腊月，天冷得亘古未见。

看到生人上门，老狗黑四扑上前去，张开口刚叫了一声，就冻得合不住嘴，那一声"汪"冻成了冰坨，梆地一下砸到了冻土地上。山下的一户人家生火做饭，一缕蓝蓝的炊烟从屋顶刚刚升起，就冻得笔直，多大的风都吹不倒。黄昏时分，我穿着棉鞋，两只裤管一高一低放火归来，却见外院的光棍汉铜锅大爷扛着根木棍推门出来，一曲忧伤的爬山调被狂吼的北风吹得东一句西一句：

　　　　手拿着镰刀割沙蓬，
　　　　站在那土疙瘩瞭情人。
　　……………
　　　　半天空的大雁对对挨得紧，
　　　　你多会儿能和我一搭过光景。
　　……………

老人家被北风噎得不出声了。我赶紧上前问候："大爷，您也穿林海过雪原去呀？"铜锅大爷说："灰孩子，尽放铜哩，大爷这么大岁数了，哪惹得起人家座山雕！我要去茅房。""您去茅房扛根棍干啥？""你不看这天有多冷，撒了尿不赶紧拿棍子往断打，尿柱子就把人跟地冻住了。"要不说人老成精，你看这老汉有多聪明！

最有趣的是我家对面的三昌爷，三九天大清早上山挖药材，傍晚回了家，在火炉前烤了一会儿火，手掌在脸上一揉搓，两只耳朵齐刷刷掉在了地上，竟然一点儿不觉得疼。三昌爷把耳朵捡起来，知道安不上去了，仔细把玩了一会儿，一只顺手扔进了炉灶，一只推开门喂了我家的老狗黑四。过后，三昌爷把鬓角的头发蓄成两绺青丝，把两个黑黑的耳洞遮盖了。微风吹来，两颊的乱发飘飘洒洒，一派仙风道骨，只是从此辨不清声音的方向。每日清晨，这仙人哼着小曲斯斯文文地从家里出来，我便躲在一堵矮墙后，低声细气地问："三昌爷，您吃了没？"仙人便原地转十八个圈，边转边问："啊……谁问我哩？啊……你在哪哩？"我偏不出声，任凭仙人在寒风中转啊转，转啊转。

我坐在墙底下，只觉得四周好静，好静，静得能听到时光的长河在哗哗地流。河上却又漂着一叶舟，舟里载着我寂寞而又有趣的童年，还有许多忘却了的快乐和忧愁。抬头望去，太阳在轻纱般的云层里冉冉行走，冻得哆哆嗦嗦的，还不忘送我一脸如花的笑。

就是在这样寒冷的一个冬日，娘和二哥踏上了漫漫的西口路。

第一章 "墙头上跑马扭不回头"

走西口在中国的人口迁移史和边地开发史上，理应占有重要的一页。

胡杨树下的歌声

自康熙末年开始，山、陕两省北部的贫民面对脆弱的农业生产条件和频繁的自然灾害，像一群群大雁一样飞过长城沿线的隘口，涌向内蒙古大草原，租种土地，开荒垦殖，初时"春令出口种地，冬则退回"，后来"一年成聚，二年成邑"。在乌兰花，在伊克昭，在巴彦淖尔，在乌兰察布，一个个叫作应州窑子、马邑淖滩、怀仁堡子的村落出现在了"天苍苍，野茫茫，风吹草低见牛羊"的广袤大漠上。亘古荒原呈现出了良田万顷、五谷飘香、商贾辐辏、百货杂陈的繁荣景象。正如《大清会典》所说："昔时龙沙雁碛之区，今则筑场纳稼，烟火相望。"

雁北人本是安土重迁的。正如费孝通先生在《乡土中国》一书中所说："以农为生的人，世代定居是常态，迁移是变态。大旱大水，连年兵乱，可以使一部分农民抛井离乡；即使像抗战这样大事件所引起基层人口的流动，我相信还是微乎其微的。"不是穷得活不下去，谁愿意丢下年迈的爹娘、新婚的妻子、襁褓中的儿女，冒着官府的禁令、漫天的风雪，承受着举目无亲的孤独，背井离乡到口外谋生。光绪三到四年，丁戊大旱，山西一省死亡人数达七八百万。土地贫瘠、降雨稀少的朔州灾情更为严重。《中国历史大事编年》第五卷载：清德宗光绪三年，大同府、朔平府出现大旱，农作物无法下种，赤地千里，颗粒无收。秋天又发生霜冻，灾上加灾，老百姓只好吃草根、草籽和树皮、树叶，到处都是饿死的人。此前的光绪二年，华北已连续大旱，粮食绝收，粮价猛涨腾贵，《怀仁县志》载：斗粟市钱千余。饥民起初典卖衣服器物土地房屋换钱买粮，直至卖儿鬻女。然"凡物值百文者，尚不能值十文"，一宅院子换不了二斗麦，几间楼换不下五升米，饥民为了果腹，吃光了草根树皮，最后吃俗称观音粉的白土干泥。翻开当年各县的志书，饥民的惨状令人读之泪下。《朔县县志》：大旱，饿死盈途。《右玉县志》：右玉大旱，人相食。《平鲁县志》、《应县县志》：人多外走、人民无以为生，多数逃亡。山西巡抚鲍源深在对丁戊大旱灾情的奏折中写道："到处灾黎，哀鸿遍野。始则卖儿鬻女以延活，继则挖草根削树皮以度餐。树皮既尽，旡久野草亦不复生。甚至研石成粉，和土为丸。饥民至此，何以成活？是以道旁倒毙，无日无之，惨目伤心，兴言欲涕。"身历灾区的巡抚曾国荃说："间阎凋耗，田野荒芜，其祸犹酷于兵燹……茫茫浩劫，亘古未有，历观廿一史所载灾荒，无此惨酷。"摆在饥民们面前的只有三条路，要么饿死，要么自尽，要么逃荒——在我家乡各县的方志中，鲜见饥民揭竿而起反抗朝廷或占山为王落草为寇的记载。作为一个生于斯长于斯的雁北人，我坚持认为，"即在丰年，不敷民食"的生存条件与频仍而惨烈的自然灾害相叠加，才是我们的雁北先民们前仆后继走西口的根本原因。

二人台《走西口》生动展示了这一历史图景：

咸丰五年整，
山西遭年馑，
老财人有存粮，
受苦人实可怜。

咱这里寸草不生，

官家又粮税重，

待在家无活路，

不走口外咋能行。

　　在一定意义上，民歌和传说对历史事实的记述和描写，比志书还要可靠。对于曾经经历过的刻骨铭心的苦难，一个民族抑或一个地域的人们，似乎没有必要伪饰和回避。从文化基因的角度来看，朔州历来是民族融合的前沿。赵武灵王破楼烦，蒙恬备胡，汉击匈奴，北魏建京畿，隋唐防突厥，五代沙陀建王朝，宋战契丹，明阻瓦剌、鞑靼，清征噶尔丹，这些见诸典籍的重大事件，都在雁北大地上演了一幕幕轰轰烈烈的历史活剧。匈奴、鲜卑、乌桓、高车、吐浑、沙陀、突厥、契丹、女真、蒙古、满等十多个北方少数民族与当地汉族交流融合，共同创造了辉煌的文明。他们曾经都是这片土地的主人，是我们的先祖和前辈。雁北人的身上，流淌着各民族先祖的血液。我们在灵魂深处，把长城外阴山下那茫茫的草原和大漠当作自己的家乡。遇到饥馑和灾荒，就不由自主地把依恋的目光投向北方的那片土地，却很少越过雁门关到忻州太原去打拼。直到今天，一个雁北人只要听到蒙古族民歌《鸿雁》，眼里马上就会闪烁起泪光。因为这首歌曲的旋律唤醒了我们埋藏在内心深处的悠久记忆。长达二百多年的漫长岁月，我的先祖们冲破长城各口的樊篱，从杀虎口进入内蒙古西部地区寻一条活路。翻过一道道坡，跨过一道道梁，一步三回头，却再也看不见村口的白杨，屋顶的炊烟。看不见倚门而望的亲娘，还有那泪眼婆娑的妻子。举目望去，只有一棵枯树，三只昏鸦，还有呼啸的北风，卷起遍地的蒿草，陪伴着这寂寞的游子。满腹的无奈和心酸凭谁诉？只能唱给漫漫的黄沙冷冷的月。

听吧。这是一首叫作《穷人苦》的雁北民歌：

乱沙蓬，满地飞，

没钱人，走口外。

前山后山走了个遍，

满肚子辛酸满肚子泪，

扛长工，打短工，

当牛做马受不完的罪。

有心想回咱口里，

两手空空没盘费，

咬咬牙，狠狠心，

几块洋钱把儿女卖，

手中花的又没盘费。

得了一场伤寒病，

躲在破庙没人睬。

又是饥，又是病，

两腿一蹬上了望乡台，

穷人苦，穷人难，

穷人的日子苦难挨。

多少穷人走口外，

狼拉狗啃不回来。

　　还有一首对唱歌曲《刮野鬼》，写出了穷苦夫妻走口外时难舍
难分的情景，虽然没有《走西口》那样流传甚广，但也情真意切，
听了让人心里一阵阵疼：

　　　　墙头上跑马扭不回头，
　　　　穷人无奈把口外溜。

　　　　墙头上跑马扭不回头，
　　　　溜口外的哥哥谁收留。

　　　　房檐下鸽子一对对灰，
　　　　溜口外的哥哥刮野鬼。

　　　　人人都说刮野鬼好，
　　　　刮野鬼受罪谁知道。

　　　　叫一声哥哥你听妹妹的话，
　　　　受穷也不如你在家。

　　　　叫一声妹妹你听哥哥的话，
　　　　少吃没穿咱咋过呀。

你刮你的野鬼我守我的寡，

刮上两天野鬼你回来哇。

哥哥好像无根草，

刮到哪里哪里好。

走东走西走南北，

走到哪里也不要恋妹妹。

小油灯灯拨一拨明，

哥哥你就转回程。

回时你在初一十五前后，

热饭我给你锅脖脖丢。

伤心的话儿你少说，

你叫哥哥亲得咋走呀。

扇灭那个油灯黑个黝黝，

咱二人抱住两泪流。

男人一步三回头地走了，留下新婚的妻子拖儿带女，伴一盏豆油灯穿针引线缝连补缀，度过一个又一个漫漫的长夜。无尽的期盼、无望的守候、无边的愁怨、无奈的叹息，把一头头青丝熬成了白发，两只曾经深如秋潭的眼眸被岁月榨干了最后一滴泪水，宛若两眼枯井拷问苍天：我那走西口的男人究竟去了哪儿？在雁北，表现妇女离愁和闺怨的民歌有很多，每一首都能唱得你柔肠寸断。听一下《梦五更》吧：

一更里临来了泪流满面，
我的那个丈夫常在外边，
你在那个外边受可怜，
小妹妹我在家里常常挂念。

二更里临来了扇灭了个灯，
一对对枕头短了一个人，
翻过来调过去睡不着觉，
搂住那个枕头当亲人。

三更是临来了梦了一个梦，
我梦见我丈夫转回家园，
乐得我绕地团团转，
取勺子拿起了添炭铲。

四更里临来了窗纸发了青，

俺梦见俺小两口睡到天明，

他亲我我亲他恩深意重，

知心的那话儿说不尽。

五更里临来了大天明，

醒来还是一个人，

伤心的那泪水湿透衣襟，

实难熬空房的一个人。

第二章　"马茹茹开花满山山白"

这些忧伤而悲怆的民歌，伴随着哥哥们的童年。

二哥两岁半的时候，随父母和大哥漂泊到了乌兰察布的商都县，住了快十年。咋去的，他不知道。但去了他知道了，内蒙古的天很蓝，蓝得像一匹无边无际的绸缎。一朵朵白云在天上走，却不见天的边在哪儿。内蒙古的月亮很大，像是一个安静的湖泊，一条鱼跃出水面，都能让这月光泛出些涟漪。月亮的旁边镶嵌着一颗颗小星星，在深邃的夜空里闪烁着宝石般的光芒，仿佛伸出手就能摘下来。内蒙古的土地是黑色的，抓一把泥土在手上，攥紧拳头使劲捏一下，便感到泥土在指间嗞嗞地响，像刚榨完油的胡麻籽似的，油浸浸的。春天来了，一群群大雁排着队，往西伯利亚飞，却又把那些悠长的惦记和思恋，留给这方土地上苦唱着二人台的人们。手搭凉棚，望着雁阵，赶着牛在黑土地的胸膛上横七竖八划些道，随便撒些种子，回去喝酒吧。只要有一场好雨，待到胡杨挂赤，野菊堆黄，你看吧，山山梁梁、沟沟坡坡，就是一地的好庄稼。眼望着这满地金黄，挥开镰刀，割着割着，秋雨飘飘洒洒地来了，庄稼汉们就赶紧把脚下捆好的小麦、莜麦、荞麦装到牛车上，挥起鞭子赶着牛车走向打谷场，一阵阵信天游在蓝天下自在地飞：

> 一颗麦子两头尖，
>
> 哥哥爱上（妹子呀）嫩脸脸。
>
> 红豆角角弯弯的，
>
> 有那个心思（哥哥呀）慢慢地。
>
> 山里的乌白展不开翅，
>
> 咱两个相好（妹子呀）办不成事。
>
> 马茹茹开花满山山白，
>
> 心里头有话（哥哥呀）说出来。

挑一个阳光晴好的日子，穿着汗衫在打谷场上，把庄稼捆子解开，在阳光下晾晒，空气中就飘荡着秸秆和新麦混合着的奇异味道。那是太阳的味道，甜甜的、暖暖的、柔柔的、香香的，有着向日葵和萱草花一样的光泽。牛拉着碌碡行走在秸秆丛上，像船儿在水上飘，飘着飘着，麦粒就在秸秆下铺了厚厚一层。扬起槤枷，喊着号子，再打上一半个时辰，扬场的汉子就该出场了。在收获的季节，扬场仿佛是农事这场大戏的高潮和尾声，必得一个精壮而利索的庄户人担纲主演。一般是在午后，阳光斜斜地照着，鸟儿在枝头上快乐地歌唱着，时而扑棱棱飞下来，叼走几颗麦粒，庄户人却并不驱赶。婆姨们坐在麦捆上，边纳着鞋底子，边有一句没一句拉着家常，说到了谁的脸红处，便放下针线互相在胳肢窝里乱挠，觅食的鸟儿被这没遮没拦的笑声惊吓得呼的一声飞走了。一阵微风从天际吹来，扬场的汉子便把青色大裆裤、雪白裤腰上宽宽的红腰带扎紧了，光膀子闪耀着腌菜坛子般黝黑的光泽，眯着眼判断一下风向，便在上风头扎好马步，操起木锨把混杂着麦壳和砂石的麦粒扬向半空，麦壳随着微风飘到远处的沟沟壑壑，麦粒很快在身边堆成一座金黄的小山。直到连阴雨下起来，一年的农事就结束了，来不及脱粒的小麦和莜麦，就和秸秆一起堆在打谷场上，任由牛吃马嚼，高高的秸秆垛便成了孩子们玩耍的天堂。此后，无论在哪里，只要闻到麦秸的味道，这些从田野走出去的孩子，便会马上想起自己那远去的童年，眼前的一切景物便倏忽间在泪光中朦胧起来……

　　我大哥乳名叫印印，出生在兵荒马乱的 1942 年。我二哥乳名叫三印，我打小也是喊他三哥。之所以在前面的文字里一直叫他二哥，全是为了方便叙述。三印是 1949 年出生的，属牛，哥俩年龄相差整整七岁。其实，我真正的二哥出生于 1944 年，那时候日本人还占据着怀仁城。据我娘讲，二哥眉清目秀、面白唇红。不像我们苟且偷生的这弟兄四人，一个个眼睛小小的、鼻子肉肉的、脸颊鼓鼓的，典型的北方胡人长相。在我们雁北的农家，小孩生下来第三天，要"洗三"。第十二天，要遍邀亲朋，隆重地庆祝。在那个兵匪横行的年代，隆重自然是谈不上了。腊月二十四，这二哥要过十二天了，我娘头上蒙了件旧衣服，顶着寒风挣扎着出了院子，抓住唯一的下蛋母鸡，嘴里念叨着："鸡，鸡，别流泪，你是阳家一根菜。顺着烟囱上天堂，早日转生再回来！"刚杀了鸡，把鸡头折到翅膀下塞到灶坑里，让鸡的魂魄随着炊烟升天时，村头就响起了枪声。不一会儿，两个日本鬼子端着明晃晃的刺刀闯进屋来，看到地下的血迹，以为这屋里藏着八路军的伤员，对着我娘就拉开了枪栓。炕头上睡着的婴儿受了惊，哇的一声哭起来。跟在日本兵身后的伪军捡起地下的鸡毛，凑上前去弯着腰说道："太君，母鸡大大的有！"话音未落就从灶坑里把母鸡拎了出来。鬼子把母鸡扎到刺刀上扬长而去了，孩子却不住声地哭，半下午抽开了风。那时候，我们村白天是日伪军的地盘，到了晚上就成了八路军宋支队的天下。到掌灯的时候，我爹和我五叔还有几个八路军战士，从山上回来给孩子过十二天。刚进门，就见孩子抽得口吐白沫，脚一蹬，眼一翻，死了。过了五年，又一个男孩降生了，我娘急中生智，直接给他起了个乳名叫三印，这样小鬼来查户口，就找不到他了。

二哥年幼时有许多异禀。比如虽然长得和我一样乏善可陈，但胃口很好，也不抽四六风，到1951年随着父母走口外的时候，虚岁三岁的他除了吃多了拉肚子，竟连个头疼脑热也没有过。比如善于和各种动物亲密接触，努力与它们交流感情，增进了解，建立牢不可破的友好关系。因此发生的几件故事便也十分有趣。

第三章 "妹妹勾住我的魂"

刚到商都的时候，虽然有我姥爷接济，但还是房没房，地没地，日子过得很艰难。我娘仗着一手好针线，没日没夜地给有钱人刺绣缝衣，两个大拇指的指甲盖硬生生地陷了下去。我爹每天出去给老财人家打短工。一辈子不会唱歌的庄稼汉，竟能把那首叫作《出门揽工》的雁北民歌唱得让人鼻子一阵阵地发酸：

一出杀虎口，两眼泪长流，只因为逃荒寻活路呀，才把那口外溜。

过了土默川，再爬那大青山，攀上那高高的蜈蚣岭呀，进入那狼嗥岩。

长沟四十里，前后无人烟，格尔赤落必须住呀，远望草地边。

身披烂毛单，手拿上割田镰，背上那一卷烂铺盖呀，到处受熬煎。

一个伏天大晌午，爹顶着骄阳在一块沟坝地的田垄里锄草，忽然看到一个人骑着匹高头大马从天边飞来，马蹄把我爹放在地头的红瓦罐踏了个稀碎。那瓦罐是我爹从口里带来的，产自我们怀仁石庄村，跟着他千乡百里到了内蒙古，一路上小心翼翼地呵护着，生怕有一点儿磕碰。我爹锄完地回了家，把锄头挂在房檐下，顾不得喘口气，就掀起衣襟把这瓦罐一遍遍地擦。倒也不是这瓦罐有多金贵，只因为它寄托着我爹对故土的思恋。今儿个眼瞅着瓦罐烂成一堆碎片，我爹挥着锄头冲出青纱帐，一把抓住了大青马的缰绳。骑马的汉子被半路杀出的程咬金吓了一大跳，一个跟头从马背上栽了下来，以为碰上了劫道的响马，口中说道："好汉饶命！"边说边撩起白府绸长衫往出掏洋钱。我爹指着这汉子破口大骂："我 × 死你灰妈的，骑这么快下阴去呀！眼瞎得一圪肘子深，踩烂了你爷的瓦罐，我看你拿啥赔？"那人一听我爹的口音，站起身来，拍拍身上的土，扑哧一声笑了："怀仁的？鹅毛口的还是小峪口的？"我爹说："爷石井的！"那人说："你看这灰的，把老乡的瓦罐给闹烂了。我磨道河的。"磨道河村在我们村正东偏南，离我们老家石井村五六里地，可真是炊烟相望，两个村子沾亲带故的人特别多。我爹一听便也笑了，就拉着那汉子坐在地埂上，抽着旱烟三聊两聊就攀上了表亲。我爹不仅没让他赔瓦罐，还把这位表亲接到家里，好生款待了一天。第二天，这位表亲要上路了，我爹领着我大哥，把他送到官道边。那人用马鞭指着山梁下几十亩土地说："表侄子，我要回口里了。这三十亩地种了黄芥，不管秋后有没有收成，都是你的了，就当我赔了你一个瓦罐！"

那年入伏后一直无雨，地旱得裂开指头宽的缝。沟坝地头年浇过洪水，墒情还好，小麦长得齐腰。山梁地种的黄芥虽然苗出得还算齐整，但长得有气无力，估计秋后也没多少收成。我爹款待他本也是尽老亲的情谊，哪还真能让人家赔只瓦罐。听他这么说，虽然知道这山梁地没收成，但也不愿拂了老表亲的美意，便挥手作别，也没把这三十亩地放在心上。谁知过了大暑，一场雨下得沟满壕平，财主家沟坝地里的小麦苗被洪水冲了个精光，山梁上的黄芥却开始疯长。我大哥到野地里拾柴火，走到黄芥林里差点儿没走出来，就飞跑回家报喜，两只牛鼻子脸脸鞋跑丢了一只。家里却只有我二哥正在炕上睡。我大哥就拉着我二哥说："三印，三印，你信不信，咱们家的黄芥长得比树还高哩！快起来，快起来，跟哥哥看去！"
二哥那时候只有两岁多，人还没沙蓬高，刚呜哩呜噜学说话，哪能
懂这么复杂的事，就跟着大哥跌跌撞撞地往黄芥林瞎走。走到地里，
大哥才想起他跑丢了的那只鞋，也考虑到了丢鞋的严重后果，就开
始在黄芥林里四处寻找。二哥在地里坐了会儿，玩了会儿尿泥，又
吃了两只蚂蚁、三只瓢虫，还不见大哥出现，正要扯开嗓子哭，忽
见一只百灵鸟，站在不远处边歪着头梳理羽毛，边叽里咕噜地和他
打招呼。二哥就摇摇晃晃地站起来，去和百灵鸟聊天。谁知百灵鸟
展开翅膀飞出十多米远，又落了下来，二哥就又去追……

西边的太阳就要落山了，大哥终于找到了他跑丢了的那只鞋，
胜利的喜悦涌上心头，嗓子里痒痒得不行，就想唱几句信天游。唱
个啥呢？反正这大野地也没个人，二哥还不会说话也不会笑话他，
就唱放羊老汉那首《勾住我的魂》哇。

在我们弟兄里边，大哥是最有音乐天赋的。只要村里来个要饭的，
不管唱的是道情还是耍孩儿，是二人台还是罗罗腔，大哥只要听一
遍，就能模仿得惟妙惟肖，因为这打小没少挨我娘的苕帚疙瘩。那天，
非著名民间艺术家印印站在胡杨树下，挺着圆圆的肚子，扯开嗓子
唱起来：

> 苗条条的那个身材蛋壳壳那个脸，
> 妹妹的人样儿赛天仙。
> 黑靛靛那个头发两条麻花辫，
> 妹妹的人样儿真顺眼。

大哥唱到这儿，听一阵微风吹得胡杨树的叶子唰啦啦地响，像有人拍手，就越发欲罢不能，咽了口唾沫，接着唱：

柳叶儿那个弯眉水格灵灵的眼，
妹妹的人样儿看完还想看。
白格生生的齐牙红圪嘟嘟的嘴，
妹妹的人样儿胜过那七仙女。

这时候，黄芥林也开始拍手了。大哥仰望着蓝天上的云彩，引吭高歌：

走起来像水上漂站像一苗葱，
妹妹的人样儿勾住我的魂。
白羊肚手巾三道道蓝，
哥哥他围脖脖真好看。
哥哥的人才实在长得帅，
他就是睡在那里我也心爱。
引上哥哥走亲戚妹妹我挺长脸，
哥哥的人样儿是我的解心宽。
哥哥他站在那儿吸住我的魂，
没吃没穿都不嫌就要他一个人。

大哥唱完了，久久没吭气。那时候，他只有九岁，哪儿懂得那些男女之间的事。是歌声里的那些忧伤把这少年的心浸泡得柔软而痛楚。过了一会儿，他回过神，喃喃地问道："三印，你爱听哥唱信天游不？你快点长大哇，等长大了，哥也教你唱山曲。唱歌可有意思哩，一唱起歌来，多烦心的事都忘了！"大哥说了半天，根本没人答应。他一转头发觉兄弟不见了，就像掐了头的苍蝇似的四处去寻找，但哪里有二哥的踪影！大哥想到丢了兄弟比丢了鞋的后果更加严重，便放声大哭起来。哭声早惊动了前来寻找的我爹我娘和姥爷舅舅一干人马，大伙循着声音找到了大哥。舅舅三下两下爬上了那棵高高的胡杨，看到两三里远的地方，一个小小的身影追着百灵鸟，摇摇摆摆往前走。再往前，就要消失在西边天际那火红的晚霞里……

第四章 "想起奴们心上的人"

这年秋天，黄芥获得了意想不到的收成，几大缸菜籽油卖给口里来的油贩子，加上我爹我娘打零工做针线的积蓄，又有姥爷帮忙，第二年开春，我家盖起了三间房子，剩下的钱还添置了一头牛犊子。牛犊子牵来的时候，只有炕沿高，一身毛皮泛着金黄色的光泽，只有鼻梁是白的。二哥伸手抚摸它的脑门，它眯着眼睛流露出惬意的表情，把它的脑门在二哥的额头上蹭来蹭去……经过一阵子动作语言的沟通，小孩和小牛很快成了一见如故难舍难分的朋友。

夏日的早晨，太阳刚在村东的山峦上露出红红的脸庞，云雀和百灵也才在枝头上展开了歌喉，勤快的庄稼汉已经在一眼望不到边的莜麦里劳作了很久，在田畴上直起腰遥望着村庄的炊烟，仔细聆听着婆姨们来送饭的脚步声。终于，远处传来一阵阵歌声：

> 太阳上来唉啦唉嗨哟，
>
> 照的红来咿儿哪嗨哟，
>
> 婆姨们送饭早早地走，
>
> 叶儿呀子儿哟。

女主人一出门，白鼻梁就从牛棚中一骨碌站起来，用宽宽的脑门顶开屋门，咚咚咚走到炕沿前，伸出舌头舔二哥的脸，两个小伙伴便又开始了一天的幸福生活。二哥端着碗吃饭，大半碗莜面窝窝喂了小牛。到了中午，骄阳火辣辣地照着大地，人和牛都犯困，二哥就枕着小牛的脖子在树荫下酣睡，人的梦里有牛，牛的梦里有人。人和牛的口水流出来，汇聚成一条清清亮亮的小溪，浇开了一丛牵牛花。牵牛花便吹着喇叭走进了人的梦、牛的梦。人和牛便也在梦里走进了一片无边无际的牵牛花的花海。

白鼻梁见风就长，不到几个月的工夫，已经能给二哥遮挡正午的毒日头。一个微风拂面的午后，人和牛相随着走向村旁的小河，渡过河就是一片蜂飞蝶舞的绿草地。河水清澈见底，能看见五彩的鹅卵石，还有慢慢游动着的红色的小鱼和墨黑的蝌蚪。走着走着，山洪从上游下来了，河水越来越浑浊。二哥忽地脚下一滑，一头栽到了河水里。眼看就要让洪水冲向远处，二哥吓得哇的一声哭起来。

白鼻梁回头一看，不见了拉着它尾巴的伙伴，赶紧停下脚步，折回身伸出一只蹄子踩住二哥的衣襟，张开嘴叼住二哥的衣领，昂起头走过了湍急的河流。白鼻梁把湿漉漉的二哥放在绿毯般的草地上，伸出舌头一点儿一点儿舔去二哥脸上的泥垢。二哥眼里流着泪，抱着白鼻梁的脖子久久不愿松开……

　　第二年的春天，鸿雁鸣叫着从遥远的南方返回了辽阔的内蒙古高原。白鼻梁抬起头望了望天，嘴角衔着一朵红艳艳的山丹丹花，追着天空的雁阵，撒开四蹄在草地上跑出一道金黄色的闪电。大人们这才发现，白鼻梁成年了，该给它穿牛鼻环了。农村有这样一条谜语："深山老林一根柴，千刀万刀雕出来，人家说我不吃肉，我从肉里钻出来。"谜底就是牛鼻环。小牛犊一旦被穿上牛鼻环，就意味着从此永远告别了无拘无束自由快乐的童年生活，要在牛轭和皮鞭的役使下，耕田、耙地、拉车、碾场……无休无止地劳作，直到耗干了最后一丝气力，再也不能在草地上疯狂地撒欢，在村庄里自在地转悠。当父亲和舅舅一个抱住白鼻梁的脖子，一个按住它的胯部，把牛鼻环的尖刺扎进它的鼻腔时，疼痛、恐惧还有对美好童年的眷恋让白鼻梁发怒了。只见它眼睛冒着火，嘴巴喷着气，鬃毛根根竖立，脊背耸成弓弦，浑身的肌肉像山包一样隆起，四蹄奋力踢腾，荡起一阵土雾，父亲和舅舅一下子被甩出老远。两个人从地上爬起来，恼了，用一根粗粗的麻绳把白鼻梁绑到树上，一顿暴打。这时，刚上了小学的二哥背着一只小小的书包，臂弯里挎着装满青草的柳条筐，蹦跳着走进了院子。白鼻梁在围观的人群里找着二哥，向他发出了哞哞的求救声。二哥哭喊着冲过来，双手抓牢舞动的皮鞭，向父亲和舅舅哭叫："别打它，别打它……"白鼻梁看着它的朋友，眼里也闪起了泪光。二哥抓起一把青草，递到白鼻梁的嘴边，边哭边说："白鼻梁，小孩长大了，就得去上学，不想去也得去……牛长大了，就得去犁地，不想去也得去……你别怕，下了学，咱俩还在一搭里耍！"白鼻梁把青草含到嘴里，细细地咀嚼起来。它抬起头望着高远的天空，神情慢慢平静下来，平静得像一潭秋天的湖水。父亲瞅准时机，拿着牛鼻环对准白鼻梁的鼻子狠心地戳去。白鼻梁发出一声痛苦的嘶叫，四蹄在原地蹦跳了几下，很快安静了下来。殷红的血从白鼻梁嫩嫩的鼻子里嘀嘀嗒嗒地淌下来，那一截头尖尾圆的树棍从此就在它的生命里扎下了根。

白鼻梁在田地里劳作了一夏一秋，在开着紫花的苜蓿草和游动着小鱼的河水滋养下，长成了一头健壮的耕牛。盘在头顶的两只犄角，宛如两把锋利的剑戟，显示出雄性的力量和尊严。这天下午，白鼻梁卧在院子里的胡杨树下，正半闭着眼睛反刍，西边的太阳给它披上了金黄的衣裳。微风吹来，胡杨树的叶子发出了钟磬般的回响。二哥背着书包唱着山歌走进来，把一只带着绿缨子的胡萝卜伸到了白鼻梁的嘴边。白鼻梁看到它的朋友带来的小吃，眼眸里荡漾起了笑意，正要张开嘴一口叼住，二哥却跳开了。白鼻梁知道，它的朋友要和它做游戏，便也从树下站起来，和二哥在院子里追逐成一团。二哥跑着跑着，脸上淌下了汗水，就把身上的夹袄脱下来一把抛到了胡杨树的枝条上，露出了贴身穿的红花主腰（方言：背心），在院子里跑成了一团红红的火。白鼻梁追着这团火，在胡杨树下转了几十个圈圈，眼神忽然变得恼怒和凶狠起来，两只前蹄跺击着地皮，鼻孔里喷出两道白气，扬起犄角刺向二哥的红主腰，脖子用力一甩，二哥在蓝天下划了一道美丽的弧线，降落到了院墙外松软的麦秸堆上，不知是摔晕了还是吓傻了，竟然在高高的麦秸垛上进入了甜美的梦乡。白鼻梁眼瞅着那团让它愤怒的火掉进秸秆堆再也没燃起来，定了定心神，又踱回到胡杨树下咀嚼时光，仿佛从来没和它的朋友做过游戏。

天光渐晚，暮色四起，牛羊进圈了，鸟儿归巢了，上学的孩子也都回家了，二哥却没了踪影。一家人赶紧四处寻找，把小小的郭家村翻了个底朝天，也找不到他的下落，以为是让大灰狼叼了去。满天的星光下，我娘紧紧攥着二哥挂在树杈上的夹袄哭出了声。我娘一哭，大哥也张开嘴哭起来，边哭边唱起一首常挂在嘴边的小曲，想用这歌声唤回他心爱的兄弟：

太阳爷爷上来一点点红，

突然间想起奴们心上的人，亲亲！

亲亲亲圪蛋的人儿哟，

奴的哥哥回来啰，

亲亲圪蛋的哥哥哟。

被拴进牛棚的白鼻梁仄耳倾听了一会儿大哥的歌声，忽然想起了什么，拼命挣脱了缰绳狂奔到麦秸堆下，扬起两只前蹄发疯似的刨起来……过了一会儿，二哥从麦秸垛上骨碌一声滚落了下来。正在胡杨树下歌唱的大哥扑过来，把仿佛从天上掉下来的兄弟紧紧抱到怀里。二哥从梦中惊醒，喃喃说道："哥，我饿了……"

第五章　"三颗颗的星星一摆溜溜地明"

冬天来了。一场大雪过后，内蒙古高原就成了白毛风的天下。柴门小户里的庄稼人，慌忙把院子里的莜麦秸抱进来，让炉灶里这若有若无的火光，陪伴人们度过寒彻骨髓的漫长冬季。在雪野里觅不到食的野狼，也开始成群结队地在村屯里游荡，饿极了的时候，就跳进院子，袭击牛羊和小孩。村子里的人们，家家户户都准备了棍棒和铁叉，时刻准备和野狼搏斗。每当夜色降临，吼叫的北风停息了，满天的星斗在高远的天幕上闪烁着晶莹的光芒，野狼就在村旁的山岗上嗥叫。那一声声凄厉的嘶鸣，让每一个孩子的梦境里都闪烁着鬼火般的蓝色幽光。

腊月里的一个黄昏，大哥领着二哥在胡杨树下堆雪人。公狗大黄带着无限崇敬的神情蹲坐在这免费剧场里，观看他们天才般的表演，并负责警戒工作。虽然狂风搅着雪粒冻得小哥俩鼻涕横流，但由于这项游戏激发出了他们巨大的创造热情和艺术潜能，两个雪雕大师早已忘记了夜幕和危险在一点点降临。慢慢地，雪人有了胖胖的身子，身子上直接长出了一个圆圆的脑袋。接着又有了鼓鼓的眼睛、尖尖的耳朵、豁牙露齿的嘴巴。总设计师大哥前后左右端详了一回自己的杰作，手舞足蹈地唱起来：

　　　三颗颗的星星一摆溜溜地明，

年轻的人爱的那年轻人。

树叶叶落在树根根底，

走着站着想着你！

　　大哥唱完山曲，突发奇想要回屋偷出一个红辣椒，给雪人装一个马戏团小丑一样的逗笑的鼻子。就命令兄弟继续施工，给雪人从肚子上长出来的一大一小两只脚穿上漂亮的靴子。二哥一听哥哥要在雪人脸上施展画龙点睛的手段，哪有不从的道理？小脑袋瓜点得像小鸡啄米一样的欢实。

　　大哥转身回屋去偷辣椒，却半天不见出来。二哥穿着开裆裤蹲在寒风里给雪人做鞋，一会就冻得不行了。想喊哥哥快出来，嘴巴早让冻成冰柱的鼻涕上了两道铅封，一丝声音也发不出。想站起身回屋去，又觉得大黄不可靠，舍不得把这么可爱的雪人一个人丢在院子里。害怕它冻得扛不住，穿上鞋站起来一溜烟跑到天边去，二哥便故意拖延做鞋大业的进度，心里又憧憬着红红的辣椒插到雪人脸上产生的巨大的喜剧效果，盼望哥哥快点来。

　　大哥偷辣椒遇上了麻烦。在乌兰察布生活过的人都知道，当地的百姓吃莜面顿顿离不开辣椒面，偏生这物件口里才出产。物以稀为贵，家家户户就把辣椒笸箩列为最重要的战略物资严看死守，哪容小孩子染指。大哥进了家，我娘正坐在油灯下做针线。辣椒笸箩挂在高高的房梁上，随着从窗户纸透进来的寒风在灯光下晃呀晃，大哥两只小眼珠也跟着这笸箩晃呀晃。坐在风箱前的小板凳上足足潜伏了两个时辰，也没找到作案时机，手心里满是汗，早忘了还有个兄弟正在院子里给雪人做鞋。终于，娘想起来要到隔壁邻居家还下午借来的绱鞋锥子，起身下炕出门去。临走还在大哥脑壳前比画了一下："小心看好兄弟，要有个闪失一锥子攮烂你的屁股！"

大哥听着娘的脚步声走远了，赶紧施展手段偷辣椒。气人的是辣椒挂在房梁上，大哥小小的个子哪能够得着。他在锅台上放了个小板凳，屏住呼吸踩上去，辣椒筐篓好像还在云彩里。眼看娘就要回来了，没鼻子的雪人还在院子里苦苦等待，大冷的天大哥急出了一头汗。眼光四处睃巡着，终于发现洗衣服的棒槌立在墙角。大哥操起棒槌，胳膊抡圆了舞动了几十圈，向屋梁上的辣椒筐篓使劲砸去。谁料棒槌在半空中飞翔了一顿饭的工夫，连辣椒筐篓的边也没挨着，却带着炮弹落地一样的哨音准确地降落在大哥的头顶。从头顶蹦出去，又把炕头的煤油灯砸了个稀碎，屋子里顿时一片漆黑。大哥的头顶霎那间鼓起拳头大的一个包，他知道自己闯了祸，又疼又怕又沮丧，两手抱着头哇的一声哭了起来。大黄听到屋子里的动静，好奇地踅进屋去探索究竟，院子里只剩下了二哥和雪人。

这时候，狼来了。

这只饿极了的大青狼是跟着暮归的羊群潜入村庄的。大哥埋伏在屋里准备偷辣椒的时候，这个童话王国的反派人物也躲在胡杨树的阴影里，以百倍的耐心观察着院子里的动静，寻找着最佳捕猎时机。小孩在院子里展示才艺，它没动手。大哥进屋了，它没动手。娘出门了，它没动手。大哥英明地砸灭了油灯，它还没动手。终于，大黄进屋探望主人了，它才像一个催戏演员，脸上挂满诡异的笑容，弓着身子，跳跃着、跳跃着，向专心致志做鞋的孩子慢慢靠近……

大青狼蹲在二哥的背后，正要一口叼住他细细的颈项，突然被眼前的雪人吸引住了。它眯着眼认真欣赏着这可爱的雪人，总觉得哪里有些不对劲。琢磨了大半天，方才发现雪人没有胳膊。这狼龇着牙偷偷笑了一阵子，就想提醒做鞋的孩子给雪人安上两只胳膊，便伸出舌头在孩子的脸上舔了两下。二哥嘴唇上的冻鼻涕让狼舌舔掉了，脖子让狼毛扎得痒痒的，以为是大黄在和他逗乐子，就一边嗤嗤地笑着，一边伸出手往开推狼。小手触到狼皮上，觉得毛发一根根硬得像猪鬃。回头一看，撞上了青狼奸笑中透着凶狠的诡谲目光，二哥吓得扯开嗓子哭了起来。屋子里的大黄听到院子里的哭声，扔下大哥嗖的一声冲了出来。灰狼看到星光下划过一道金黄的闪电，也突然明白自己潜入这院子不是来看望雪人的，赶紧一口叼住二哥的衣领，扬起脖子往身后一甩，把二哥稳稳地驮在了背上，张开四蹄往院子外蹿去。大黄追上来，一口咬住青狼的尾巴。青狼哪里肯停下脚步，尾巴格巴一声断了。这畜生忍着疼，向猛追上来的大黄喷出一股滚烫骚腥的稀屎。大黄只觉得眼前一阵发黑，就势在雪地上打了一个滚。青狼就要从院子里逃脱了，忽然，白鼻梁像一尊愤怒的门神，挡住了它的去路。

其实，当青狼在胡杨树下潜伏的时候，牛圈里的白鼻梁已经把院子里的情况看了个一清二楚。在山梁上，在小河边，它无数次和这青狼相遇。青狼不理它，它也不理青狼。青狼进了院子，如果真是来看望雪人，白鼻梁也不打算和它过招。这会儿，眼看它要把自己的好朋友驮走，白鼻梁前腿抵住地面，鼻孔里喷着白气，眼睛瞪得像一对铜铃，两只犄角像锋利的蒙古弯刀在星空下闪着寒光，和青狼做好了血拼的准备。大黄在雪地里打了一个滚，也汪汪叫着，勇猛地冲上来。

胡杨树下狗叫牛吼孩子哭，惊动了左邻右舍。匆忙赶回来的爹娘和乡亲们一起，挥舞着铁钗钉耙，敲打着水桶簸箕，把青狼团团围住。青狼知道捕猎计划失败了，放下背上的孩子，从人缝里瞅个空子蹿了出来，撒开四蹄向山梁上逃去……

青狼被赶跑了，二哥得救了。白鼻梁救主有功，被奖励了两升炒莜麦，休假半天。大黄虽然作战勇敢精神可嘉，但有预警不力和擅离职守之嫌，功过相抵，不奖不罚。大黄似乎有些不忿，叼着狼尾巴屋里院外走进走出，折腾了二三十个来回。大人们装作没看见。大哥呢？没带好兄弟，还砸烂了煤油灯，当然毫无悬念地挨了一顿打。

这个晚上，大哥再没在胡杨树下唱歌。

他实在是没心思。

第六章 "忽听得谯楼上起了更"

二哥再次遇到狼，是十六年后的冬天。那年，我五岁，二哥二十一岁。

这年的腊月二十四，姥爷在内蒙古去世了。接到电报，娘决定领二哥去奔丧。大清早起来，娘走东家串西家，东挪西借，凑了点儿本钱买了些生麻和辣椒面，仔细绑在身上。晌午过后，娘儿俩一人在怀里揣了几个中午吃剩下的玉米面窝头，便顺着鹅毛口峪子向山后的一座煤矿走去。

从怀仁到商都得先到县城坐火车到大同，再换乘到集宁的火车，为何却向山后走去？这里边有个故事。

我有个表姨，她丈夫在这座煤矿当工人。几十年来，两家人频繁互访，传统友谊比中日两国还源远流长。三年困难时期，煤矿上的人比农民还难挨。农村虽然也缺粮食，但总还有粗糠野菜草根树皮可以果腹。煤矿工人大多是一个人挣工资养活全家，媳妇待在屋里没事干，就一个接一个生孩子。几十斤供应粮哪够糊口？饿急了恨不得把黑黑的煤块拿起来啃，日子过得比台湾人民还水深火热。1960年的秋天，庄稼还没上场，一场连阴雨直下得房檐下的椽子都长出了蘑菇。表姨领着两个孩子每人披着个水泥袋子，一身水一身泥地来了。一进门还没顾上说话，就饿晕了过去，两个孩子趴在表姨身上哀哀地哭，声音细弱得像没奶吃的病猫。我娘把表妹扶到炕上，一边烧水给她喝，一边打发二哥赶紧到自留地里挖土豆。吃了几只冒着热气的烤土豆后，表姨回过神来，哽咽着说："姐姐，家里两个月前就断了粮，我都记不住粮食是什么味道了。"表姨和孩子在我们家住了一秋天，快腊月了才背了些秋粮和瓜菜回矿上去，临走，拉着我娘的手流着泪说："姐姐，你的恩情，我一辈子也忘不了！"

娘领着二哥到煤矿找表姨，原本是想和她借点儿盘缠。天擦黑的时候，娘和二哥走进了表姨的家门。表姨家炉火烧得正旺，蒸笼的热气飘出来，屋子里的人便影影绰绰的。表姨背对门站着，正要把一盆发好的白面揉好了蒸馒头，一见我娘上门，一边喜出望外地打招呼："姐姐，是你吗，是哪股风把你吹来了？"一边慌忙扯过一件破棉袄，把发面盆盖严推到炕桌底下。娘在炕沿上坐下，喘了口气："你姨夫走了。我领着你外甥上门，是想……"还没等我娘张开口借钱，表姨的胸腔里就爆发出撕心裂肺的哭声，好似伏天的洪水从天边汹涌而来，惊天动地，猝不及防："我那挨心的姨父呀！您怎就忍心把我们姊妹扔下呀！……我要再盖房谁给我当木匠！……我要受了冻谁给我修烟囱！……我要到内蒙古谁给我烙糖饼！……啊呀呀，要命的老天爷呀！……啊呀呀，瞎眼的老天爷呀……"表姨站在实用主义的历史高度，全面总结了姥爷的去世给她的美好生活带来的巨大的不可弥补的损失，愤怒控诉了老天爷不辨贤愚枉作天的无耻行径。亦庄亦谐，声情并茂，夹叙夹议，且歌且哭，编织了一张密不透风的大网。我娘被紧紧罩在这张大网里，仿佛被鱼钩钳住了嘴的鱼，几十次想张口借钱，却总也找不到机会，直把一张脸憋得通红。

看着这幕情景，拉风箱的表姨父有点儿不好意思了，站起来坐下，坐下又站起来，终于忍不住伸出手探向劳动布工作服的上衣兜："上午刚发了工资……"姨父的话音还没有落地，表姨就装作要给炉灶添炭，在姨父的大腿上狠狠掐了一把："姐姐，你说这是啥年头，当工人竟不如在村里头种地。这个月的工资还没到手，上个月的债主就排队上了门。可怜你的五外甥，到现在也没定下个媳妇。我还寻思着，过两天找姐姐借两斗玉茭子。这一群灰小子，给截堡墙也能吃塌！"表姨的五小子，那年才十三岁，还不到娶媳妇的年龄，我娘心知表姨哭穷是为堵自己的嘴，就说："没想到你的光景过得这么苦焦！姐身上也没带个啥，给你留下三斤辣椒面，就算是姐给五外甥的礼钱！"娘脱下羊皮袄，把缠在身上的一袋辣椒面扔在炕上，拉着二哥就往门外走。表姨一看我娘要走，死拉硬拽不放手：
"姐姐十几年没登过我的门，好歹住个三五日。非要走，也得等妹
妹给你做一锅玉米面搅拿糕，吃了肚子里热乎乎地好赶路！"二哥
中午啃了三四个窝窝头，身上带着几十斤生麻和辣椒面走了几十里
山路，饿得实在有些扛不住，听了表姨的话，就转过脸看娘的表情。
我娘一把掀开门帘，冲进门外的寒风里："姐晌午吃了羊肉馅饺子，
三五天不吃饭也饿不着！"

　　娘儿俩走出门去，山路上的北风一阵紧似一阵。一弯下弦月从
东方的天际升上了天空，挂在高高的山冈上，照得大地格外清冷。
好似有谁控制着开关，星星一颗接一颗在天幕上闪着，像一群顽皮
的孩子，不住地眨动着眼睛，灵动狡黠。娘和二哥在山路上走了一
顿饭的工夫，觉得两条腿像灌了铅似的，越来越重了。肠子饿得绞
作一处，娘儿俩掏出揣在怀里的窝窝头，窝窝头冻得像冰砣子，一
星半点儿也啃不动。因为怕让乘警查出来，当作投机倒把行为没收
了，所以生麻是喷了水拧紧了绑在身上的，这会儿一发冻成了一副
冰冷的铠甲，好似有千斤的重量。走啊走，走啊走，终于走出了大
山，看到了几十里外大同城的万家灯火。山下几里远，有一个小村
庄。娘儿俩就想找个避风处生一簇火，吃点干粮再赶路，到村庄里
找一户人家投宿。刚在一块山石上坐下，气还没喘匀，二哥突然发
现不远处的山坳里，有几点绿幽幽的光亮。他盯着那丛光亮看，那
光亮便定格在山坳里，像一发发冰冷的子弹一样噼里啪啦地射过来。
霎时间，十多年前那曾经让他失魂落魄的一幕，仿佛电影的闪回一
样出现在他的脑海里，二哥下意识地叫道："妈，有狼！"声音颤

抖得像寒风在揉搓一张发硬的羊皮。

娘一回头，目光也与那丛光亮交会了。她抓起手边的一块碗口大的石头递给二哥，语气坚定地说："赶紧走，别回头！"二哥刚才还冻得哆哆嗦嗦的，这时候身上一激灵，额头上竟冒出了冷汗。

娘儿俩跟头骨碌地往前走，侧耳细听，辨别着身后狼的脚步声，轻快、迅捷、不疾不徐，好似一个高超的钢琴大师用灵巧的十指击打着琴键。娘儿俩十多个小时粒米未进，身上又都缠裹着几十斤生麻和辣椒，跌跌撞撞走了一程，就蹲坐在地上一阵干呕。虽然明白躲过这一劫了，但心里总有些不甘。娘从怀里的布袋抓出一把辣椒面，分了一半给二哥，正准备一会儿野狼扑上来时，和野狼作殊死的搏斗，耳边忽然传来身后大山中群狼的噪叫声。娘从眼角的余光看到，紧跟在身后的两匹狼听到狼群的问讯和呼唤，嗖一声蹿上了山道旁的一个小山包，蹲坐在冷冷的下弦月下，昂起颈项发出了悠长的叫声。这叫声，如泣如诉、如歌如吟。两匹北方的狼沉浸其中，仿佛走进了一段久远的回忆，全然忘记了它们一路跟踪的这两个人。我娘见状，赶紧一扯二哥的衣袖："快跑！"

一路狂奔。村庄就在眼前了，娘儿俩却喘得像两只漏了气的风箱，隔老远都能听得见彼此的心跳，像谁在寂静的寒夜里发疯地敲打两面破鼓，脚步越来越趔趄。回头一看，两匹狼又跟上来了。二哥伸出手臂紧紧挽着娘，眼睛机警地打量着四周，忽然发现不远处有一个瓜棚。二哥拉着娘三步并作两步冲了进去，把倒在地上的门扶起来堵上门洞，捡起一根树杈牢牢顶住。娘儿俩一屁股坐在地上瘫成了一堆泥，方才发现攥在手心的辣椒面早已让汗水浸透了。

坐了一会儿，才定了定神，就又听到什么动物的爪子踩到玉米秸秆上，发出令人心悸的回响。二哥慢慢挪到门洞，透过门缝往外瞅，看见四只绿幽幽的眼睛在无边的暗夜里像灯盏一样闪亮。娘知道狼又追上来了，对二哥说："三印，给妈唱！"

二哥原本就对唱歌不在行，偏又饿得前胸贴后背，着实没力气发出怒吼。但一来为了壮胆，二来为了求救，他还是扯开嗓子唱起民兵集训时，武装部长教给大伙的那曲小调：

正在房中闷沉沉，

忽听得外边枪炮鸣，

不知是因为甚。

门缝缝里往外瞭，

原来是八路军过来了，

扛枪又抬炮。

八路军战士真勇敢，

不怕牺牲往上冲，

鬼子四处散。

八路军战士真勇敢，

打得鬼子吓破胆，

炮楼连根端。

二哥唱完了，透过门缝往外看，发觉两匹狼脸朝外卧在门口，头伏在前爪上，在歌声中进入了梦乡，好似两条忠诚的看家狗。二哥让娘靠在秸秆堆上打个盹，自己警惕地观察着门外的动静，后来一阵困意袭来，竟也昏昏沉沉地睡了过去。直到伴着骡马脖子上清脆的铃铛声，飘来赶车人粗犷的唱腔，二哥才从酣睡中醒来。

> 忽听得谁楼上起了更，
> 坐在北楼自伤神。
> 宋公明在北楼破口大骂，
> 骂一声阎婆惜无义之人。
> 曾不记在原郡遭下荒旱，
> 你母女逃荒旱来到了恽城。
> 恽城县本没有脚踏之地，
> 城南这破瓦窑才把那身存……

二哥揉了揉眼睛直起身来，方才发觉一道道白色的光亮从窝棚门扇的缝隙射进来，趴到门前正要大声呼救，却发现卧在门前的两匹狼看到马车驰来，好似离弦之箭一样向赶车人扑去。赶车人看到这两匹狼，一点儿也不惊慌，吁住马车，从车辕上轻快地跳下来，在晨光中站定了。两匹狼拖着长长的尾巴跑过去，围着赶车人兴奋地转着圈，一匹狼在他的裤腿上蹭来蹭去，一匹狼站起来，把两只前爪搭在那人的肩膀上，张开大嘴，伸出红红的舌头在那人的脸上舔来舔去，像见了久别的亲人。那汉子却并不躲闪，一边伸出手抚摸两匹狼的脑门和脊背，一边嗔怒地说道："你们这两个灰鬼，大清早起不在窝里睡觉，跑来这冷风地做啥？你们咋知道今儿个我要出门？"

二哥在门缝里把外面的事情看了个一清二楚，心知赶车人和这两匹狼是老相识，就大胆地打开窝棚的门，扶着娘向马车走去。这时候，天更加明亮了。二哥看到赶车人年纪在六十岁上下，黄色面皮，唇上微微几根胡须，高高的眉骨下是一对褐色的眼睛。身穿白茬大皮袄，头戴毛茸茸一顶狗皮帽，拦腰系一条紫红色的腰带，脚踩一双毡疙瘩。四套骒马的大车上，拉着个铁板焊成的四四方方的粪桶，却也冲洗得干干净净，桶壁闪烁着金属的光泽。赶车人看娘儿俩慌慌张张走过来，说："你们这娘儿俩真是命大，不是遇见它们，小命早没了。"转头又和狼说："你两个灰猴，咋老不长记性呢！天亮了，不赶紧上山去，小心让坏人捉住剥了你们的皮！"两匹狼像两只听话的狗一样蹲坐在马车前，歪着头倾听着赶车人对他们的数落，四只金黄色的眼睛笑得弯弯的。看赶车人拿起鞭子要驾车离去，两匹狼交换了一下眼神，那匹个头大些的狼嗖地一下蹿到路边的秸秆垛旁，钻进去一阵猛刨，旋即嘴里叼着一只死兔，扔到赶车人的脚下，这才一步三回头地向远处的青山跑去。个头稍小的那匹狼前脚有点儿跛，跑起来身子一歪一歪的。慢慢地，它们灰色的身影消失在了荒草和荆棘丛中。

赶车的汉子从连绵起伏的群山中收回了目光，方才对娘和二哥问道："大妹子，数九寒天的，你们跑到这大野地干甚？"

我娘看出这汉子是个豪侠仗义的人，就给他讲了这一路上的遭遇。赶车人说："我这车正好要去大同城，要是不嫌这粪罐子脏，大哥就捎你娘儿俩一程吧！"

娘和二哥赶了十几个小时的夜路，又冻又饿又吓又乏，身上又没盘缠，一听说有车坐，娘忙不迭地道谢："庄户人哪有嫌大粪臭的？大哥，你可真是个好人呀！"

赶车人说："在家千日好，出门一时难，谁没个马高镫短的时候！噢，这荒山野岭的，想见你们也没处找饭吃，给你们几个烧山药充个饥吧！"

烧山药还有些烫手。二哥一边嘬啦嘬啦地吹着热气，一边好奇地问道："大爷，那两只狼为啥见了你，好像见了亲人？昨天差点儿没让它们把我吓死！"

那汉子说："我认识它们是五六年前的事了。它俩，可真是有良心的好狼哪！"

赶车人把鞭子抱在怀里，掏出烟袋锅划根火柴点燃了。伴随着旱烟蓝蓝的烟雾，老人讲述着那个混乱年代里的狼的事、人的事、人和狼的事，好像一场皮影戏，在娘和二哥的脑海里活生生地上演着。

第七章　"三十三棵荞麦九十九道棱"

赶车的老汉叫焦善，他的村庄是边墙下的一个土堡，唤作甄家堡，村里的住户却偏偏没有一个姓甄的。听老辈人讲，当年镇守这土堡的守备名叫甄启，字伯升，祖籍安徽寿春，宋真宗景德元年殁于边患。

如今这甄家堡沿边墙掘土为窑，稀稀疏疏住着五六十户人家，一半姓孟，一半姓焦，自称是孟良、焦赞的后代。清代以降，边墙下再无战事，村民们守着二百来亩薄田悠闲度日。直待大暑过了，才在沟沟梁梁种些莜麦、荞麦、胡麻、山药。收罢了秋，就一个个扎缚停当，携了弓箭刀枪上山去抓野兔套山鸡。土堡里既不栽桃也不种杏，只是沿着边墙，高高低低种了几百棵国槐。春天里，槐花开了，古堡里就满鼻子苦艾般的清香。堡子西北角，有一座小小的龙王庙。院子里长着两株柏树，虽称不上苍翠蓊郁却也枝干虬立，古朴得可爱。柏树下有一段残碑，记载着这小庙的由来和甄启将军的事迹。正殿里供着一尊柏木雕成的龙王，三四尺高，肩上披一段黄绸，脸上全是笑，像是这堡子里一个勤劳和善的老农，才放下锄头，被孙儿们换坐在了这云纹宝座上，脚趾间还散发着泥土的味道。墙壁上绵绵延延几幅壁画，有龙王行雨图、二十八宿图、五谷丰登图，经历了几百年的烟熏火烤风沙吹，色彩却也斑斓。边墙下一年里有七八个月的大风天，夏天短得像小狗的尾巴，才费力地抓住一转眼就又从指尖溜走了。十年有九年是旱。火辣辣的六月天，太阳把田地炙烤得像架在炭火上的铁板烧，呼呼冒着白烟，眼看裂开了拳头大的口子。老汉们抬起头望天空，一丝云也没有，便长长地叹口气，倒背着手来到龙王庙，找社首和道士商议祈雨的事。

　　第二天一大早，七八点钟的光景，龙王庙的院子里搭起了高台，龙王爷被大伙从正殿抬了上去，放在毒日头下烤。龙王却不恼，脸上都是笑。龙王像前，一摆溜跪着七个男娃娃，年纪都只有五岁，身上赤条条的，头顶着嫩柳圈。看庙人敲了七十二下钟，社首上了三炷香，道士摇着扇鼓，唱起了上供曲：

> 启开东方清幽所，
>
> 清油窗棂亮堂堂。
>
> 清油桌子清油柜，
>
> 清油幔子绣鸳鸯。
>
> 四海龙王请受香，
>
> 早降甘霖到边墙。

老道士跑风漏气地唱着，唱着，太阳却早已照上了头顶，一个孩子咕咚一声倒了，大人们连忙把他抱到了柏树的浓荫下。

老道士接着唱：

> 东方上了青檀香，
>
> 南方又上红檀香，
>
> 西方上的白檀香，
>
> 北方上的黄檀香，
>
> 四炉清香呀上在龙王宝殿上。

咕咚，咕咚，又有两个孩子一头栽倒在滚烫的黄土地上。老道士的脚步也跟跄了，还在唱：

> 东方借来桑干水，

西方借来碧玉波，

北方借来小岱海，

南方借来通天河……

　　龙王爷端坐在高台上，晒得身上的松柏油都冒了出来，却既不急也不恼，脸上依然还是笑。

　　就这样，龙王爷和孩子们互相陪伴着，在毒日头下晒了整整十五天。孩子们晕过去，在庙院的柏树下躺一会儿，喝口绿豆汤，就又挣扎着跪在香案前，小小的身子像涂了一层黄铜汁。龙王爷呢，身上的柏油烤出来，再渗回去，再烤出来，再渗回去，折腾了十几天，皮肤的光泽好似涂了橄榄油的健美运动员。到第十六天，坐在柏树下屏声静气观天象的老人们，看到西方的天际飘来一片云，风中吹来一阵带着泥土腥味的凉意。不一会儿，云朵像羊群奔向草地一样慢慢布满了天空，接着便是亮闪闪几道电光，喀喇喇数声惊雷，雨来了。

　　铜钱大的雨滴从半空中噼里啪啦砸下来，庙院里荡起了一阵土雾。祈雨的人们欢喜地喊叫着，扶老携幼躲在了廊庑下，却把可怜的龙王爷一个人丢在了风雨中。含着泥土的雨滴重重地敲打在他的头上、脸上，还有被毒日头晒得褪了色的明黄披风上，又化作一道道泥浆，慢慢流淌在供桌和香案上。老人家却还是不急也不恼，脸上依然还是笑。

　　两天后，雨停了，地里的禾苗有救了，堡子的人就赶紧请来了戏班子，给龙王爷唱耍孩儿、道情、二人台。龙王爷又回正殿升座了，没有人给他擦去脸上的泥垢，也没有人给他清洗皱巴巴的衣衫。老人家也全不在意，就坐在那里笑眯眯地听戏，一声也不吭。

1966 年，"文革"席卷了长城内外，甄家堡却波澜不惊，仿佛世外桃源，道士还在念经，村民还在祈雨，龙王还在听戏。直到两年后，一个叫孟永红的后生从大同矿务局红二矿中学回到了堡子里，成立了风雷激战斗队；一个叫焦卫东的退伍兵从海拉尔回到堡子里，成立了云水怒战斗队，甄家堡阶级斗争的盖子才彻底揭开了。

风雷激战斗队冲进龙王庙，挥起铁锹把墙壁上清代同治年间的壁画铲了个精光，写下了《炮打司令部——我的一张大字报》。

云水怒战斗队冲进龙王庙，把老道士揪出来，脖子上挂了一面大铜锣，批斗了一黑夜。鼻青脸肿的老道士夜里跌跌撞撞回了庙，在龙王爷跟前上了三炷香，呆坐了一阵子，抬头一看，天快亮了，在院子里的柏树上挽了根细麻绳，眼一闭，腿一蹬，走了。

风雷激战斗队又冲进龙王庙，把龙王爷从云纹座下掀下来，在庙院里燃起一堆火，把龙王爷扔了进去。龙王爷端坐在熊熊烈焰里，依然还是一脸笑，慢慢地，化作一缕青烟升上了蔚蓝的天空。柏木的香味飘荡在堡子里，久久没有散去。几个老汉趁小将们不注意，望空磕了一串响头。

道士死了，龙王烧了，壁画也铲了，"破四旧"和"斗批改"取得了丰硕成果。红卫兵正要敲锣打鼓到二十里外的公社革委会报喜，谁料那一年竟又是大旱，沉浸在巨大造反热情中的社员同志只顾抓革命忘了促生产，没心思好好作务庄稼，刚过处暑偏又遇上了早霜，秋后几乎颗粒无收。小将们方才觉得口号当不了粮食，这才把到李家堡大串连的念想暂时搁到一边，扛着刀枪棍棒上山去打猎。

山里的景象也有些凄凉。一夏无雨，草木都枯了，野兔小得像蚂蚱，山鸡瘦得像蜻蜓。山民们挥刀弄剑漫山遍野地搜寻，捕获的猎物还装不满一只背篓，却断了狼群的活路。饿狼趁着夜色下了山，翻过堡墙进了堡子，开始袭击家畜和小孩。猎人们闻讯赶紧回防村庄，却见大队饲养的二十多只绵羊早被狼群啃咬得少头没尾，羊儿殷红的血从羊圈蜿蜿蜒蜒流出来，流成了一条细细的河。愤怒的猎人们就又追着狼群的脚步，上山去寻仇。机警的狼群逃出了猎人的包围圈，却来不及叼走窝里的小狼，山民们把几只小狼崽装进麻袋背回了村庄，拴成一串吊在庙院的柏树上，引诱狼群上钩。

夜幕降临了，又饿又渴的狼崽在柏树下吱吱叫着，呼唤它们的父母。母狼蹲在堡墙上嚎叫了半夜，乳房肿胀得难受，就循着小狼的叫声冲进了龙王庙。公狼不放心母狼，也紧跟着冲进来。母狼跑到树下，正要跳起来咬断吊着小狼的绳索，却触动了埋在地下的铁夹子，右爪子叭的一声断了。母狼忍着疼张开嘴啃咬铁夹子，夹子却像长进了肉里，一丝一毫动弹不得。埋伏在龙王庙大殿和厢房的村民们端着火枪、舞着棍棒从四面围了上来。公狼见情况不妙，顾不得搭救哀哀呻唤的狼崽，保护着母狼仓皇逃出了堡子。

第二天一大早，天刚蒙蒙亮，焦善老汉赶着马车驶出了村庄。马蹄咔嗒咔嗒敲打着地面，甄家堡的堡墙在他的身后变成了一道土黄色的帷幕，渐渐消失在深秋时节辽阔的天地之间。鹅毛河在白白细细的土路边静静地流，河岸边秋草枯黄，茎叶上顶着白霜。边墙下伫立着几十棵矮矮的胡杨树，满树的叶子让秋风吹红了，倒映在河面上，像一簇簇火在河水里燃烧。焦善老汉看着四处无人，嗓子有些痒痒，正想吼几句老戏解闷，忽然听到驾辕的红鬃马打了两声响鼻，在路边停下了脚步，打着铁掌的蹄子警觉地刨击着地面。老汉握紧长鞭，举目观瞧，却见两匹灰色的狼蹲坐在路旁。看到马车驶近，个头大些的狼竟像人一样立起来，两只爪子举在胸前，不住地作揖，眼光里满是祈求。老汉再一看，另一只狼右前爪上带着一只粗大的铁夹，蜷缩在地上不住地发抖。焦善知道昨天发生的事情，看着两匹狼可怜的样子，心头一热，就跳下车辕，大着胆子走向这两匹狼，试探着把手伸向母狼受伤的爪子。母狼没有躲闪，乖乖地伏在地上，看老汉给它慢慢除去铁夹。老焦是祖传的中医，有一手接骨的绝技。他暗暗运着气，使着巧劲给母狼接好了断骨，又在路边找了几味中药，嚼碎了涂到母狼的伤处，撕了一条衣襟做了固定和包扎，这才轻轻拍了一下母狼的脑门，慢慢直起身来。两匹狼凝神看着他的一举一动，四只金黄的眼眸里闪烁着晶莹的泪光，直待马车的铃声远去了，才相伴着消失在小路边的荒草丛中。

这时候，十多里外的甄家堡，两派群众为捕杀野狼实现了革命大联合。他们鸣锣击鼓、挥刀舞棒在荒山上扫荡了几十个来回，有人跌破了头，有人摔折了腿，但哪里有狼群的踪影？革命群众不解恨，又以民兵训练的名义，从县武装部找来几门高射炮，对着群山打了几十发平射。炮弹呼啸着落到山冈上，一根狼毛没打着，却引发了熊熊山火，把草木萋萋的青山烧作一片白地。狼群向北一路奔逃，在几百里外的中蒙边境找了个栖身之处。

五年后，武斗的风潮过去了。甄家堡村后的山冈上，小草和灌木又葳葳蕤蕤地长起来。狼群南望边墙犯了乡愁，又扶老携幼挈妇将雏回到了它们生于斯长于斯的故土。白露那天，老焦赶着车唱着曲到大同城的一所中学拉茅粪，灰狼夫妻跃出草丛，围着焦善又是打滚又是蹦跳，好似离娘多日的孩子闻见了母亲身上熟悉的味道，兴奋得泪眼婆娑。焦善摸着它们的脑门和肚皮，也像看到了久别的朋友，口里絮叨着："你们俩这几年跑哪去了？是插了双翅膀飞到天边去了吗？那场大火，把天都烧红了，真替你们捏把汗呀！"灰狼像能听懂他的话似的，依偎在他身旁，久久不愿离开。

此后，只要老焦的马车在小路上一出现，灰狼夫妻就好似能掐会算一样，领着它们的儿女从荒草丛中跑出来，围着老焦嬉戏半天，临走还要把捕获的野物留一些给他。只要有人在这山洼里赶夜路，它们就会默默跟随，一直把行人护送到人烟稠密的地方，不允许狼群伤害行人。

焦老汉的故事讲了一路，娘和二哥听了一路，心里的谜团解开了。娘感慨地说："都说狼的心肠狠毒，却竟懂得知恩报恩！人世间那忘恩负义的、恩将仇报的，却不知道有多少！"

焦老汉摇着长鞭说："这年头，四条腿的恶狼不常见了，两条腿的坏人却遍地都有。莫非这狼跑到人群里变成人了？"

一路闲聊着，大同城到了。娘和二哥向老汉道了谢，一路打问着，来到了火车站。因为身上带着些生麻和辣椒，怕被当作投机倒把没收了，娘领着二哥从车站围墙的一个豁口摸上了站台，却见每一个上车的旅客都在被戴着红袖章的民兵仔细搜查，没收的东西在站台上堆成了一座小山。一个须发斑白的老人，贴身的衣服里藏了十多斤绿豆。民兵拿铁条在老人鼓鼓囊囊的衣服上一捅，绿豆骨碌碌流出来撒了一地。老人疼惜地弯下腰赶紧去捡，却像站在了冰溜子上，脚下一滑，身子重重地摔了出去，鼻腔里的血呼地一下喷出来，顺着银白的胡须滴落在冬日坚硬的土地上。这时候，列车已开始喘起了粗气，轮子缓慢地转动起来，信号员举着小旗，在站台上奔跑着驱赶送行的人。娘一看这阵势，上车也不是，不上车也不是。想起这一路的艰辛，想起日子的苦焦，想起姥爷一辈子的不易，想起姥爷临走前竟没见上他最后一面，不觉悲从中来，背靠着一根电杆坐在冻土地上放声大哭起来。听到我娘悲怆的哭声，一个四十多岁的铁路民警从车门处跳下来，走上前来关切地问："大娘，您遇到什么为难事了？"娘看这民警面色很和善，就避开身上带了违禁物品这个话题，流着泪说："我八十三岁的爹多病死在了商都，后天就要出殡。我和儿子着急去奔丧，却没买上票……"还没等娘说完，中年民警就伸出手把我娘扶起来："车就要开了，大娘您就先上车再补票吧！"说着就把我娘扶上了列车，还和列车员交代说："这位大娘要去商都给老人送葬，天寒地冻怪不容易的，拜托你一路多照应，就当是我的亲戚！"娘知道，民警在扶她上车的时候，早已察觉她和二哥身上带着东西，却没有说破，他是有意要给穷苦人留一点儿活下去的希望。娘在世的时候，无数次和我说起这个好心肠的中年民警。我不知道他长得什么样，但他身上蕴含着的光辉永远在我心底闪耀，给我激励和温暖！

两天后，娘和二哥终于在无边的暮色中看到郭家村窗户纸的亮光了。莜麦秸燃烧后那亲切的味道从一只只烟囱飘出来，弥漫在村子的上空，闻着就让人动情。一阵熟悉的山西民歌从远处的胡杨林里，潮水一样漫过来——

  天上的乌白巴地上的鸡，绕来绕去撂不下你。

  黄雀雀钻在了圪针针林，只听你的声音不见你人。

  大槐树上金鸡鸡叫，心里头不好活谁知道。

  三十三棵荞麦九十九道棱，有钱也买不下个人想人。

  看见人家看不见你，三天吃不下一粒米。

  …………

第八章 "李三娘担水泪水淌"

  娘和二哥离开村庄去内蒙古那天，已经是腊月二十四了。乡亲们的日子虽然贫寒，但年味儿还是伴随着猪羊被宰杀前的嚎叫声，伴随着剁肉馅的叮当声，伴随着货郎的吆喝声，伴随着零零星星的鞭炮声，像雪花、像春雨，慢慢地飘落下来，充斥在曲曲折折的街巷和破破烂烂的院子里，让小孩子对春节的期盼像吹气球一样，一点一点膨胀起来。我却一点都没感觉到过年的欣喜。娘出远门了，家里由爹临时执政，老人家不仅没有给我们营造出欢度新春的浓厚氛围，唯一会做的饭——玉米面搅拿糕也总是半生不熟，我和二姐举着粗瓷大碗就大放了悲声。说实话，我俩哭泣并不是因为姥爷的去世。在小孩子幼小的心灵里，失去亲人似乎还没有弄丢心爱的玩具那么痛苦。我对姥爷刻骨铭心的思念是成年以后的事情，这份情感我在《乌兰察布的月亮》一文中有过深情的倾诉。在春节前的日子里，我们翘首企盼的，是母亲早日回来，带给我们白面、莜面、胡麻油，欢欢喜喜过个年。

腊月二十七的黄昏，羊群咩咩叫着走进了村庄，我和二姐蹲坐在高高的堡墙上，终于看到了娘和二哥的身影。我俩像两只春天里的小燕子一样飞下了堡墙，张开双臂向母亲扑去，却看到娘的面容疲惫而忧伤，二哥端着一只搪瓷盆紧跟在她身后，脸上满是沮丧。回到家里，我们方才知道，娘和二哥在怀仁火车站遇到了麻烦。

到了郭家村后，娘和二哥把身上缠裹的生麻和辣椒变卖了，除了打发姥爷的花销，剩下的钱买了几十斤白面和胡油。害怕上火车被没收，二十斤胡油是装在一个硕大的猪尿泡里，由二哥藏在身上。娘儿俩一路上小心翼翼东躲西藏，比地下工作者传递情报还要警觉。好容易躲过了一次又一次的盘查，到了怀仁站，随着人流下车了，就要穿过候车室走出火车站了，胜利的曙光在向二哥招手，二哥的心脏扑通扑通地跳着，好像就要从嗓子眼蹦出来，猪尿泡再也不能承受胡麻油的压力，恰到好处地崩裂了。喷香的胡麻油从二哥的身上汩汩涌出，霎那间浸透了棉袄棉裤。二哥让这突如其来的变故惊呆了，竟不知解开衣服找见猪尿泡的破绽，赶紧堵塞漏洞减少损失，却大张着嘴木然伫立，一任胡麻油沿着裤腿流到站房的水泥地上，很快积成了一个水潭。浓郁的油香招来了车站的警察，胡麻油没保住，娘儿俩身上带的几十斤白面和莜面也被当作资本主义的尾巴干净利索地割掉了。娘磕头作揖地恳求了半天，最后才被允许出去买了个搪瓷盆，把流淌在水泥地上的胡麻油连泥带土收起来，让二哥冒着刺骨的寒风，步行十五里端回村。娘和二哥一次伟大鲜活的投机倒把实践就这样彻底失败了。

胡麻油和白面莜面没了，年还得过。第二天一大早，娘叫来屠夫把一只原本要留着过年的羯羊杀了，肉卖了，头蹄下水卖了，羊皮也卖了，只留下一只羊尾巴炼了一罐羊油，陪伴全家人度过来年苦寒的岁月。吃过午饭，娘走出家门，挨门逐户偿还了买生麻和辣椒的欠款，就又端起簸箕笸箩，拿着苕帚疙瘩，到碾坊推碾。

在没有通电的漫长岁月里，一代又一代的农村妇女在碾坊的磨道里走完了自己的人生。碾坊一般是在西厢房，破旧的窗棂上，似乎从来没有糊过窗纸。寒冬腊月，北风呼啸着从窗洞里吹进来，把放在墙洞里的小小一盏煤油灯吹得忽明忽暗。寒风在磨道里旋转着，搅起一地的糠皮和灰尘，碾坊里便愈加影影绰绰辨不清人影。磨道的周长也许还不到二十米，可是我的母亲、我的姥姥、我的姥姥的母亲和姥姥，在一生的岁月里，用两只裹成粽子一样的小脚，沿着这磨道要跌跌撞撞地走过多少圈，才能碾出一家老少喝粥的米、吃糕的面。她们一年接一年，一代接一代，在磨道里走啊走，走啊走，走完了多少次二万五千里长征！滚动在石碾下的那一粒粒黄的玉米、红的高粱、黑的荞麦、紫的豇豆，浸透了她们的血汗和泪水！只是，这碾坊里的人生，这磨道里的长征，没有一本书去描述过。

农家孩子的童年都是在这冷如冰窖的磨坊里度过的。还没有断奶的时候，我们的母亲就把我们放在光溜溜的碾杆上，一边使出全身力气推动沉重的石碾，一边还要在刺骨的寒风中敞开衣襟给我们喂奶。那时候，推碾都是交好的乡邻互相帮工。一家的粮食推完了，下一家的营生又开始了，常常从吃完中午饭要忙乎到鸡叫头遍。四五岁的我们坐在黑灯瞎火的土炕上，又冷又饿又害怕，就相伴着跑到磨坊里找妈。往往讨不到吃喝，每人头上还会挨一苕帚。孩子们咧开嘴委屈地哭了，当娘的又把可怜的孩子搂到怀里，摸着孩子头顶鼓起的包一个个眼里流出了泪。跟头把式地长到七八岁，懂得心疼大人了，就每人找一截麻绳，一头拴到碾杆上，一头套到细弱的肩膀上，在磨道里咬牙切齿地转着圈疯跑。边跑边听当娘的互相絮絮叨叨，数说婆婆的偏心、妯娌的挤兑、小姑子搬闲话的刻薄、男人动起手来的凶狠，说着说着就一个个哭出了声。有时候，却又大半天没人说一句话，只听到伴随着沉重的脚步声，石碾在磨盘上咕咚咕咚地滚动。过一会儿，不知是谁长长地叹了口气，忧伤地吟唱起来：

　　十冬腊月北风狂，

　　李三娘担水泪水淌，

　　每日担水在井台上呀，

　　到夜晚推磨在磨坊。

　　哎咳哟，哎咳哎咳哟呀，

　　到夜晚推磨在磨坊。

　　这首叫作《井台会》的雁北民歌，伴随我走过了童年，也让我在幼年间就感受到了贫苦农家生活的艰难和不易，体会到母亲内心深处那些永远不为人所知的辛酸和苦痛。

夜半时分，娘才拖着疲惫的身体，从碾坊回到了家，草草吃了几口饭，和衣打了个盹，就又挣扎着下了地，把一家老小的棉衣拆洗了。天一明就是腊月二十九了，再过一天就是除夕，洗了的衣服无论如何都晾不干，娘就在灶火里生了火，把棉衣的里子、面子一件一件在铁锅里烘干。第二天上午，我从睡梦中醒来，方才发觉炕上只剩下了娘和我，缝好的棉衣已经在娘身边堆成了厚厚一摞。冬日的阳光透过窗玻璃照在土炕上，窗台上一盆不知名的花儿绽放出红色的花朵，碎纷纷的，让人一望而生出些温暖的感动。借着这明亮的光线，我蓦然发现，娘两鬓的头发都已斑白了。娘边穿针引线，边哼唱着一首家乡民谣：

养儿亲来养女那个亲呀，
养儿养女操碎娘的那心。
一岁两岁吃娘的奶呀，
三岁四岁离开娘的那个怀。
九岁十岁做针线呀，
十一十二绣牡丹。
来了个媒婆保大媒呀，
把女孩拐到杭州那个外呀
……

这首吟唱在腊月里的民谣，分明浸泡着塞外农家苦苦的岁月，浸泡着深埋在母亲心底的悲伤和酸楚！

晌午过了，街巷里开始响起了零零星星的鞭炮声，那是性急的孩子在呼唤大年夜的到来。伴随着小北风的脚步，一阵阵烫猪头的糊味和煮羊头的香味从邻家的院墙飘过来，害得我刚刚拼命运动喉结把泛滥的口水咽下去，旋即又汹涌澎湃地冒出来，舌根下仿佛掘出了一眼趵突泉。我下意识地摸摸口袋，别说一串鞭炮，一个鞭炮也没有。再看看案板上，别说羊肉和羊头，一根羊毛也没有。叹了口气在窗台下坐定，咧了咧嘴正要哭出声来，爹却带着一身寒气走进屋来，把一块黑乎乎的木板扔给我，情辞恳切地对我说："六子，快给爹印鬼票去！"家乡人把冥币称作鬼票，幼年间每逢春节，我最不愿意干的两件事，一件是印鬼票，一件是捣辣椒。偏偏我爹三岁没了娘，十六岁死了爹，靠他奶奶含辛茹苦拉扯大。人老思亲，除了"反四旧"最紧那几年，每逢春节爹总不忘燃香焚表，把老祖宗们请回家隆重纪念一回，印鬼票这件有关慎终追远的悠悠大事，就历史地落在了我稚嫩的肩头。然而，对于五六岁的小孩子来说，祖宗们远天远地回来，不仅从不带来可口的吃食，稀罕的玩物，还要害得我们在牌位前小鸡啄米似的磕几十个响头，跪得膝盖骨生疼。更可怕的是还要在堂屋里用晃晃悠悠的小油灯制造恐怖气氛，吓得我大过年的从不敢一个人到堂屋里转悠。正月里给祖宗上供是我的神圣使命，而我因为贪玩经常连着好几顿忘记给祖宗们送饭。我着实害怕他们饿得招不住，从牌位上跳下地揪住耳朵找我算账。所以我打心眼里对印鬼票请祖宗不感兴趣，但又不敢公开违抗爹的指示，于是就在腊月里的一个月黑风高之夜，把二哥花了七个昼夜在一块桃木板上精雕细刻而成的鬼票印版，悄悄扔进了炉灶。眼瞅着那个造币机熊熊燃烧，慢慢化作了一缕青烟，我高兴得手舞足蹈。心想，没了这么个劳什子，再让我给祖宗造钱，我就拿个五分的钢镚在白纸上压，至于压没压，压了多少，还不是由我信口胡诌？

谁料我这二哥真是个孝顺人。为表达对从未谋面的老祖宗的无限敬仰和亲切关怀，他又花了七个昼夜的工夫，在一块杏木板上雕刻了一块鬼票印版，而且精益求精，把这块印版雕刻得花团锦簇，纹饰愈加精美，面额愈加吓人，汇兑愈加方便。甫一问世，就在村庄里产生了巨大的轰动，被贫困潦倒的乡亲们恭恭敬敬地"请"到家中，大量印制，迅速寄送，让长眠于地下的一部分祖宗们富起来。年岁稍长，读了些革命的书，知道第比利斯有个地下印刷所，就慨叹我心灵手巧的二哥生不逢时。他要凭着这手独门绝技投奔了布尔什维克，肯定能戴着保尔柯察金那样尖尖的毡帽子，见个人就喊："嘿，公民！"然后生一场病，年纪轻轻就牺牲在西伯利亚茂密的白桦林里，让我一看到他的照片就流出眼泪，哪至于到如今沦落乡间大志难酬。这是后话，暂且不说。要命的是在那个没吃没喝的腊月二十九的下午，我看到爹扔过来的这个让墨汁浸泡得黑不溜秋的物件，直如五雷轰顶一般，恨不得把房檐下挂的那把卷了刃的镰刀磨个雪亮，一刀结束了那个能工巧匠的性命。恨是恨，恨又有什么用呢？——我现在才真正理解，那些武侠小说，都是像我一样小时候胆子小爱幻想又受压制的人，把自己捂在被窝里咬牙切齿诅咒仇人时瞎编出来的。——我赶紧接过这印版，把墨汁兑了水，用个卷了毛的破牙刷刷在印版上，一张张印在裁成巴掌大的白纸上。爹抽着旱烟端坐在旁边，认真检查印刷质量，遇到残币次币，都要立即拿出来，并提出严厉批评。这时候，讨厌的二狗旦不知是显摆还是引逗，过一会儿从院墙外扔进来一个小鞭炮，嘣的一声响了。过一会儿又扔进来了一个，嘣的一声又响了。直把我这个鬼票印刷厂厂长弄得心烦意乱，我又不敢撤离职守，就故意气爹："我看您印这钱没用。您几十年也没给祖宗们寄过钱，要靠这早饿死一百回了，寄去也收不到了，我看干脆别印了！"闻听此言，爹勃然大怒："你这个灰东西，我看日后我死了，你也舍不得给我烧张纸！"爹去世这些年，我还是年年去烧纸的。当时，我也不过是小孩子说气话。

染了一脸一手的墨汁，天黑透了，印刷大业终于完成了。夜里，祖宗们骑着扫帚举着鬼票来了，有的嫌纸太薄，有的怨墨太浅，哇呀吼叫着向我扑过来，手指甲有二尺多长……我从梦中惊醒，一眼看到除夕的阳光，没遮没拦地从窗户射进来，揉了揉眼睛坐起来，方才发觉屋里飘满了炒辣椒的辛辣味道。娘早把捣辣椒的石臼推到我跟前，饱含深情地对我说："六子，快给妈捣辣椒去！"

捣辣椒比印鬼票还可怕。印鬼票虽然让你心烦，但多少还有些技术含量。捣辣椒不仅是单调的重复劳动，更要命的是呛得你涕泗横流，不住地打喷嚏。手上沾了辣椒面，再一揉眼睛和鼻子，不一会儿鼻子就像让马蜂蛰了一样又疼又肿，眼睛红得像刚从炼丹炉逃出来的孙猴子，难受得恨不能一头撞死！天杀的二狗旦气我之心不死，过一会儿从院墙外扔进来一个小鞭炮，嘣的一声响了。过一会儿又扔进来了一个，嘣的一声又响了。我好似甫志高羡慕江姐要上华蓥山一样心乱如麻魂不守舍，但还是不敢撤离职守，像月宫里的那个可怜的玉兔似的，在清冷的桂花树下，不住地捣啊捣，捣啊捣……

天又黑透了，除夕的夜晚降临了。走口外失败了，年夜饭就再也无法实现和煮羊头的亲密接触。下到锅里的饺子，皮是少许白面掺了玉米面擀的，馅是羊尾巴炼过油剩下的油渣和大白菜拌的。吃过了饭，哥哥姐姐穿上拆洗过的棉衣棉裤，到邻家玩耍去了。神龙见首不见尾的二狗旦终于按捺不住对我的思念之情，兴冲冲地前来与我会师。那时，我刚从捣辣椒前沿阵地撤退回后方，像被灌了两桶辣椒水一样气急败坏，年夜饭又是那样让我大失所望，娘扔给我的棉裤虽然精心拆洗缝补过，却依然是补丁摞补丁。我翻看着这旧棉裤，两天来不顺心的事情一件件涌上心头。又一看二狗旦手里拿着的一串红鞭炮，还有腿上穿的新棉裤，我不由得吼叫起来："前年是个它，去年是个它，今年还是个它！过年不过年，又能怎么样？我就是冻死，也不穿它了！"就把这旧棉裤一条裤腿踩到脚下，一条裤腿抓在手里，咬紧牙关一使劲，刺啦一声撕成了两半。娘看到这情景，先是怔了怔，接着伸出手在我后脖颈上拍了一巴掌。我是娘的老生子，长这么大，娘从没舍得打我。我挨了打，伤心地哭叫起来，抓起锅台上的一只粗瓷碗举过头顶在砖地上砸了个粉碎。娘见状更加生气了："你个灰孩子，大过年的摔盆打碗！看我今天不打死你！"苔帚疙瘩雨点般落下来，我哭得更伤心了！二狗旦一看情势不妙，夺门而去。

二狗旦走了。我哭了一会儿，靠着被垛在炕尾开始清点几个月来攒下的烟盒和糖纸。数着数着，我就觉得我能有这么多的烟盒和糖纸，看来生活并没有想象得那么坏，心情竟像雨后天晴一样，一点儿一点儿好起来。这时候，离点旺火还有个把小时，街巷里满是孩子们的欢叫声、奔跑声和清脆的鞭炮声，我却沉醉在自己的幸福里，丝毫不为所动。因为我知道，我没有棉裤，跑到大风地里，非冻死不可。我也没有鞭炮，即使有棉裤，跑出去，又能干什么呢。

我玩着玩着，忽然发现刚还在炕头拣豆芽的娘，不知什么时候蜷缩在炕席上侧身睡着了。我的娘，我的还不到五十岁的娘，满口的牙齿都快掉光了。由于经年累月的负重，肩胛上鼓起了一个拳头大的包，把后背的衣服高高地撑起来。娘睡熟了，嘴唇张着，口水从嘴角流出来，在刚补过的炕席上流成了一条清亮的小溪。恍惚间我觉得，我这辛劳了一生的娘，好似一匹羸弱的老马，在泥泞的道路上跋涉了好久，在沉重的轭头下劳作了好久，在漫天的风雪中奔波了好久！我慢慢地爬过去，依偎在娘的身边，用两只小手抚摸着娘结满老茧的手，泪水不觉得又流出来。

娘醒了，把我紧紧地搂在怀里，含着泪说："娘把我娃打疼了吧！都怪娘没本事，大过年的，让我娃穿不上一条新棉裤，吃不上一顿肉馅饺子！"

我哭着说："娘，我再也不要新棉裤了，我也不要吃肉馅饺子，我只要娘！"

远处，传来一声二踢脚的爆响，年来了。就在这爆竹声中，我觉得，我长大了。

转眼间，爹离开我有二十个年头了，娘和大哥离开我也有十四个年头了。我怀念他们，怀念胡杨树下的歌声。

假如真的有天堂，我相信天堂里一定有茂密的胡杨林。爹、娘和大哥，一定还会在胡杨树下歌唱！